PROLOGO

Violet

—¿No es atractivo Asher Hawthorne?

Mi amiga Casey deja escapar un cándido suspiro mientras remueve su café frío de vainilla.

Sé que es más joven que yo, pero juro que a veces actúa como si aún estuviera en el colegio, en lugar de ser la muchacha de veintidós años que intenta obtener dos títulos.

A pesar de ello, observo sin mucho interés. Inmediatamente descubro a quién está mirando Casey. He pasado algunas clases con Asher Hawthorne. Incluso si no lo hubiera hecho, todo el mundo en la Universidad de Pensilvania, por no hablar de Wharton, sabe quién es. Hijo de Winston Hawthorne, fundador y gerente de *Hawthorne Holdings*. No sé por qué necesita un postgrado. Estoy segura de que ya tiene una elegante oficina esperándolo junto a un montón de profesionales con talento cuyo trabajo e ideas puede atribuirse.

Está de pie junto al mostrador conversando con otro tipo mientras espera su pedido. Los mechones oscuros asoman por debajo de su gorro ajustado azul marino. El botón superior de su camisa Henley gris marengo está desabrochado, la abertura llama la atención sobre su pecho cincelado. Sus tonificados bíceps amenazan con reventar las mangas arremangadas hasta los codos. Los dobladillos de sus pantalones también están ligeramente arrollados alrededor de sus tobillos, lo que le da un aspecto pulcro que combina con sus inmaculadas zapatillas blancas. Sabe un par de cosas sobre moda, lo reconozco.

En ese momento, se ríe mientras se quita el gorro. El sonido viaja por la habitación como un profundo trueno que resuena en mi pecho.

Las líneas que rodean su boca se arrugan. Sus ojos de ébano bailan. El bisel de oro de su reloj (probablemente un Chopard o un Piaget) brilla en su muñeca mientras se desordena juguetonamente su pelo ondulado.

Aparto la mirada y sofoco la admiración que me invade con un generoso sorbo de capuchino de avellana humeante.

Auch. Está caliente.

Bueno. Asher Hawthorne está guapísimo. Eso no significa que vaya a empezar a babear por él o a considerar la posibilidad de abrirme de piernas, como cualquier otra mujer del campus. De hecho, todavía sigue sin gustarme.

Casey deja escapar otro suspiro, su mirada sigue clavada más allá de mi hombro.

—¿No quisieras tener un pedazo de él?

—Quisiera —respondo—. Me gustaría cortarle la polla.

Casey hace una mueca.

—Qué asco.

—Así no podría cogerse a todas las mujeres de mi clase. O a las profesoras. O a las asistentes de investigación. O a la mujer que está detrás del mostrador preparando su bebida.

Casey asiente.

—Parece que se babea por él.

—¿Quieres decir, como tú?

Se limpia la boca con el dorso de la mano y después con una servilleta.

—No es culpa mía que se vea tan delicioso. Es como un churro recubierto de azúcar con relleno de crema y que tiene la punta bañada en chocolate, y solo quieres chupar el chocolate, y lamer todo el azúcar y...

Happily Enemy After

Y FUERON FELIZMENTE ENEMIGOS

Hermanos Hawthorne Libro 2

ASHLEE PRICE

Más libros de Ashlee Price

https://www.ashleepriceromanceauthor.com/

Hawthorne Brothers Book 2 Happily Enemy After - reserva hoy visitando el sitio web

Levanto una mano para silenciarla.

—Ahora estás siendo asquerosa.

—Y no es solo buena apariencia lo que tiene. Es extremadamente rico.

—Porque nació en una familia con mucho dinero.

No es que haya ganado un solo centavo.

—Y es muy amigable —añade Casey.

—Querrás decir que es astuto. Sabe exactamente qué decirles a las personas para conseguir lo que quiere de ellas.

—Lo que demuestra lo inteligente que es, ¿verdad? He oído que puede resolver ecuaciones diferenciales mentalmente. En menos de un minuto.

Yo también he oído eso. Lo he visto resolver ecuaciones en la pizarra solo con los ojos. No puedo negar que es un genio de las matemáticas. Eso me molesta aún más. ¿No es suficiente que sea heredero de miles de millones y que se parezca a Henry Cavill? ¿También tiene que ser brillante?

—¿Y qué? —Me encojo de hombros—. Solo utiliza su aspecto, su dinero y su cerebro para llevar a las mujeres a su cama. ¿No te parece despreciable?

Casey se toca la barbilla.

—Bueno...

—Él ya tiene el mundo. ¿Por qué no puede contentarse con una sola mujer?

—Quizás no ha encontrado a la adecuada —dice Casey—. Tal vez todavía está buscando.

—Todos estamos buscando —replico—. ¿Pero acaso nosotros saltamos de la aventura de una noche a la siguiente? No. Y, sin embargo, eso es exactamente lo que él hace. No trata de ver si una de esas mujeres es lo suficientemente buena para él. Nunca tuvo la intención de quedarse con ninguna de ellas. Son solo cosas para él, juguetes con los que jugar y luego los tira como los cientos de cachivaches que probablemente tuvo cuando era niño. ¿Qué persona que esté bien de la cabeza hace eso?

—Violet.

—Apuesto a que no lo está. Bien de la cabeza, quiero decir. Tal vez trata a las mujeres como basura porque se siente igual. Tal vez su madre no lo amaba. O su padre.

—Violet.

—Tal vez Asher Hawthorne no es capaz de amar. —Me inclino hacia atrás y cruzo los brazos sobre mis pechos—. Lo cual es patético, realmente. Es solo un niño. Apuesto a que no sabe cómo...

Dejo de hablar porque oigo un carraspeo detrás de mí. Levanto la cabeza y me encuentro mirando un par de ojos negros como el alquitrán.

Hablando del diablo. Ay, mierda.

Me doy la vuelta rápidamente y recojo mi taza de café. Todavía está caliente, pero no tanto como mis mejillas, que parecen hervir. Ojalá pudiera evaporarme y desaparecer de aquí.

Violet, eres una idiota.

—Hola, Asher —saluda Casey.

Intento interceptar su mirada para decirle con los ojos que haga que se vaya, pero su atención está completamente sobre él. Por supuesto que lo está.

—Hola.

Le ofrece la mano y ella la estrecha mientras, obviamente, intenta contener su profuso entusiasmo.

—Creo que no nos conocemos.

—Cassandra —se presenta ella—. Pero puedes llamarme Casey. Junior. Programa Huntsman. Las matemáticas no son mi asignatura favorita, pero hablo cinco idiomas. Y sé cocinar.

Pongo los ojos en blanco. ¿Qué es esto? ¿Un currículum de novia? ¿Por qué no le pregunta directamente si quiere acostarse con ella? Seguro que sí.

—Huntsman, eh? —Asher responde—. Impresionante.

Ves.

—Y ella es Violet Cleary.

Por poco me ahogo con mi café.

—Está haciendo un posgrado como tú. También es buena en matemáticas. Y ella... ¡Ay!

Retira la mano justo después de que le di un fuerte apretón. Luego me mira fijamente.

—¿Qué demonios?

Esa es mi frase.

—Bueno, es un placer conocerlas a ambas —dice Asher—. Especialmente a ti, Casey. Disfruta de tu café. Tal vez la próxima vez, tú y yo podamos tomarnos uno.

¿Así que me está ignorando?

Casey le sonríe.

—Me encantaría.

—Bien.

Escucho que empieza a alejarse.

—¡Oh, y me encanta tu camisa! —Casey exclama cuando se va. Después continúa con una voz tan suave que solo yo puedo oír.

—Aunque creo que estarías mejor sin ella.

Dejo mi taza y frunzo el ceño.

—Juro que, si te desmayas, te dejo aquí.

Parece que no me oye. Su mirada sigue fija en el otro extremo de la habitación.

—Es mucho más sexy de cerca.

—Y más arrogante.

Apuesto a que estaba sonriendo mientras se alejaba.

—Solo estás celosa porque fue a mí a quien invitó a tomar un café.

Hago un movimiento de barrido con mis manos.

—Por supuesto, ve. Por favor.

Después de todo, es imposible que me interese salir con Asher Hawthorne.

~

Bueno. Tal vez si estaría un poco interesada.

Lo acepto, mientras atravieso lentamente uno de los pasillos de la biblioteca. Literatura Clásica. Con las yemas de los dedos voy acariciando los lomos de los libros.

No soy una lectora voraz, pero una vez tuve un ejemplar de *Orgullo y prejuicio*. Durante un tiempo, deseé tener mi propio Sr. Darcy, para que me dé una vida cómoda.

Ahora, estoy decidida a dármela yo misma. Por eso estudié economía y finanzas con esmero, a pesar de que lo que quería era ser profesora de matemáticas para quinto o sexto curso, los mejores años de mi vida. Por eso estoy aquí, en Wharton, intentando darme la mejor oportunidad de éxito en el mundo empresarial. Sin embargo, a veces no puedo evitar preguntarme cómo me sentiría si no tuviera que trabajar, si pudiera seguir mi sueño, si no tuviera que preocuparme por el dinero, porque tendría un marido rico y comprensivo que podría darme todo lo que necesite.

Un hombre como Asher Hawthorne.

Vaya. Hace poco, estaba en contra de salir con él. Ahora, ¿pienso en casarme con él? De ninguna manera.

Asher Hawthorne puede ser rico, pero sigue siendo un pretencioso. Y un playboy. Y...

—¿Estás buscando algo? —Una voz interrumpe mis pensamientos.

Giro la cabeza y veo a Asher de pie frente a mí.

Mierda.

Aprieto el portátil contra mi pecho mientras doy un paso atrás. Mi corazón late contra el acolchado de algodón.

¿Cuántas veces piensa intentar provocarme un infarto antes de que acabe el día?

—Violet, ¿verdad? —pregunta.

¿Por qué Casey tuvo que darle mi nombre?

—Sí —respondo, sintiendo que no tengo otra opción—. Si estás buscando a Casey, ella es...

—No estoy buscando a Casey.

La seguridad de su voz está a la par de la intensidad de su mirada. ¿Por qué me mira como si fuera una presa? Se me hace un nudo en la garganta.

Trago saliva.

—Bueno, no estoy buscando ningún libro, así que me voy.

Me doy la vuelta y empiezo a alejarme.

¿Por qué tenía que toparme con Asher de entre toda la gente?

—Espera.

Dejo escapar un profundo suspiro mientras me paro en seco. ¿Y ahora qué?

—Lloyd Finley dará una fiesta en su casa mañana por la noche. Me preguntaba si te gustaría ir conmigo.

Frunzo el ceño. ¿Me está invitando a salir? ¿No escuchó todo lo que dije sobre él? ¿Va a ignorar todo eso? ¿Es una especie de burla o masoquismo?

—No, gracias —le doy una respuesta directa y sigo caminando.

—¿Por qué no?

Bueno. Así que los rumores son ciertos. Este hombre no acepta un no por respuesta. Respiro profundamente y me doy la vuelta.

—¿No estás un poco mayor para las fiestas?

—¿No eres demasiado joven para tomarte la vida tan en serio? —replica.

Entrecierro los ojos y lo miro.

—La forma en que vivo mi vida no es de tu incumbencia.

—¿Pero mi vida sí? ¿Qué fue lo que dijiste? ¿Que mis padres no me querían?

Así que sí me escuchó en el café. De pronto me siento como si estuviera de nuevo allí. Me arden las mejillas. Aun así, mantengo la barbilla alta y lo miro a los ojos.

—¿Nadie te ha dicho alguna vez que es malo escuchar furtivamente?

—Yo escuché. No lo hice a escondidas. Hay diferencia.

¿Ahora se hace al listo conmigo?

—No escuchaste. Te acercaste a nuestra mesa.

—Iba hacia la barra de condimentos. Tu mesa estaba justo al lado.

Ahora que lo pienso, Asher tiene razón. La barra de condimentos estaba justo detrás de mí. Aun así, eso no significa que fuera correcto que él escuchara mi conversación con Casey.

—¿Así que decidiste pasar por allí y coquetear? ¿Ese es tu modus operandi? ¿Coquetear con las mujeres mientras le pones un poco más de azúcar en tu café?

Se frota la barbilla.

—Vaya. Realmente me odias, ¿cierto?

Me llevo la mano a la garganta y le dirijo una mirada triste.

—Oh, lo siento. ¿Herí tus inexistentes sentimientos?

—¿Por qué? ¿Qué te hice?

—Me hiciste pensar que realmente no ya quedan hombres decentes en este mundo.

—Entonces déjame hacerte cambiar de opinión —ofrece—. Pasa algún tiempo conmigo. Conoce a mi verdadero yo.

Mis cejas se arquean.

—¿El verdadero tú?

—Sí. El yo que tiene corazón.

Resoplo.

—Y si continúas pensando que soy un imbécil, al menos podrás decírselo a tus amigas basándote en experiencias de primera mano, en lugar de especular sobre chismes.

Muy inteligente. Casi quiero ceder. Pero no lo hago.

—Buen intento, pero no. Se escribe N-O. Adelante, añádelo a tu vocabulario.

Pensé que eso haría que Asher frunciera el ceño, pero se limitó a sonreír.

—¿Qué tal DI-VER-SION? ¿Has pensado en añadirla a tu vocabulario?

Sacudo la cabeza.

—Vaya. Creí que solo eras bueno en matemáticas, pero parece que también sabes deletrear.

—Y resulta que también sé usar una máquina de remo. Me he dado cuenta de que estabas mirando la del gimnasio. Puedo enseñarte a usarla.

Mis ojos se abren de par en par. ¿Asher me ha visto en el gimnasio? ¿Cuándo?

Suena siniestro. Definitivamente. Al mismo tiempo, no puedo evitar sentir una chispa de emoción en mi pecho.

Asher se ha fijado en mí antes. Y se acuerda de mí. A pesar de lo listo que es, seguramente no puede recordar a todas las mujeres que ve en el campus. Pero se acuerda de mí.

Entonces la voz de la razón habla dentro de mi cabeza. ¿Y qué? No significa nada.

—Gracias por la oferta, pero no estoy buscando un entrenador personal.

Por supuesto que sabe usar una máquina de remo. Probablemente tenga su propio gimnasio. Pero prefiero remar sola en un barco de verdad por un lago envuelto en niebla, que tenerlo a mi lado cuando solo llevo una camiseta corta, una calza y una capa de sudor.

—Está bien, pero sigo buscando a alguien con quien ir a la fiesta.

Es persistente. Se lo reconozco.

—Entonces ve a buscar. En otro lugar.

Me doy vuelta. Todavía no he dado un paso cuando Asher vuelve a hablar.

—Sabes quién es Lloyd Finley, ¿verdad? Su familia es socia de muchos bancos y compañías de seguros.

—No me extraña que sean amigos. Sus yates deben estar anclados en el mismo muelle.

—Los gerentes de esos bancos y compañías de seguros estarán en esa fiesta. Junto con algunos otros. Creo que sería una buena ocasión para que aprendas algunas cosas sobre el mundo del que piensas formar parte, una oportunidad para sopesar las perspectivas de empleo, tal vez lanzar tu nombre por ahí.

Una oportunidad para hacer contactos importantes, que es esencialmente de lo se trata los negocios. Tentador.

Me doy vuelta y lo encaro de nuevo.

—¿Dices que estás haciéndome un favor?

—Estoy diciendo que te estarías haciendo un favor a ti misma —responde Asher.

—Yo solo quiero una cita.

Qué generoso.

—Francamente, creo que soy yo el que estaría ganando más —añade.

Ahora está tratando de halagarme. Desesperado, pero lindo.

Doy un paso adelante.

—¿Por qué yo?

—Porque me gusta cómo tus ojos azules contrastan con tu pelo negro —confiesa Asher—. Me recuerda al océano de noche. Además, es una combinación que nunca había visto.

Eso es porque es una combinación poco usual, una de las combinaciones de color de cabello y ojos más raras en realidad. Tal y como pensaba, solo quiere añadirme a su colección porque soy un hallazgo inusual, del mismo modo que un chico quiere tener una carta rara de Pokémon en su baraja, para poder presumir entre sus amigos de ser el único que la tiene.

Me siento insultada.

—Además, me impresionó aquél informe que diste sobre la incertidumbre y la elasticidad de la demanda —añade.

No me lo esperaba. Ni siquiera sabía que estaba escuchando cuando di ese reporte.

—Creo que tu mente sería un importante activo para cualquier gran empresa.

Estrecho mis ojos.

—¿Estás intentando reclutarme?

—Puede que sí.

—¿Pero quieres que me reúna con gente de otras empresas?

—¿Qué puedo decir? No le tengo miedo a la competencia.

No, no lo tiene. De hecho, creo que lo emociona. Supongo que eso es algo que tenemos en común.

—Por ahora, solo pido una noche —dice Asher.

Yo no estoy segura de cómo sucedió exactamente, pero en este momento, me inclino por decir que sí. No me gusta Asher. Todavía me siento insultada por lo que dijo antes y definitivamente no confío en él. Pero no puedo negar que esta es una buena oportunidad para mí. Demasiado buena.

Si quieres tener éxito en el mundo empresarial, tienes que mirar hacia adelante. También tienes que llevarte bien con gente que no necesariamente te gusta. Soportar la compañía de Asher puede ser un pequeño precio a pagar por una inversión en mi futuro.

—Bueno —cedo—. Pero no voy a contar esto como una cita.

—Yo sí.

Míralo con esa sonrisa jactanciosa y triunfal, como si acabara de ganar la lotería. Pero esta será mi victoria.

Levanto un dedo.

—Con una condición.

—¿Cuál?

—Que mantengamos esto en secreto.

No quiero que presuma de nuestra cita como si fuera un trofeo.

—No te preocupes —afirma—. Nunca hablo cuando beso.

¿Besar? Mi mirada se posa en los labios de Asher y mis mejillas vuelven a calentarse.

Inhalo profundo.

—No habrá besos.

—Ya veremos.

¿Cree que puede hacerme cambiar de opinión al respecto? Bien. Lo dejaré esperando.

—Entonces, ¿te recojo frente al café mañana a las seis y media? La fiesta es a las siete.

Asiento con la cabeza.

—Claro.

~

No debería haber aceptado.

Lucho con mis pensamientos mientras entablo una batalla perdida con mis obstinados rizos frente al espejo. Siempre fueron rebeldes, pero nunca me importó tanto como ahora.

Tiro de ellos con el cepillo y aprieto los dientes.

—¡Vamos!

Me digo a mí misma que hago todo esto (recogerme el pelo, ponerme el collar de mi madre, mi mejor lápiz labial, mi vestido más bonito y mis zapatos menos cómodos) porque quiero impresionar a los peces gordos de aquella empresa a quienes daré la mano. Pero en realidad, lo hago por Asher.

Es una estupidez. Lo sé. Esto no es una cita. Se lo dije a Asher. Y ni siquiera quería salir con él en primer lugar. Todavía no he cambiado de opinión respecto a que es un imbécil. Sin embargo, aquí estoy, queriendo verme bonita esta noche.

No. No solo bonita. Perfecta.

No me sentí así ni siquiera en mi baile de graduación, ni en mi primera cita que fue con un chico llamado Chuck, que tampoco me gustaba mucho.

Oh, bueno. Es Asher Hawthorne, después de todo. No quiero estar a su lado pareciendo... bueno, como si no debiera estar a su lado. No quiero avergonzarlo. Quiero que esté orgulloso de mí.

Sí, es un playboy. Sí, es heredero de miles de millones. Pero solo por una noche, puedo pensar en él como mi Sr. Darcy. Y yo seré Elizabeth. Y tal vez, solo tal vez, podamos pasar un tiempo perfecto juntos en este baile. La fiesta, quiero decir.

Si tan solo pudiera peinar mi cabello con un estilo victoriano.

Hago unos cuantos intentos más, luego tiro el cepillo al lavabo y suelto un suspiro.

—Al diablo con eso.

Y si a Asher no le gusta cómo me veo, que se vaya allí también.

~

—Estás impresionante. —Asher me galantea cuando los dos estamos solos en la glorieta—. Sé que te lo dije antes, pero me dieron ganas de repetirlo.

Por un momento, me planteo decirle que él también está guapo, y así es, con su camisa granate, sus vaqueros oscuros y su chaqueta deportiva color canela. También pienso que huele bien, un olor del tipo que hace que quiera rodearlo con mis brazos por detrás, para poder aspirar mejor el aroma de su nuca. No es que se lo vaya a decir nunca.

—Gracias —respondo en su lugar, mientras intento no sonrojarme. Luego bebo otro sorbo de champán.

¿Por qué permití que Asher me trajera aquí, en medio de los jardines, donde no hay nadie más? Sí, es un buen respiro porque aquí se puede estar tranquilo. Pero es demasiado pacífico. Y algo oscuro. Además, es un poco romántico con aquellos capullos de flores que se mecen con la brisa y las hojas caídas esparcidas por el césped, que parecen motas de oro bajo la luz de la luna.

No es una buena idea. Debo estar borracha después de tomar dos copas de champán. Es eso o mi capacidad mental debe haber disminuido por intentar impresionar a todos esos pretenciosos y ostentosos. No puedo creer que vaya a tener que besar a unos cuantos en los próximos años.

—Sé que dijiste que la lista de invitados a esta fiesta sería de alto nivel, pero no pensé que sería tan alto —le comento a Asher.

Me mira con sorpresa.

—Así que no te dije que era una fiesta de cumpleaños que Lloyd Finley organizaba para su padre, Marcus Finley, y que invitó a todos sus antiguos compañeros y protegidos.

—Sabes que no lo hiciste.

—Y aun así los manejaste a todos de forma excelente —me dice Asher con otra sonrisa que hace que me flaqueen las rodillas—. Hice bien en traerte.

Tomo otro sorbo de champán mientras lucho contra otra explosión de rubor. ¿Por qué está siendo tan agradable de repente?

No. No de repente. Ha sido perfectamente atento conmigo toda la noche. Más amable que el Sr. Darcy. Tal vez por eso no tuve inconveniente en seguirlo hasta aquí. Tal vez en realidad estoy esperando que ahora me bese. Ha sido tan afectuoso conmigo que no me importaría.

—Por cierto —dice Asher—. Tienes razón.

Mis cejas se fruncen.

—¿Sobre qué?

—El amor de una madre no es algo con lo que esté muy familiarizado. Ella murió cuando yo tenía diez años. Y antes de eso, estuvo enferma durante mucho tiempo. Apenas la veía.

Mierda. De repente tengo ganas de pegarme un puñetazo en el estómago.

—Pero me gustaría pensar que eso no me ha convertido en un monstruo.

Dejo mi copa.

—Por supuesto que no.

Levanta una ceja.

—¿De verdad? Pero dijiste…

—Siento mucho lo que dije. —Me disculpo con toda la sinceridad que puedo expresar—. Especialmente lo que dije sobre tu madre. Fue un comentario mezquino y descuidado y lo retiro. Lo siento.

Sacude la cabeza y toma mi mano entre las suyas.

—Te perdono.

Dejo escapar un suspiro de alivio.

—Al menos, lo haré si me explicas una cosa —advierte.

—¿Qué?

—Dijiste que yo afirmaba tu creencia de que no había hombres decentes en el mundo. ¿Quién te metió esa idea en la cabeza? ¿Quién te rompió el corazón? ¿Tu primer novio?

—Papá —respondo con sinceridad—. Le rompió el corazón a mi madre, y después de eso todo lo demás… se rompió también.

—Oh.

No sé por qué le dije eso. Nunca se lo he contado a nadie desde el colegio. Ahora que guarda silencio, me arrepiento. Lo último que quiero es su compasión. Lo miro con recelo, pero no encuentro nada de eso en sus ojos.

—¿Quieres saber un secreto? —me pregunta.

—¿Qué?

—Mi padre tampoco es el mejor. Y definitivamente yo no soy su favorito. Ethan o Ryker lo son. Pero bueno, no podemos dejar que el comportamiento o las decisiones de nuestros padres determinen quiénes somos o cómo queremos vivir, ¿verdad?

Sonrío. Ahora sí que quiero ese beso. De hecho, si no hace un movimiento pronto, puede que me adelante y le dé uno.

Giro mi cuerpo para estar justo delante de él. Entonces le acaricio la mano.

—¿Entonces estoy perdonada?

Asher asiente.

—Sí.

Pone su mano en mi mejilla y se inclina hacia delante. Cierro los ojos. Un momento después, sus labios presionan los míos. Le devuelvo el beso.

Me acaricia el rostro y el hombro mientras su boca estruja la mía. El calor me recorre la columna vertebral y me inunda el pecho. No puedo respirar.

Se separa y por fin consigo una bocanada de aire, pero se me hace un nudo en la garganta cuando encuentro su mirada. Ardiente. Agitada. La excitación hierve a fuego lento en mis venas.

Me besa de nuevo. Otra vez. Y otra vez. Aprieto la solapa de su chaqueta y trato de mantener el ritmo, de respirar entre beso y beso. Me atrapa el labio inferior. El corazón me da un vuelco. Entonces me rodea con un brazo y me pasa la lengua por los labios. Cuando roza mi propia lengua, mi boca se incendia. Me tiemblan las rodillas.

Cada vez que su lengua roza la mía, creo derretirme. Y quiero hacerlo. Quiero que Asher le dé forma a mi cuerpo en un molde destinado solo para él. Quiero que se funda con el suyo.

Lo deseo. Tanto que las ansias palpitan en mis pechos y entre mis piernas. Cuando la mano de Asher me toca los senos a través del vestido, no protesto. Cuando su otra mano sube por mi muslo por debajo de la falda, empiezo a ceder.

Pero la voz dentro de mi cabeza grita.

¡Detente! No lo hagas, Violet. Piensa.

En el momento en que empiezo a hacerlo, la niebla de mi mente se disipa. El calor bajo mi piel se evapora. Me doy cuenta de que no quiero esto. Ahora no. No aquí. No así.

Tomo la muñeca de Asher para detener su mano antes de que sus dedos lleguen a mi ropa interior. Aparto la boca y doy un paso atrás.

Asher parece consternado, confundido. Respiro profundamente.

—Deberíamos parar... por ahora.

Por un momento más, sus cejas permanecen fruncidas. Luego se rasca la nuca y asiente.

—Está bien.

¿Lo está? Parece agitado, frustrado, derrotado. Siento una punzada de culpabilidad.

Le tiendo la mano para ofrecerle algo de consuelo, pero se aparta.

—Creo que voy a volver a la casa —dice.

¿Me está dejando?

—Asher...

—Te traeré más champán. —Agarra mi copa casi vacía—. Y tal vez traiga algo de comida de verdad de la cocina. Esos entremeses apenas si llegaron a mi estómago.

Oh. Solo quiere un poco de espacio. Está bien. Con suerte, él podrá sacudirse la frustración y podremos restablecer la escena cuando regrese. Este ambiente incómodo desaparecerá y los dos podremos tener una conversación agradable, como la que entablamos antes de besarnos.

Asiento con la cabeza.

—De acuerdo.

Asher me regala una sonrisa.

—Enseguida vuelvo.

~

Todavía no ha vuelto.

Vuelvo a mirar el reloj. Han pasado cuarenta minutos. Cuarenta y dos, en realidad.

Me dije a mí misma que Asher tardaría unos quince como máximo. Cuando no regresó a los veinte, me pregunté si no se habrá topado con alguien con quien tenía que hablar. Después de cinco minutos más, pensé en llamarlo para saber qué lo retenía, pero caí en cuenta de que no tenía su número. Empecé a preocuparme. Ahora que han pasado cuarenta y dos minutos, pienso que, o bien se ha encontrado con varias personas, o le ha pedido al chef que le prepare algo desde cero. O le ha pasado algo malo y ninguno vino a avisarme porque nadie más sabe que estoy aquí.

Este último pensamiento me lleva a caminar a paso ligero hacia la casa (tan rápido como puedo con mis tacones de cinco centímetros), mientras me froto los brazos con el chal para alejar el frío. A medida que me acerco, no oigo ninguna conmoción, ninguna sirena. La música sigue tocando. La gente sigue conversando. El champán y los aperitivos se siguen sirviendo. Dejo escapar un suspiro de alivio.

Al menos tengo la sensación de que Asher está a salvo. Pero todavía tengo que encontrarlo.

Primero busco en la cocina. Asher no está allí y ninguno de los empleados de la casa o del servicio lo ha visto. Luego busco entre la gente. Tampoco hay rastro de él. ¿Dónde diablos está? Finalmente, decido preguntar a Lloyd si sabe dónde se encuentra Asher. Cuando dice que no, le pregunto si puedo buscar en el resto de la casa. Me da permiso.

Busco en todas las habitaciones, con el corazón acelerado y los pensamientos revueltos para encontrar explicaciones de su ausencia, muchas de las cuales me duelen demasiado como para pensar en ellas. Intento no hacerlo, pero cuando sigo sin encontrar a Asher, después de buscarlo por todas partes, empiezo a preocuparme. ¿Dónde puede estar?

Finalmente, lo veo mientras estoy en el balcón. Está en los escalones de la entrada. Estoy a punto de llamarlo por su nombre, pero entonces me doy cuenta de que hay una mujer a su lado. Alta. Morena. Vestido rojo brillante. Diamantes alrededor de su cuello. El brazo rodeando la cintura de Asher.

Su Maserati Levante se detiene justo delante de ellos y el valet se baja. Mientras Asher rodea la parte delantera del vehículo para ocupar el asiento del conductor, el empleado abre la puerta del lado del pasajero y la mujer se desliza dentro. Asher sube al coche y este toma el camino privado que sale de la propiedad, la misma vía que tomamos al entrar. En cuestión de segundos, el vehículo desaparece de mi vista.

Por un momento, me quedo de pie en el balcón aferrándome a la barandilla, congelada y entumecida. La escena que acabo de ver de Asher marchándose con otra mujer se repite una y otra vez dentro de mi cabeza, hasta que por fin lo asimilo.

Asher se fue de la fiesta. Con otra mujer. Pese a que vino a este evento conmigo. Aunque me pidió que viniera con él. A pesar de que me besó y dijo que volvería conmigo.

Mi pecho se contrae. Siento que se me aplasta el corazón. Quiero gritar. Quiero llorar. Quiero saltar desde este balcón. En lugar de eso, entro. Me apoyo en la pared y me doy una palmada en la frente.

¡Estúpida Violet! ¿De verdad creías que le importabas? ¿Porque te invitó a salir? ¿Porque fue amable contigo? ¿Porque te besó? ¿Realmente pensaste que regresaría después de que lo rechazaste? Por supuesto que no iba a hacerlo. El sexo era todo lo que buscaba, y como lo desairaste, no tenía ninguna razón para volver contigo.

Increíble. Pero al mismo tiempo, debí haberlo esperado. Debí haber sabido que el sexo era todo lo que Asher quería. Debí haber sabido que me desecharía tan pronto como se diera cuenta de que no lo quería para mí. Debí haber sabido que ni siquiera tendría la decencia de llevarme a casa.

Debí haber anticipado que Asher Hawthorne me rompería el corazón.

No. Sabía que era una posibilidad, pero salí con él de todos modos. Me dejé llevar por sus dulces palabras de todos modos. Me abrí a él de todos modos. Lo besé de todos modos.

Y ahora, aquí estoy con este bonito vestido, con las mejillas frías, los pies adoloridos y el corazón hecho pedazos.

Esto es lo que me pasa por atreverme a soñar.

Pero ahora lo sé. Aunque tenga ganas de derrumbarme, mantengo los hombros firmes. Aunque me rompa en pedazos, convierto mi coraje en acero.

Voy a olvidarme de Asher Hawthorne y no voy a dejar que ningún hombre se burle de mí, por muy guapo, rico o inteligente que sea.

Nunca más.

CAPÍTULO UNO

Asher

Cinco años después...

Nos encontramos de nuevo.

Miro fijamente a Violet Cleary mientras baja por la escalera mecánica con un vestido amarillo en degradé que parece envolverla como una llama. La mayoría de sus rizos negros están recogidos en la parte superior de la cabeza, pero algunos siguen cayendo en cascada más allá de las orejas, hasta sus hombros.

Recuerdo a una mujer de cabello negro ensortijado con la que salí una vez. Solo una vez. También tenía los más bonitos ojos azules. Lástima que no pueda recordar su nombre (soy muy malo con los nombres) y una pena que nunca pudiera acostarme con ella.

Dejo de lado su recuerdo mientras me preparo para recibir a Violet. Es inútil pensar en el pasado. Tengo que concentrarme en el presente, en esta increíble mujer que conocí en Suiza y que va a trabajar conmigo a partir de mañana.

Sé lo que están pensado mis hermanos: Asher va detrás de otra mujer, una vez más. Creen que lo hago solo por diversión. Bueno, sí es divertido. Normalmente. Esta vez es diferente. Desde que conocí a Violet, supe que tenía que ser mía. He estado con muchas mujeres, pero nunca he deseado tanto a una. Y no solo en mi cama. Quiero que se enamore de mí. Quiero que baje la guardia, que borre esa expresión seria y presuntuosa de su cara. Algo me dice que ambas cosas son solo máscaras, alambre de púas sobre la cerca para mantener a la gente alejada. Quiero ver su verdadera esencia, quiero conocer quién es ella realmente. El hecho de que hasta ahora se hayan frustrado todos mis esfuerzos por acercarme a ella solo ha hecho que la desee más.

Voy a conseguir lo que quiero de cualquier modo.

Me acerco a ella cuando baja de la escalera mecánica.

—Bienvenida a Chicago, Violet. Espero que tu vuelo haya sido cómodo. Por ello te acomodamos en primera clase.

Sus ojos marrones se estrechan.

—¿Qué está haciendo aquí, Sr. Hawthorne?

En otras palabras, no está feliz de verme. Bueno, tenía el presentimiento de que no lo estaría, pero aun así estoy aquí.

—Asher, por favor —le digo—. Hay tres señores Hawthorn en la empresa, así que es mejor que me llames Asher.

—O tal vez llame al director general Ethan y a tu hermano menor Ryker y a usted le llame señor Hawthorne.

Dejé escapar un suspiro. Y yo que pensaba que venir a los Estados Unidos la haría un poco menos... fría. Pero supongo que es como los Alpes suizos: cubierta de nieve todo el año. Bueno, en ese caso, tendré que encenderla como si fuera el calentamiento global.

Mantengo mi sonrisa.

—Respondiendo a tu pregunta, estoy aquí para darte una cálida bienvenida a nuestra bella y ventosa ciudad, y también para llevarte a la oficina.

—Vaya. —Se pone una mano en la cadera—. No sabía que una de las funciones del director financiero era recoger a los empleados en el aeropuerto.

—No a todos los empleados —replico—. Solo a la más talentosa de esta empresa con sede en Zúrich, que resulta ser la más reciente y prometedora incorporación a Hawthorne Holdings.

Violet vuelca los ojos.

—La lisonja no lo llevará a ninguna parte, señor Hawthorne. Estoy segura de que le enseñé eso en Zúrich.

—No es lisonja si es la verdad.

—Es lisonja si tu intención es caerme bien, lo que te puedo asegurar que no ocurrirá, solo pierdes tu tiempo.

—Pero yo seré tu jefe. ¿No testabas informada?

—Lo estaba —responde con una expresión que me dice que no le gusta nada—. Pero no sabía que tenía la exigencia de que me agradara mi jefe. Definitivamente no leí nada de eso en mi contrato.

Testaruda. Pero de alguna manera, esa es una de las cosas que me gustan de ella.

Voy a hacer que le caiga bien. Eventualmente. Por ahora, solo la sacaré de este aeropuerto.

—¿Cuántas maletas tienes? —le pregunto.

Ella mira una roja que está a su lado.

—Solo esta.

—No parece que tengas suficientes zapatos ahí —bromeo.

Violet no se ríe.

—¿Quieres saber qué hay en mi maleta?

Admito que tengo curiosidad.

—¿Qué?

Se inclina hacia mí para susurrarme al oído.

—El cadáver del idiota que intentó desnudarme con la mirada dentro del avión. ¿Conoce algún lugar donde lo pueda tirar?

La miro. Sé que está bromeando, pero también sé que está tratando de advertirme. Ja. ¿Cree que puede asustarme tan fácilmente? Ni hablar. Tomo su maleta.

—La verdad es que sí. Y me alegro de que te hayas encargado de él, aunque en el futuro no tendrás que hacerlo. Mientras estés conmigo, me encargaré de cualquier imbécil que se atreva a acercarse a ti.

Me dedica una sonrisa sarcástica.

—Qué noble.

—Sí. Soy tu caballero de brillante armadura —Miro hacia la salida—. Entonces, ¿vamos hasta su carruaje, milady?

~

—Esta no es la oficina —protesta Violet después de que bajamos del coche frente a un restaurante.

—No —le digo—. Este es uno de los mejores restaurantes de Chicago.

—¿Y por qué estamos aquí?

—Vamos a tener nuestra primera reunión durante el almuerzo, que también sirve de fiesta de bienvenida.

Ella hace una pausa.

—Pero pensé que no empezaba hasta mañana.

Percibo la preocupación en su voz, así que me vuelvo hacia ella con una sonrisa.

—No te preocupes. Será una reunión corta.

Se toca el cabello y la parte delantera del vestido.

—Pero yo... no estoy vestida para... trabajar. Todavía no me he cambiado. Yo...

Así que Violet también puede ponerse nerviosa, ¿o no? Es un cambio refrescante, pero decido no torturarla más.

—Estoy bromeando. Solo hemos venido a comer.

Hace una mueca y me mira fijamente.

Me encojo de hombros.

—Pensé que querrías comer algo ahora que ya estás en tierra. Sé que estabas en primera clase, pero yo no puedo comer nada de la comida de avión. ¿Tú sí?

—Comí un poco —responde ella. Su voz vuelve a ser fría.

—Entonces debes tener hambre. Yo sé que sí tengo.

Subo las escaleras del restaurante y el maître abre la puerta.

—Bienvenido, Sr. Hawthorne. Tengo su mesa preparada.

Le agradezco con una sonrisa antes de seguirlo.

—Espera —dice Violet—. Yo no tengo hambre. Esperaré en el coche.

—Tonterías. Te vas a quedar aquí conmigo. No tienes que comer mucho. Solo come algo. Cualquier cosa. Todo en el menú aquí es delicioso.

—Pero...

—Es solo un almuerzo, Violet —la corté mientras la miraba a la cara—. Y la empresa paga.

—No es eso lo que me preocupa.

—No. Te preocupa que intente seducirte, sobre todo porque no parece haber más clientes en el lugar. Te lo puedo explicar. Este restaurante no suele abrir hasta las cinco, pero para nosotros han hecho una excepción. No es la primera vez. Además, puedo asegurarte que me comportaré lo mejor posible.

Violet no parece convencida, así que levanto las manos.

—Te prometo que no coquetearé. Como he dicho, es solo un almuerzo. Y no, no es una cita. Solo dos personas comiendo una buena comida.

Ella suspira pero no plantea ninguna otra preocupación.

—Bien.

Me dirijo a la mesa. Ella me sigue en silencio. Hacemos nuestros pedidos: champiñones, cordero y una copa de vino para mí, ensalada y una taza de café para ella. Mientras esperamos a que llegue el pedido, Violet saca su teléfono y centra su atención en él en un claro esfuerzo por evitar hablar conmigo o incluso mirarme.

No sé por qué me odia tanto. Es como si me apenas al verme, me hubiera dado un portazo en la cara. No se parece a nada que haya experimentado antes.

Bueno, esa mujer de los rizos negros también me dio un portazo en la cara. Y con ella, nunca tuve otra oportunidad, pero con Violet, tendré muchas. Ahora que vamos a estar en el mismo país, en el mismo edificio, en el mismo piso, no podrá huir ni esconderse de mí. Solo tengo que seguir llamando a su puerta.

—¿Ya echas de menos Suiza? —le pregunto mientras tomo mi copa de vino.

—Un poco —responde Violet sin levantar la vista del teléfono.

—¿Qué crees que será lo que más vas a echar de menos?

—El hecho de que la gente allá solo se ocupa de sus propios asuntos.

En otras palabras, quiere que me calle. Pero no voy a hacerlo. Si yo no consigo lo que quiero, ella no conseguirá lo que quiere.

—¿Has vivido allá toda tu vida? ¿Tus padres son suizos?

Ella entrecierra los ojos al mirarme.

—¿Qué? —le pregunto.

—Dios mío, realmente no tienes ni idea, ¿verdad?

Sigo confundido.

—No sé de qué estás hablando.

Por un momento, Violet se queda en silencio. Luego, para mi sorpresa, se echa a reír.

Me alegro de haberla hecho reír por fin. Quiero reírme con ella. Pero algo me dice que se ríe de mí.

—Lo siento, pero ¿qué es lo gracioso, exactamente?

—Tú —responde después de calmarse y dar un sorbo a su café—. Pero no en el buen sentido.

Sacudo la cabeza.

—Sigo sin entenderlo.

Ella sonríe.

—Nada nuevo.

¿Qué significa eso? ¿Acaso nos hemos conocido antes? ¿Cuándo? ¿Dónde?

—No lo entiendo —le digo.

—Y nunca lo harás —agrega ella.

En ese momento llega el camarero con mis champiñones y su ensalada. Violet se pone la servilleta en el regazo y coge el tenedor. Sigo sin saber qué hacer.

—Creí que estábamos aquí para comer —dice Violet, antes de meterse algunas verduras a la boca—. Mmm. Tienes razón. La comida aquí es buena.

Por fin sale algo de su boca que puedo comprender. Y eso no es un insulto.

Agarro mi servilleta y mis cubiertos. Sigo sin saber de qué hablaba Violet antes, y eso me enfurece, pero por ahora, supongo que disfrutaré comiendo con ella.

—Creía que no tenías hambre —comento antes de comer un champiñón.

—Supongo que sí —confiesa—. Quizá sea porque ahora estoy de mejor humor.

A mi costa. Pero si ese es el precio de su compañía, entonces está bien. Lo asumiré esta vez.

—Solo come. Vas a necesitar una buena cantidad de energía para el tour VIP de la sede que voy a darte.

~

—Y aquí estamos, de vuelta en tu oficina —digo al final del recorrido—. Espero que te haya gustado todo lo que has visto.

—Creo que sí —me dice Violet—. Y he aprendido mucho, aparte del hecho de que el director financiero parece tener demasiado tiempo libre.

Sonrío.

—No te preocupes. Mañana me pondré al día con el trabajo, sobre todo con tu ayuda.

Deja escapar un suspiro.

—Me lo temía.

—Es una broma. Ya terminé mi trabajo del día esta mañana. Así que...

Me siento en el borde de su escritorio y me froto las manos.

—¿Alguna pregunta final? ¿Algo que quieras cambiar en tu oficina?

—Me encantaría que estuviera un poco más lejos de la tuya —ella responde.

Sacudo la cabeza.

—No. Me temo que este es el único despacho que nos sobra en esta parte de la planta.

—Por supuesto. —Se adelanta—. ¿Y qué hay de no tenerte sentado sobre mi escritorio? ¿Crees que es mucho pedir?

—No. —Me bajo.

—Gracias. Ahora se ve mucho mejor.

Se sienta detrás de su mesa.

—Te ves bien detrás de tu escritorio —le digo—. Como una jefa.

Así es. De vuelta al restaurante, se puso un vestido negro, así que ahora parece más profesional. Vi cómo imponía respeto durante el recorrido. Incluso vi a uno que otro boquiabierto. Ya puedo decir que las cosas van a ser más interesantes por aquí con ella cerca.

—Quizá algún día tome tu puesto —dice Violet.

La expresión de su cara me dice que va en serio, pero me río.

—Buen intento. Pero no. No sucederá.

—¿Porque eres el hermano menor del director general?

—Porque soy muy bueno en lo que hago.

—¿Mejor que yo?

—Sí.

—Ya veremos. —Golpea con los dedos sobre la mesa—. Yo tendría más cuidado a partir de ahora si fuera usted, Sr. Hawthorne.

Una declaración de guerra. ¿De eso se trata todo esto? ¿Ella quiere mi puesto? No. Puedo sentir que todo esto es demasiado personal. Además, no puedo olvidar el comentario que hizo antes.

—Dime por qué —exijo.

Basta de pistas y juegos de adivinanzas.

Violet se echa hacia atrás en su silla.

—¿Por qué que?

—¿Por qué me ves como un bicho que hay que aplastar?

—Yo no aplasto bichos —responde—. No me dan miedo los bichos.

—Pero me tienes miedo.

—No te tengo miedo.

—¿Solo me encuentras repugnante?

—Más o menos.

—¿Por qué?

Respira profundamente pero no me da una respuesta.

Pongo las manos sobre su escritorio.

—Necesito una razón, Violet. No te voy a forzar a gustar de mí o a que te lleves bien conmigo, pero si vas a enfrentarte a mí en todo momento, al menos necesito saber por qué.

Violet asiente.

—Bien. Creo que ya tuve suficiente diversión de todas formas.

—¿Diversión?

—Dame un minuto —dice ella—. Ah, y es mejor que te des vuelta.

Frunzo el ceño. ¿Dar la vuelta? ¿Tengo que hacerlo?

Me doy cuenta de que sí cuando empieza a quitarse los lentes de contacto. Me doy la vuelta inmediatamente. No soy nada aprensivo, pero juro que nunca entenderé cómo la gente puede soportar ponerse plástico en los ojos.

—Listo —dice Violet varios segundos después—. Ya puedes voltearte.

En cuanto lo hago, nuestras miradas se encuentran. Mis ojos se abren de par en par al ver el color de los suyos.

Azul. Como zafiros.

—¿Es tu color de ojos natural?

—Sí —responde ella—. Tengo los ojos azules y el cabello negro y rizado. Créeme, también intenté cambiarlo, pero mi pelo es muy rebelde y el tinte me irrita el cuero cabelludo. De todos modos, sí, ojos azules, pelo negro. Una combinación rara. ¿Te suena?

Joder.

Violet sonríe.

—Basándome en esa mirada de horror en tu cara, supongo que sí.

La señalo con un dedo.

—Tú eres esa mujer.

—Tienes que ser más específico dada tu fama de acostarte con cualquiera.

—Eres la mujer de Wharton.

—Sigue siendo demasiado impreciso.

—La que invité a ir a la fiesta de Lloyd Finley.

—Bingo —exclama Violet—. Ahora, avanza en tu memoria hasta la noche de esa fiesta, alrededor de las nueve, y entenderás por qué quiero tu corazón en una bandeja. Quizá también tu pene.

—Ahora, recuerdo.

—Nos besamos en la glorieta.

—Avanza un poco más.

Trato de recordar lo que pasó después de eso.

—Volví a la casa. Hablé con algunas personas. Ya no recuerdo con quién.

—Entonces permíteme que te ayude. Había una mujer. Era alta. Tal vez 1,70. Morena. Llevaba un vestido rojo brillante.

La recuerdo.

—Kim Anderson. Era una nadadora. Yo era su admirador.

—Obviamente.

—Ella se me acercó y...

Violet levanta la mano.

—No necesito escuchar los detalles. La cuestión es que te fuiste de la fiesta con ella aunque llegaste conmigo. Tuve que llamar a un Uber para volver a casa.

Ya veo. Ahora todo tiene sentido. Violet me odia porque hace cinco años, cuando estaba en Wharton (lo que ahora parece historia antigua), la llevé a una fiesta y la dejé allí.

¿Tengo alguna excusa? No. Estaba frustrado con ella porque se comportaba como una calienta pitos. Tenía los testículos a reventar. Entonces conocí a Kim. Ella era agradable. Estaba dispuesta. La llevé a mi apartamento. Fin de la historia.

¿Sentí siquiera una punzada de culpa por dejar a Violet? Sí, la sentí. Traté de hablar con ella después de una de nuestras clases, pero me evitó. Luego la vi con un tipo y supuse que había seguido adelante, y yo también. Resulta que nunca lo hizo.

—Lo siento —le dije—. Pero eso fue hace años. Éramos estudiantes.

—Estudiantes de posgrado. No éramos adolescentes, así que no puedes culpar a las hormonas por tu comportamiento.

—Pero ahora somos profesionales.

—Por lo visto, eso no impide que algunos sigan acostándose por ahí.

Vuelco los ojos.

—No has cambiado —dice Violet—. He notado cómo te miran las mujeres de este lugar.

—¿Eso es culpa mía?

—No te mirarían así, con ese deseo e ilusión, si no tuvieran algún tipo de estímulo. Todavía tienes sexo con una mujer tras otra y las desechas a la mañana siguiente, ¿cierto?

—No tanto como antes.

Violet se ríe.

—¿Solo unas tres mujeres a la semana?

No respondo.

—Si sales conmigo, no me acostaré con nadie más. Lo prometo.

Ella sacude la cabeza.

—No. No volveré a caer en eso.

Suspiro.

—Violet, eso fue hace años. ¿No podemos olvidarlo y empezar de nuevo?

—No —responde ella con firmeza.

—Ya te he dicho que lo siento. ¿Qué quieres que haga? ¿Que me arrodille? ¿Que te dé un masaje en los pies? ¿Que te compre flores? ¿Que te lleve a la playa y escriba «Lo siento» cien veces en la arena?

—Vaya. —Se sienta y junta las manos sobre su escritorio—. Quizá deberías dejar de ser director financiero y escribir un libro titulado 101 maneras de pedir perdón. Apuesto a que sería un éxito.

—¿Quieres que te dé mi empleo? ¿Es eso?

Su expresión se vuelve seria.

—No. No quiero que me dé su puesto, Sr. Hawthorne. Lo tomaré yo misma. De hecho, no quiero nada de usted.

—¿Así que vas a seguir odiándome el resto de tu vida? ¿Es eso?

—No —responde Violet—. Eso sería demasiado agotador. Ya dejé de odiarte una vez, sabes. Cuando estaba en Suiza, me olvidé de ti. Pero reapareciste y aquí estoy, odiándote de nuevo. Pero al final dejaré de hacerlo. Volveré a fingir que no existes, a no sentir nada por ti.

—¿Así que admites que todavía sientes algo por mí?

—Odio. Asco. Todas esas cosas feas.

—Cosas feas —replico—. ¿Por qué no las dejas pasar y me das una segunda oportunidad?

Violet se pone la mano en el pecho mientras se ríe.

—¿Una segunda oportunidad?

Me encojo de hombros.

—¿Por qué no? Todo el mundo merece una segunda oportunidad.

—Mentira. —Violet se levanta y entrecierra sus ojos sin dejar de mirarme—. Si crees que te voy a dar otra oportunidad para hacerme sentir como una tonta y una basura, estás muy equivocado.

—No voy a hacer eso.

—No. No lo harás. Fin de la conversación.

Violet se sienta. Respira profundamente.

—¿No podemos al menos ser amigos? —le pregunto—. Vamos a trabajar juntos.

—Lo cual es algo que nunca pedí. ¿Crees que quiero trabajar contigo? Pero como has dicho, somos adultos y profesionales, así que sí, voy a hacer mi trabajo y voy a hacerlo lo mejor posible. Y un día, seré directora financiera. Es así de sencillo.

Me rasco la cabeza. ¿De verdad? ¿Ella cree que todo es así de sencillo?

—Yo...

Justo entonces, oigo un golpe en la puerta de cristal. Giro la cabeza y veo a Stella entrando. Se detiene cuando nuestras miradas se encuentran.

—Oh, lo siento, Asher. No sabía...

—¿Puedo ayudarte? —pregunta Violet.

Stella la mira.

—Tú debes ser Violet Cleary. Yo soy Stella Quinn. Nos conocimos en Zúrich.

—¿Lo hicimos? —pregunta Violet, mientras se dan la mano.

—Sí. Probablemente no te acuerdes de mí porque estaba en un segundo plano. Soy la asistente de Ethan... del señor Hawthorne.

—Oh.

—Me pidió que te mostrara tu apartamento, así que cuando termines aquí, puedes...

—Oh, ya terminé aquí. —Violet se levanta y me mira—. Hemos terminado aquí, ¿no es así, Sr. Hawthorne? ¿O hay algo más que deba aclarar?

—No —respondo—. Has sido muy Claire.

—Bien.

Coge su bolso y sale del despacho con Stella. Cuando se han ido, me hundo en la silla de Violet. Mi mirada se dirige a la placa con el nombre recién grabado sobre su escritorio.

Violet Cleary. Controlador financiero.

¿Quién iba a pensar que era la misma mujer que dejé en una fiesta hace años?

Volvería atrás y cambiaría eso si pudiera, pero no puedo. Y ella no me dará una segunda oportunidad. Entonces, ¿qué se supone que debo hacer? ¿Solo sentarme y sonreír mientras ella me mira con odio cada día, me escupe veneno cada vez que puede, y conspira para quitarme el puesto?

Ni hablar. Si no me voy a divertir, no voy a dejar que ella lo haga. Si ella no juega limpio, entonces no tiene lugar en la cancha, en mi cancha. Si no puedo tenerla, entonces es mejor que desaparezca de mi vista.

Violet sacó a relucir muchas cosas del pasado, pero olvidó algo importante del presente: soy su jefe. Puedo despedirla. No lo haré, porque eso no sería divertido. Pero le haré la vida tan difícil que empacará sus maletas y volverá a Suiza.

Le di la oportunidad de ser una santa. Ella decidió ser el diablo. Así que bien. Hagamos esto. Vamos a llevarnos al infierno el uno al otro y ver quién ríe de último.

Recojo las esferas Baoding de su escritorio y las hago rodar en mi mano.

Ahora, esto podría ser aún más entretenido.

CAPITULO DOS

Violet

—¿Te estás divirtiendo? —me pregunta Stella después de entrar en uno de los ascensores de El Mistral.

Es un edificio de treinta y seis pisos a solo diez minutos de nuestras oficinas. Tiene un portero, un guardia de seguridad, un par de amables recepcionistas y un amplio vestíbulo con muebles minimalistas, una enorme lámpara de araña, espejos con candelabros y un exquisito jardín. Ya me gusta.

Pero eso no es lo que pregunta Stella.

¿Diversión? Déjame pensar. ¿Qué he hecho hasta ahora? Almorcé con Asher. La comida era buena pero la compañía no, así que no, no fue divertido. Aunque disfruté de la estúpida mirada de Asher cuando se esforzaba por descifrar mis palabras. Podría haberme divertido si no estuviera tan molesta por el hecho de que no reconociera mi nombre o mi cara, solo porque llevaba un par de lentes de contacto. Idiota.

Luego di un paseo por el edificio empresarial. Todo se veía bien. La gente fue cálida. Pero, estaba con Asher, que claramente es muy querido, especialmente por las mujeres, así que eso tampoco fue entretenido. ¿La conversación que tuve con Asher al final? Tal vez, porque yo tenía el control, pero también se sintió insoportable revivir esa horrible noche.

Así que veamos. Mi respuesta es...

—Demasiada diversión, por lo que estoy deseando meterme bajo las sábanas. Después de una ducha, por supuesto.

No puedo creer que hayan pasado dieciséis horas desde que me di una.

Stella se vuelve hacia mí con una sonrisa.

—No te preocupes. Tu apartamento sí tiene ducha. Y está completamente equipado con ropa de cama, alfombras y cortinas nuevas. De hecho, todo es nuevo. Es un regalo de Eth, quiero decir, del Sr. Ethan Hawthorne, el director general.

Me pregunto por qué sigue haciendo eso. No me importa que llame al director general por su nombre de pila. Yo solía llamar a Simón por su nombre.

Espera. ¿Dijo que mi apartamento es un regalo del director general? ¿Es gratis?

—Lo siento, pero no entendí bien el significado de eso. ¿Estás diciendo que no tengo que pagar ningún alquiler?

—Oh, no. Sí tienes que hacerlo —responde Stella—. Me refería a que los muebles, los electrodomésticos y todos los adornos son un regalo de bienvenida del señor Hawthorne. El Sr. Ethan Hawthorne, eso es. Pero sí tienes que pagar el alquiler. Pero no tienes que preocuparte, porque Hawthorne Holdings es el dueño de este edificio, así que tienes un gran descuento como empleada.

—Ya veo.

Pensé que un apartamento gratis era demasiado bueno para ser verdad. Pero bueno, al menos tengo un descuento. Con suerte, será como mínimo de un veinticinco por ciento.

—Puedes hacer arreglos abajo si quieres que te descuenten el alquiler directamente de tu salario —añade Stella.

Asiento con la cabeza.

—Lo pensaré.

Las puertas se abren y salimos al piso treinta y cuatro. Me encuentro al principio de un largo pasillo alfombrado. Pero, solo veo dos puertas, una al final y otra a pocos metros de mí.

—Los departamentos en este edificio son amplios y con techos altos —explica Stella—. Así que hay un máximo de siete viviendas por piso. Pero en el treinta y tres y en esta planta, solo hay dos apartamentos.

De acuerdo.

Desbloquea la puerta que está cerca de mí y la empuja para abrirla.

—Y este es el tuyo.

Entro. Nada más ver el espacio, me sofoco. ¿Espacio? Este lugar es más grande que cualquier otro apartamento en el que haya vivido. Puede que incluso sea más grande que todo el primer piso de la casa donde crecí. Y los muebles son encantadores. Moderno pero acogedor. El diseño tiene un toque femenino: colores pastel, cálidos y relajantes con algunas piezas de decoración floral. La vista de la ciudad desde los ventanales que van del piso al techo, es espectacular.

Me llevo la mano al cuello mientras contemplo la vista. El sol se está poniendo y las fachadas de los edificios se ven doradas. A lo lejos, la superficie del lago Michigan brilla al capturar los últimos haces de luz del día.

—Sé que no es Zúrich, pero Chicago tiene su propio encanto —apunta Stella, mientras se coloca a mi lado.

—Seguro que sí. —Le doy la razón.

Ella mira a su alrededor.

—¿Te gusta el apartamento?

—Sí —afirmo, mientras me doy la vuelta—. Es... increíble.

—Me alegro de que lo pienses. Yo misma elegí algunas de las piezas. Últimamente me he estado dedicado a la decoración de interiores.

—¿En serio?

Eso explica el toque femenino.

—Pronto voy a montar una guardería.

—¿Una guardería? —Mis cejas se fruncen, pero en cuanto veo la mano de Stella en su vientre, lo entiendo.

—¿Estás embarazada?

—Sí. No estoy tan avanzada, así que aún no es obvio, y tal vez sea demasiado pronto para que esté pensando en el cuarto del bebé. Quiero decir, ni siquiera sabemos si vamos a tener un niño o una niña. Pero no puedo evitar estar emocionada. Bueno, al principio no estaba emocionada. En realidad, estaba muy asustada. Pero ahora lo estoy.

Y se nota.

—Está bien —le digo mientras le doy un apretón en la mano—. Felicidades.

—Gracias.

—Y por favor, dile al Sr. Hawthorne, es decir, al Sr. Ethan Hawthorne, que acepto gratamente su regalo y le estoy muy agradecida.

Stella asiente.

—Lo haré.

—Le daría las gracias yo misma, pero no quiero quitarle tiempo. Sé que está muy ocupado.

—Lo está, pero puedes darle las gracias en la primera oportunidad que tengas, como cuando te topes con él en el pasillo o compartas el viaje en ascensor con él.

Miro a Stella con desconcierto.

—Creía que tenía su propio ascensor.

—Lo tiene, pero de vez en cuando coge el otro solo para dejarse ver, para recordarle a sus empleados que todos trabajan con las mismas metas.

—¿De verdad? No me pareció alguien que se preocupara por sus trabajadores cuando lo conocí en Zúrich.

Stella sonríe.

—Eso es porque aparenta ser muy serio la mayor parte del tiempo. Incluso da miedo. Pero se preocupa. En realidad tiene el corazón de un niño grande.

Sus palabras (y más concretamente el tono de su voz) me hacen sospechar. También está esa mirada en su rostro cuando habla de Ethan Hawthorne. ¿Es así como una asistente habla de su jefe? Mi intuición femenina me dice que no.

¿Acaso Stella es novia de Ethan Hawthorne? No parece llevar anillo, así que no es su esposa o prometida, y sin embargo hay algo ahí. Pero está embarazada. ¿Es de Ethan? ¿Está eso permitido?

De repente tengo un montón de preguntas, pero decido mantener la boca cerrada. Soy nueva. Tengo curiosidad, pero no quiero ser entrometida. Además, no me importa con quién se acueste el director general, si con su ayudante o con una heredera extranjera. Le daré a esto el tratamiento suizo y lo dejaré en paz.

Justo entonces, el teléfono de Stella llama. Lo mira.

—Uy. Tengo que irme. Si hay algún problema con el apartamento, puedes llamar abajo.

—De acuerdo.

Ella pone su mano en mi brazo y me da una cálida sonrisa.

—De nuevo, bienvenida a Hawthorne Holdings. Bienvenida a Chicago. Y te deseo lo mejor.

Le doy una palmadita en la mano.

—Gracias.

Se dirige hacia la puerta pero se detiene justo delante de ella y gira.

—Ah, y una cosa más.

—¿Sí?

—Sé que Asher puede ser demasiado impetuoso a veces. Puede parecer descuidado, irreflexivo. Muchas veces, parecería que habla antes de pensar...

Suena como si conociera bien a Asher, también. Espera. ¿No me digas que el bebé es de Asher?

—Pero en realidad medita todo con cuidado. Puede parecer perezoso, pero se toma el trabajo muy en serio. Y sí, le encanta coquetear, pero creo que en realidad, es posible que esté buscando desesperadamente a alguien que pueda entenderlo y desafiarlo al mismo tiempo.

Entrecierro los ojos hacia ella. Sé que dije que mantendría la boca cerrada, pero no puedo contener mi curiosidad.

—Lo siento, pero ¿tú y Asher están...?

Las cejas de Stella se levantan.

—¿Qué? No.

Sacude la cabeza.

—¿Entonces no te acostaste con Asher?

—Nunca.

—¿Entonces el bebé no es...?

—No es de Asher —me asegura Stella—. Definitivamente no.

Y le creo. Algo en sus ojos me dice que nunca se ha interesado por Asher, lo cual es una primicia, creo, pero comprensible si es que siempre ha estado enamorada de otra persona, como Ethan Hawthorne, por ejemplo. De hecho, ahora estoy aún más convencida de que este es el caso.

—Lo siento —le digo— Es que... he oído cosas sobre Asher.

Stella asiente.

—Lo sé. Es la razón por la que te dije todo eso hace un momento. Algunas de las cosas que has oído pueden tener una pizca de verdad, pero créeme, Asher no es un mal tipo.

Pero lo es. Después de todo, ningún hombre decente va a una fiesta con una mujer a la que pidió y prácticamente rogó que saliera con él, la besa y luego se va con otra, ¿verdad?

Pero no digo eso.

—Gracias —atino a responderle a Stella.

Ella me hace otro gesto con la cabeza y se va. Me siento en el sofá, en el sofá de microfibra exquisitamente suave, que aún huele a nuevo y con vista a la ventana, y suelto un profundo suspiro.

Así que este es mi nuevo hogar, ¿eh?

No mentía cuando dije que me gustaba. A mí también me gusta Chicago. ¿Lo único que no me gusta de este nuevo trabajo? Asher. Es un idiota de manual. Egoísta. Engreído. Odioso. Cree que es un regalo de Dios para las mujeres, cuando en realidad es una maldición. No debería existir.

Y sin embargo, Stella, que me agrada, parece pensar que es un buen tipo. Prácticamente me lo vendió, tratando de decirme que le diera otra oportunidad. La cosa es que ella conoce a Asher. Si está con Ethan, Asher debe ser como un hermano para ella. Eso puede parcializarla, pero también significa que lo conoce bien.

¿Y qué hay de mí? ¿Qué tan bien conozco a Asher?

Fui a la universidad con él, pero apenas hablamos fuera de nuestras clases. Solo tuve esa única conversación antes de que empezáramos a besarnos y las cosas se desmoronaran. Desde entonces, he creído que él es un monstruo.

¿Pero lo es? Lo estoy juzgando basándome en un hecho, un incidente, un error por el que ya se disculpó. ¿Es eso justo? ¿Y si me equivoco con él? ¿Y si estoy siendo demasiado dura, demasiado precipitada?

Cuanto más lo pienso, más me doy cuenta de que en realidad no lo odio. Solo aborrezco lo que hizo. Solo esa cosa. Y yo también tengo la culpa de ello.

¿Existe la posibilidad de que tal vez, solo tal vez, he estado equivocada todo este tiempo y Asher no es tan mala persona como creo que es?

~

Tengo razón. Asher es malo. El peor, en realidad.

Durante mi primer día en la oficina, Asher me dio un montón de trabajo. Y sigue aumentando cada día. Apenas si he podido levantarme de mi escritorio. Incluso he tenido que trabajar horas extras. En mi primera semana. Y si cometo un solo error, aunque sea una errata, o me olvido de un pequeño detalle, se pone en mi contra y lo convierte en un gran problema. Si intento decir algo en mi defensa, me mira y me dice que si no puedo hacer mi trabajo, debería dejarlo.

De ninguna manera voy a renunciar, pero esto no me gusta. Ni un poco. Definitivamente me está castigando. Y sé que es por razones personales.

¿Es porque amenacé con quitarle el puesto? ¿O es porque dije que nunca lo perdonaría? Sea cual sea la razón, creo que está siendo injusto. Y es aún peor durante las reuniones.

En la primera, hizo todo lo posible para hacerme sentir que estaba fuera de lugar. En esa reunión. En su departamento. En la empresa. Dejó claro que no le agradaba, así que ahora a nadie en la planta le gusto. No me dio la oportunidad de hablar. Cada vez que empezaba a hacerlo, me interrumpía o pasaba a otro tema. Y deliberadamente hablaba mucho de cosas que hicieron en el pasado, de las que yo claramente no formé parte y no tengo conocimiento. Era como si yo no estuviera allí.

Pensé que la segunda reunión sería mejor porque me dio la oportunidad de informar, pero después empezó a criticarme, señalando cada error que cometí y diciéndome que podría haberlo hecho mejor, porque él podría haberlo hecho todo mejor. Delante de todo el mundo. Incluso cuando estaba en la escuela, nunca me criticaron delante de toda la clase. Me dieron ganas de llorar.

Y cuando creía que no podía ser peor, hoy, en la reunión de hace un momento, Asher robó mis ideas, todo mi trabajo, todos los planos que elaboré, los gráficos, las tablas, y los hizo pasar por suyos. Estaba tan sorprendida y decepcionada que no pude decir nada, aunque hubiera querido.

Pero ahora puedo hablar. Ya es suficiente.

—¿Sr. Hawthorne? —Me levanto de la silla cuando Asher empieza a salir de la sala de conferencias—. ¿Un momento, por favor?

Él sigue adelante.

—Estoy ocupado.

Oh no. No está huyendo.

—¡Asher! —Golpeo la mesa con mis manos.

Eso llama su atención. Se detiene y se vuelve hacia mí.

—¿Qué?

—Esto tiene que parar —le exijo en un tono más calmado.

Sus ojos oscuros se estrechan.

—No tengo ni idea de lo que estás hablando.

—Sí que la tienes. Desde que empecé a trabajar aquí, me has estado echando trabajo encima. No solo el que me corresponde, sino también el tuyo. Y has aprovechado cada oportunidad para burlarte de mí, humillarme y hacerme sentir que no pertenezco aquí.

—Lo que sientas está completamente bajo tu control, no el mío. Así que si sientes que no perteneces aquí, tal vez sea porque eso es lo que tú misma crees.

—Tonterías. Me has estado tratando como a una extraña, como una aficionada, como una mierda, como...

—¿Un insecto al que hay que aplastar? —Termina la frase—. ¿O es demasiado duro?

Frunzo el ceño. Lo sabía. Esto es personal.

—Voy a denunciarte ante Recursos Humanos —lo amenazo.

Asher no parece ni un poco perturbado.

—Saluda a Gina de mi parte, ¿quieres? Es una mujer de unos cincuenta años, pelirroja, con gafas con cordones y pendientes locos. Parece una típica bibliotecaria. Pero no te dejes engañar. Es muy buena con las computadoras. Y muy dulce.

Mis cejas se fruncen. ¿Por qué me dice esto?

—Ah, y ya que estarás ahí, ¿por qué no presentas tu renuncia?

—¿Qué?

—Está claro que estás estresada, incluso abrumada, por tu trabajo. Como dije, si no puedes manejarlo, puedes dimitir. Creo que deberías hacerlo.

Lo fulmino con la mirada.

—No es mi trabajo el que me estresa o abruma, y lo sabes. Eres tú quien me lo pone todo difícil.

Sonríe.

—Yo soy el jefe. Es mi trabajo hacer las cosas difíciles para todos.

—No te veo gritándole a nadie más sobre cómo hacer su trabajo.

—Eso no significa que no lo haga o no lo haya hecho. Tal vez sea así como trato a cualquiera que sea nuevo en mi departamento. Una iniciación. Un «bautismo de fuego», por así decirlo.

Sacudo la cabeza.

—No lo creo. Esto es personal y lo sabes, Asher.

—Creo que debes llamarme señor Hawthorne —observa—. Y no. No es personal, Srta. Cleary. ¿Lo es?

—Sabes que lo es —respondo con los dientes apretados.

No hay forma de que me convenza de que no lo es.

Asher golpea los dedos sobre la mesa.

—¿Crees que estoy haciendo todo esto para castigarte por algo que hiciste en el pasado? Nunca haría eso, Srta. Cleary. Nunca dejaría que algo que ocurrió en el pasado estropeara el presente. O el futuro.

Y sin embargo, está haciendo exactamente eso.

—Yo no hice nada malo. Fuiste tú quien me dejó en esa fiesta. No. Tú me dejaste en una glorieta. Podría haberme congelado hasta morir.

—Y yo dije que lo sentía.

—Pero no lo dijiste en serio.

—Sí lo hice —asegura—. Solo que no quiso aceptarlo.

—¿Así que me estás castigando? Me negué a perdonarte, lo cual no es un crimen. De hecho, es mi prerrogativa. Eres tú quien no puede aceptarlo. Ni siquiera puedes respetarlo. En cambio, decidiste hacer de mi vida en el trabajo un infierno.

Me rasco la cabeza. ¿Asher no ve lo estúpido que suena?

Cruza los brazos sobre el pecho.

—Como he dicho, no la estoy castigando, Srta. Cleary. Pero si cree que está siendo castigada, si percibe en lo personal, que no puede llevarse bien conmigo, si siente que no puede soportar más todo esto, es libre de irse.

¿Por qué sigue diciendo eso? No quiero renunciar. Si renuncio, lo pierdo todo. Él gana.

—¡No voy a irme a ninguna parte!

—Sí, claro. Porque quiere ser directora financiera, eventualmente.

Tomo aire para calmarme.

—¿Es eso un delito? ¿Así que también me está castigando por eso?

—Si ese es el caso, Srta. Cleary, entonces le sugiero que se limite a hacer su trabajo. A la perfección. Mientras lo haga, no tendré ninguna queja.

Sí, claro.

—Incluso puede que me convenza de darle una recompensa. Verá. Soy un excelente jefe. Debería estar contenta de trabajar a mis órdenes.

Me dedica una última sonrisa que hace que se me revuelva el estómago y que mis manos se cierren en puños. Luego se va. En cuanto lo hace, cojo el bolígrafo y lo lanzo a la puerta. Luego me hundo en la silla y me tomo el pelo con frustración.

Ese... ese... ¡maldito idiota! No sé por qué Stella dijo que era una buena persona, definitivamente no lo veo así. Es una escoria. Es un monstruo. Es el diablo.

¡Du lusche! ¡Du hurensohn!

Nunca debería haber venido a trabajar para él.

Suelto un profundo suspiro y entierro mi cara entre los brazos encima del escritorio.

Esto es muy malo.

CAPÍTULO TRES

Asher

—Este es el mejor *martini* que has preparado hasta ahora, Glenn —alabo al barman después de tomar lo último de la ginebra y el vermut seco de mi vaso.

Después tomo el palillo y dejo que las dos aceitunas se deslicen en mi boca.

—Y estas aceitunas son simplemente divinas. ¿Las conseguiste en algún sitio nuevo?

—En un frasco de otra marca —responde Glenn.

Me río y me giro hacia Ryker, mi hermano menor, que está sentado a mi lado.

—¿Sabías que nuestro barman era tan gracioso?

—Bueno, necesita salir de la rutina de vez en cuando —responde Ryker, antes de dar un sorbo a su *gin tonic*.

—Ja, ja. Tú también eres gracioso.

Me estrecha los ojos.

—¿Te diste cuenta de eso recién ahora?

—Bueno, siempre pareces muy serio.

—No, no siempre. Es que tengo que actuar como un adulto cuando estoy cerca de ti.

Me río y le hago una señal a Glenn para que me prepare otro *martini*. Él asiente con la cabeza.

—Parece que estás de buen humor —comenta Ryker.

—Lo estoy —admito.

—¿Las cosas van bien en el trabajo?

—Se puede decir que sí.

¿Quién iba a pensar que fastidiar a Violet sería tan divertido como intentar seducirla?

Bueno, no todo ha sido diversión. Hubo momentos en los que me sentí como si fuera yo el castigado, momentos en los que la culpa era tan fuerte que me dolía el estómago. Cada vez que la veía al borde de las lágrimas, quería darme un puñetazo. Si hubiera llorado delante de mí, probablemente la habría abrazado. Y antes, en la sala de conferencias, necesité poner todo mi empeño para ser malo con ella y alejarme cuando todo lo que quería era tener sexo con ella encima de esa mesa de conferencias. Sexo caliente y frenético. De la mejor clase.

Aun así, creo que es solo cuestión de tiempo antes de que eso ocurra. O renuncie. De cualquier manera, yo gano. Así que sí, supongo que las cosas van bien en el trabajo.

Doy un sorbo a mi *martini* recién hecho.

—¿Y tú? ¿Cómo van las cosas en el trabajo?

Sé que los dos trabajamos en el mismo edificio, pero estamos en plantas diferentes, en departamentos distintos: yo en Finanzas, Ryker en Adquisiciones. Es como si viviéramos en planetas separados.

—Bien —responde—. Las cosas están empezando a estabilizarse. No creo que la empresa haga más adquisiciones en lo que queda del año.

Después de todos los problemas que pasamos para conseguir Odermatt Inc., yo tampoco lo creo.

—Lo que significa que puedes tomarte las cosas con calma durante un tiempo —le digo—. Me alegro por ti.

Levantamos nuestras copas y las dejamos chocar antes de dar un sorbo a nuestras respectivas bebidas. Cuando dejo mi vaso, veo el asiento vacío a mi lado y miro hacia la puerta del bar.

—Por cierto, ¿dónde está Ethan? ¿Va a venir?

—Pensé que también te envió un mensaje.

Reviso mi teléfono.

—No. ¿Qué dijo?

—Que no puede venir.

—¿Por qué?

—Adivina.

Solo tengo una razón en mente.

—¿Está con Stella?

Ryker sonríe.

—Diste en el clavo

Por supuesto que lo está. Se supone que estas reuniones para compartir bebidas los viernes a medianoche son nuestro tiempo juntos como hermanos, pero desde que Ethan se enteró de que Stella está embarazada, el taburete a mi lado está vacío la mayoría de las veces. Después de que ella dé a luz, puede que deje de venir por completo.

Y lo entiendo. Está empezando una familia propia ahora. Lo sé. Solo deseo que no nos deje a mí y a Ryker relegados.

—Es injusto —protesto—. Prometimos que nos reuniríamos para tomar algo todos los viernes, pasara lo que pasara.

—Y lo hemos estado haciendo durante años —replica Ryker—. Pero no podíamos hacerlo para siempre.

—¿Quién lo dice?

—Ethan va a ser padre pronto. Va a tener su propia familia. Por supuesto que va a pasar todo el tiempo que pueda con ellos.

—Eso no significa que no pueda compartir algunos momentos con nosotros. Seguimos siendo sus hermanos.

—Y como sus hermanos, siempre estaremos ahí para apoyarlo cuando nos necesite, independientemente de que se vaya o no de copas con nosotros.

Resoplo.

—Eres demasiado bueno, Ryker. ¿Lo sabes?

—Y tú solo estás celoso —señala.

—¿De Stella, porque Ethan pasa más tiempo con ella?

Eso suena estúpido.

—De Ethan, porque tiene a Stella —responde Ryker.

Me quedo en silencio. ¿Lo estoy?

Sé que los engranajes de mi cabeza han estado moviéndose. Desde que Ethan (que nunca pensé que se tomaría en serio el romance o se enamoraría), se juntó con Stella, me he preguntado si a mí me podría pasar lo mismo. Al verlos tan felices juntos, perdiéndose en los ojos del otro cada vez que se miran, he empezado a sentir que me estuve perdiendo de algo. Sí, he estado con muchas mujeres, pero la mayoría de ellas no me han dado más que un poco de emoción, un buen sexo. Eso solía ser suficiente, pero ya no. Ahora empiezo a preguntarme cómo se sentiría tener a alguien con quien volver a casa, alguien con quien reír, con quien escalar peñas y acantilados, con quien hacer ejercicio en el gimnasio. Alguien con quien compartir mi vida.

Me viene a la cabeza la imagen de Violet. Me imagino despertando junto a ella en la cama, viendo sus rizos extendidos sobre la almohada y jugando con ellos hasta que se despierta y me mira con sus ojos de zafiro. Nos veo trabajando juntos en la sala, revisando los números del otro. Quizá a veces discutamos porque a ella no le gusta equivocarse, pero entonces la hago callar besándola, y acabamos teniendo sexo en el sofá o sobre la alfombra. La escena me hace sonreír.

Pero la hago a un lado. Violet ni siquiera soporta estar en la misma habitación que yo. ¿Cómo puede estar en mi vida?

Suelto un suspiro mientras me llevo el vaso a los labios. Supongo que estoy celoso.

—Yo sí lo estoy —confiesa Ryker.

Le dirijo una mirada de desconcierto porque no me lo esperaba.

—¿Lo estás?

—No me malinterpretes. No siento algo por Stella como tú.

Mis cejas se arquean.

—¿Como yo?

—Estuviste coqueteando con ella en Suiza, ¿recuerdas?

—Solo porque quería ver la reacción de Ethan, para calibrar sus sentimientos por ella y provocarlo para que hiciera lo mismo.

Y lo conseguí.

—De lo que estoy celoso es de lo que tienen —dice Ryker.

—¿El bebé?

—La complicidad. El vínculo. Espero poder encontrar a alguien con quien pueda tener algo así, alguien que pueda abrir mi corazón, leer mi mente y entender mi alma.

El anhelo en su voz me asombra aún más. Pero no debería sorprenderme. Si hay un romántico entre los tres hermanos Hawthorne, ese es Ryker.

Le doy una palmadita en el hombro.

—Lo harás, hermano. Estoy seguro de que lo harás.

Justo entonces, timbra su teléfono. En el pasado, lo habría regañado por no ponerlo en modo silencioso, ya que tenemos una norma al respecto. Pero bueno, Ethan ya rompió la regla más importante.

—Adelante —animo a Ryker—. Puede que sea importante.

Saca su teléfono del bolsillo.

—¿Trabajo? —Le pregunto.

—En realidad, no —responde mientras empieza a teclear—. Es Joel.

Como era de esperar, el nombre no me suena.

—¿Joel? ¿Es una mujer? ¿Alguien que te interesa?

Ryker me mira molesto.

—¿Qué pasa contigo y los nombres? ¿Alzheimer precoz? ¿Demencia alcohólica? Joel Parker. Mi mejor amigo. Fuimos a la escuela juntos. Solía quedarse mucho en la casa.

—Oh, él.

Ahora que Ryker me lo ha recordado, me acuerdo perfectamente del tipo. Siempre estaba con Ryker hasta que se fue a la universidad. Ethan no tenía amigos. Yo tenía muchos. Y Ryker tenía un único amigo. Joel, al parecer.

Tomo otro sorbo de mi bebida.

—¿No tenía una hermana? Recuerdo que una vez la llevó a una fiesta.

Ryker suspira.

—¿Por qué no me sorprende que solo eso sea lo que recuerdas de él?

—Era guapa, ¿verdad?

Ryker me responde con una mirada de desaprobación.

Me río entre dientes.

—¿Qué es lo que te hace gracia?

—Tú —respondo—. Pusiste la misma cara que tenías entonces cuando me dijiste que me alejara de ella.

—Porque era la hermana de mi mejor amigo —sentencia Ryker—. Por supuesto que no quería que te acercaras a ella.

—Oh, ¿es por eso?

Pensé que estaban saliendo. Hubiera jurado que sí.

—No quería que Joel te pegara. Y créeme, si hubieras seguido con tu coqueteo, lo habría hecho.

—Y tú se lo habrías permitido —aseguro—. Habrías dejado que tu mejor amigo golpeara a tu propio hermano.

—Porque lo merecías.

—Vaya.

—Evité que Ethan te pegara, ¿no?

Me toco la nariz al recordar ese incidente.

—Quizá la próxima vez no lo haga.

—No habrá una próxima vez —le digo—. Ahora está enamorado, ¿recuerdas? Es feliz.

El teléfono de Ryker vuelve a sonar. Da un sorbo a su trago antes de leer el mensaje y escribir una respuesta.

—¿Cómo está Joel? —le pregunto—. ¿No comentaste que se graduó como ingeniero?

—Sí. Trabaja en una empresa de tecnología en California.

—Quizá debías pedirle que venga a trabajar con nosotros ahora que también nos aventuramos en el mercado tecnológico, sugiero.

Se encoge de hombros.

—No, creo que es perfectamente feliz donde está.

—Pero se verían más a menudo si trabajaran en la misma empresa.

—En realidad, creo que nos veremos más a menudo de todos modos, ya que la mujer con la que se va a casar es de Chicago.

—¿Se va a casar?

—El año que viene —remarca Ryker—. Otro hombre que encuentra su alma gemela.

Resoplo.

—Si sigues poniéndote quejumbroso, te juro que te voy a dejar aquí.

Guarda su teléfono.

—En todo caso, la boda será aquí mismo, en Chicago, y yo seré el padrino.

-¿Y su hermana estará allí?

—Por supuesto. Pero, no te acercarás a ella. De hecho, no estás invitado.

—No te preocupes. No estaba en mis planes.

—¿Porque aún estarás ocupado tratando de convencer a Violet Cleary de acostarse contigo? —pregunta Ryker.

—Lamentablemente, no sé si eso sucederá alguna vez, pero está bien. —Dejo escapar un suspiro—. Pero está bien.

Ryker me mira desconcertado.

—¿Lo está?

Termino mi bebida.

—Al fin y al cabo, pronto dejará la empresa.

Las cejas de Ryker se fruncen aún más.

—¿Qué? ¿Por qué?

—Porque le está costando adaptarse a su nuevo trabajo —respondo.

Ryker no dice nada, pero puedo sentir la sospecha en su mirada penetrante.

Me encojo de hombros.

—¿Qué?

—¿Qué le hiciste, Asher?

—¿Qué hice? No hice nada. Solo te dije que le está costando adaptarse...

—La Violet Cleary que conozco, la Violet Cleary que conocí en Zúrich, no me parece una mujer a la que le cueste adaptarse a nada. Es muy buena en lo que hace. Así que si está pensando en dejarnos, seguro que tiene algo que ver contigo.

—Vaya. —Mis cejas se arquean—. Tu fe en mí es asombrosa, hermanito.

—¿Y qué hiciste?

—Nada —insisto.

Si no me soporta, tiene que irse. Es tan sencillo como eso.

Ryker suspira.

—Bueno, quizá tengas que hacer algo para que no se vaya. Sabes que Ethan se enfadará si sucede. Es muy inteligente. Sería una pena que otra empresa nos quitara ese talento.

Tengo que decir que Ryker tiene razón.

—¿Qué quieres que haga? —Le pregunto.

—No lo sé. Tú eres el bueno con las mujeres.

—No con esta mujer. —Desgraciadamente.

Se encoge de hombros.

—¿Tal vez solo ser... agradable?

¿Agradable? ¿Haciendo qué? ¿Darle flores? ¿Llevarle café? ¿Decirle que está más linda ahora que no esconde sus ojos azules tras unas lentillas asquerosas? ¿Por qué debería hacerlo? Incluso si lo hago, nunca me perdonará. Nunca será amable conmigo. ¿Qué sentido tiene?

—Podrías darle un regalo de bienvenida —sugiere Ryker.

De ninguna manera. Si voy a darle algo, será lo contrario. Algo que la enfade y la convenza de irse.

Sonrío. Bueno, ahí va una idea.

~

Todavía sigo intentando pensar en ese regalo perfecto cuando llego al piso de mi apartamento, pero mis pensamientos se detienen al percibir la fragancia de algo dulce. Giro la cabeza y me doy cuenta de que el aroma viene de la puerta a mi izquierda, la única puerta del pasillo aparte de la mía. También me doy cuenta de qué olor se trata.

Panqueques.

El olor de la mezcla para panqueques, la mantequilla, la canela y el jarabe de arce me devuelve a una cocina iluminada por el sol. Tenía seis años y me costaba subirme a un taburete, pero aquella vez lo conseguí al primer intento. Mi madre llevaba un delantal blanco sobre un vestido rosa y tarareaba mientras hacía panqueques. Fue una de las pocas veces que recuerdo haberla visto bien, no pálida, ni dolorida, ni en la cama con un aspecto tan frágil. También fue la única vez que hizo algo para mí. No creo que haya vuelto a comer panqueques desde entonces.

Ni he sabido de nadie que los haga a las dos de la mañana. Y sin embargo, ahora mismo, claramente, alguien está cocinando. Alguien que vive en el apartamento contiguo al mío.

Mis cejas se fruncen mientras miro fijamente la puerta cerrada, una puerta por la que ya he pasado infinidad de veces, pero que esta vez encierra un misterio que no puedo evitar que me intrigue.

¿Tengo un vecino?

La otra noche me pareció escuchar un ruido desde otro lado de la pared de mi sala, pero no le di mucha importancia. Definitivamente no se me pasó por la cabeza que finalmente pudiera tener a alguien viviendo al lado mío, pero ahora me doy cuenta de que sí.

Mis labios se curvan en una sonrisa.

Estoy seguro de que mi nueva vecina es mujer. Una que hace panqueques y no puede dormir. Ya me cae bien.

¿Quién sabe? Puede que me ayude a olvidar a Violet Cleary.

CAPÍTULO CUATRO

Violet

—Casi lo olvido, señorita Cleary —me dice Dylan, después de dejarle mi último informe del día para que se lo entregue a Asher. Lo haría yo misma, pero ya estoy bastante agotada (no he dormido mucho últimamente con toda la presión del trabajo), y no quiero ver su cara a menos que sea necesario.

—El Sr. Hawthorne quería que le entregara esto.

Me alcanza una caja rectangular envuelta en papel dorado con un lazo rojo y una pequeña etiqueta blanca. Mi nombre es lo único que está escrito en ella.

¿Un regalo? ¿De Asher?

Lanzo una mirada de incertidumbre a Dylan.

—Pero no es mi cumpleaños.

Y aunque lo fuera, de ninguna manera esperaría (o aceptaría) un regalo de Asher.

—Dijo que es un regalo de bienvenida —explica Dylan—. Un poco tarde, lamentó, pero espera que lo aprecie igual.

¿Un regalo de bienvenida? ¿Después de todo lo que ha estado haciendo para hacerme sentir no bienvenida? ¿Después de la declaración de guerra que hizo la semana pasada? No puede ser.

—¿Dice que es del Sr. Hawthorne? —pregunto.

—Sí.

—¿Del Sr. Asher Hawthorne?

Porque bien podría ser de uno de los otros hermanos Hawthorne que dirigen esta empresa. Eso tendría más sentido. Ambos parecen ser más agradables que Asher. Y más razonables.

—Sí —asiente Dylan. —Incluso lo compró él mismo.

Puedo entender la sorpresa en el tono de voz de Dylan. Normalmente, cuando estás lo suficientemente ocupado como para justificar un asistente, dejas que él te haga las compras. Estoy segura de que Dylan compra muchas cosas para Asher. Eso hace que esto sea aún más sospechoso.

¿Asher me está dando un regalo de bienvenida? ¿Y uno que adquirió él mismo? ¿Por qué? ¿Qué está tramando?

Solo puedo pensar en dos cosas. Uno, esto es una especie de broma. Es cierto, Asher es un poco mayor para las bromas, ¿cuántos tiene? Treinta años por lo menos... pero actúa como un niño de seis, así que, yo no le daría importancia a sus juegos.

Presiono los bordes de la caja y la agito. No hace mucho ruido. Lo que hay dentro es duro. Compacto. Eso descarta una camiseta con estampados extraños, puñados de purpurina o bichos de plástico. O incluso alguna alimaña viva. ¿Qué es esto? ¿Uno de esos pisapapeles de cristal con algo que parece caca de animal dentro? ¿Un vaso con caras espeluznantes? ¿Una antigüedad maldita?

La segunda posibilidad es que sea un auténtico regalo de bienvenida. Una invitación para empezar de nuevo como compañeros de trabajo. Una rama de olivo. Tal vez Asher finalmente entró en razón o tal vez solo se cansó de todas nuestras discusiones. Yo si lo he hecho, por lo que no me importaría una tregua. Ya es hora de que dejemos de lado nuestros sentimientos y opiniones personales y trabajemos codo a codo por el bien del departamento y de la empresa.

Realmente espero que sea así.

—Gracias —le digo a Dylan antes de llevar la caja a mi despacho.

Una vez que estoy detrás de mi escritorio, doy vuelta a mi silla para estar de cara a la pared antes de empezar a desenvolver el regalo de Asher. La mayoría de la gente ya se ha ido a casa, pero aun así quiero asegurarme de que nadie se entere o se haga una idea equivocada de lo que estoy haciendo. Ya hay suficientes rumores desagradables sobre mí, gracias a Asher. Creo que debería pedirle que haga algo al respecto si es que realmente quiere que trabajemos juntos.

Por fin se cae todo el envoltorio. Mi pulso se acelera mientras miro la caja por un momento.

¿Qué puede ser?

Respiro profundamente antes de abrir el regalo. Veo lo que hay dentro: un tubo tan rosa como las plumas de un flamenco, de unos veinte centímetros de largo y más de un centímetro de diámetro, con una pequeña protuberancia en la parte delantera en forma de conejo. Reconozco lo que es unos segundos después, así que cierro rápidamente la caja y miro por encima de mis dos hombros para asegurarme de que nadie haya visto lo que acabo de hacer. Estoy sola. Sin embargo, siento las mejillas arder en llamas, como si estuvieran a punto de salir disparadas de mi cara. Mi rabia comienza a subir también.

¡Ese Asher! ¡Ese maldito idiota!

Debía haber sabido que nunca daría una tregua. Debía haber sabido que un hombre insensato no puede entrar en razón, que no puede cambiar de opinión cuando no tiene corazón, en primer lugar. Maldita sea. ¿Por qué guardé esperanzas? Cada vez que considero la idea de que podría ser humano, Asher me pisotea y me destroza. Y lo ha hecho de nuevo.

Bueno, no voy a dejar que se salga con la suya esta vez.

Pisando fuerte, me dirijo a la oficina de Asher jadeando y resoplando. Dylan ya se ha ido, su escritorio está despejado. Bien. Puedo gritarle a Asher todo lo que quiera, y tengo toda la intención de hacerlo.

Empujo la puerta de su despacho y lo encuentro detrás de su mesa. Su mirada pasa de la pantalla de la portátil a mi cara. Antes de que pueda decir nada, le lanzo su «regalo» a la cabeza, mientras suelto las palabras que hay en la mía.

—*¡Du hast den Arsch offen!*

Asher atrapa la caja con una mano y la mira.

—Oh, veo que recibiste mi regalo. —Luego se encuentra con mi mirada frunciendo el entrecejo— Pero parece que no te gustó. ¿Qué es lo que está mal? ¿Es el color? ¿Es el tamaño? ¿Lo hubieras querido más largo? ¿Más grueso? O tal vez...

—¿Qué demonios, Asher? —Expreso mi rabia en inglés mientras me acerco a su escritorio— ¿Qué carajo es esto?

—Oh, ¿no sabes qué es esto? —Abre la caja—. Supongo que no tienen de estos en Suiza.

Para mi vergüenza, levanta el aparato.

—Es un vibrador. Un vibrador de conejo, específicamente. Es un juguete sexual que...

Se lo quito de las manos.

—Por el amor de Dios, ¿quieres callarte? Sé lo que es esto.

—Pero preguntaste...

—Estoy preguntando a qué estás jugando. ¿Es otro jntento de hacer que renuncie? Bastante infantil, ¿no crees? Por no hablar de la desesperación.

—Es solo un regalo —responde Asher con calma—. Fue idea de Ryker, en realidad.

Mis cejas se levantan.

—¿Qué?

—El gesto, no el juguete. Ese es todo mío. Incluso lo elegí yo.

Mis manos se cierran en puños. Me siento terriblemente insultada, totalmente humillada, con la rabia a flor de piel, y él cree que todo esto es un juego que está disfrutando, y del que se siente muy orgulloso. ¿Soy un juguete para él? ¿Son la decencia y el honor una broma para él?

—Crees que todo esto es divertido, ¿verdad? —Levanto el vibrador— ¿Crees que esto es gracioso?

—No. —Apoya las manos sobre su escritorio—. Creo que está bien hecho. Es una obra de arte, realmente.

Aprieto los dientes.

—Tú...

Justo entonces, oigo que llaman a la puerta. Vuelvo la cabeza. Antes de que Asher pueda decir nada, la puerta se abre y entra Dylan.

—Lo siento. Me olvidé de...

Se detiene mientras mira fijamente mi mano, mi mano derecha, que todavía sostiene el regalo de Asher.

Mierda.

Lo oculto rápidamente detrás de mí. Pero sé que es demasiado tarde. Dylan ya ha visto lo que tengo en la mano y estoy segura de que sabe lo que ha visto. Tiene los ojos muy abiertos por la incredulidad. Sus mejillas se tiñen de rosa.

Mi cabeza cae por el peso de mi vergüenza. Me quedo mirando las puntas de mis zapatos rojos mientras los dedos de mis pies se mueven dentro de ellos, deseando poder juntar mis tacones y ser llevada a un lugar diferente ahora mismo.

—¿Está todo bien? —pregunta Dylan.

—Oh, estamos bien —responde Asher—. La Srta. Cleary y yo estábamos teniendo una pequeña discusión sobre el tamaño de nuestros beneficios trimestrales. Ella cree que son un tanto escasos.

Entrecierro los ojos hacia él. ¿De qué demonios está hablando?

—En fin, ¿qué querías? —le dice a Dylan en un tono más serio.

Dylan se aclara la garganta.

—Es que se me olvidó preguntar si había algo más que necesitaba antes de retirarme....

—No hay nada. Puedes irte.

—De acuerdo.

Dylan se va. En cuanto se cierra la puerta, tomo la caja que quedó encima del escritorio de Asher y vuelvo a meter el vibrador dentro.

—Te voy a denunciar a Recursos Humanos —le advierto a Asher.

Y esta vez lo digo en serio.

Se echa hacia atrás en su silla.

—¿Por qué?

Levanto el regalo en mi mano.

—Por acoso sexual. Estoy seguro de que Gina me ayudará. Después de todo, dijiste que era una dulce anciana.

—Nunca dije que fuera vieja.

Lo ignoro.

—Me imagino la cara que pondrá cuando vea esto.

Asher sonríe.

—Yo también.

—¿Crees que se sorprenda al saber que uno de sus jefes es un pervertido? Aunque probablemente ya lo sabe. Tal vez ha estado esperando a que alguien lo suficientemente valiente se presente y haga una denuncia.

La sonrisa permanece en la cara de Asher mientras golpea con los dedos su escritorio. ¿Qué? ¿Cree que no lo haré? Eso me hace estar aún más decidida.

Me meto la caja bajo el brazo y echo los hombros hacia atrás.

—Enviar un regalo de bienvenida no es acoso sexual —me dice Asher.

—Lo es cuando el regalo es... un juguete sexual.

Asher se encoge de hombros.

—¿Está mal que un jefe quiera que sus empleados... se relajen un poco?

—Muy gracioso.

—Ve. —Me señala con un dedo—. Ese es su problema, Srta. Cleary. Es usted demasiado seria.

Me señalo con el dedo.

—¿Soy demasiado seria? ¿No eres tú el que tiene la cabeza a punto de estallar cada vez que estoy cerca?

Se toca la frente. Dejo escapar un suspiro.

—Da igual.

Me dirijo hacia la puerta.

—Estoy tratando de ser amable ahora —dice Asher—. Por eso te hice un regalo.

Me vuelvo hacia él y levanto la caja.

—¿Así que esta es tu forma de ser agradable?

—Podría haberte regalado un frasco de arañas. O una rata muerta.

Sacudo la cabeza con incredulidad.

—Estás enfermo.

—En lugar de eso, te he dado algo que te puede servir, algo que te ayudará a relajarte para que te vaya mejor en la oficina. ¿Sabías que hay estudios que dicen que el sexo regular puede aumentar la productividad en el trabajo, entre otros beneficios?

—No me importa.

—Por supuesto, no todos podemos darnos el lujo de tener sexo regularmente. Por eso el juguete sexual. Y como dije, te he regalado uno de excelente calidad. Muy elogiado. Completamente seguro. Fácil de usar. Fácil de limpiar.

Asqueroso.

Asher se toca la barbilla.

—Aunque ahora que lo veo, tal vez debería haberlo comprado en color púrpura. Tu nombre es Violet, después de todo.

Basta de tonterías.

—Olvídalo. Me voy y no hay nada que puedas decir o hacer para detenerme.

Vuelvo a caminar hacia la puerta.

—Bien. Iré contigo.

Escucho a Asher levantarse de su silla. Cuando miro por encima del hombro, ya está casi detrás de mí.

—Puedo ir sola.

—Yo también voy a poner una denuncia —dice—. Contra ti, en realidad. Abuso físico.

Mis cejas se levantan.

—¿Qué?

—Creo que me tiraste esa caja cuando irrumpiste en mi despacho. —La señala.

Me quedo boquiabierta.

—La atrapaste.

—¿Así que admites que me la arrojaste? —Saca su teléfono del bolsillo—. He estado grabando nuestra conversación, por cierto.

—Bien. Así RR. HH. sabrá lo imbécil que has sido.

—¿Estás segura de que he hecho algo malo o te he dicho algo malo desde que irrumpiste en mi oficina? ¿No eras tú la que maldecía? ¿Qué fue lo que me dijiste? ¿Qué estoy lleno de mierda?

Joder. Debería haber sabido que puede entender el alemán.

—Eso fue porque me provocaste.

—¿Así que admites que perdiste el control y arremetiste contra tu jefe?

—Solo porque me dio esta... esta horrible cosa.

De repente me dan ganas de tirarlo al suelo y hacerlo pedazos.

—Se llama regalo, señorita Cleary.

Lo miro entrecerrando los ojos.

—Sabes que eso no es.

—Te digo que eso es lo que es —Se pone delante de mí y me mira directamente a los ojos.

—¿O quiere que sea otra cosa, señorita Cleary?

El descenso de la voz de Asher, aunque solo sea una octava, me produce un escalofrío. La insinuación de deseo en sus ojos de ébano hace que se me corte la respiración. Y parece que no puedo recuperar el aliento al ser repentinamente consciente de que su cuerpo está a escasos centímetros del mío.

Demasiado cerca. Me alejo y me tranquilizo.

—No tengo ni idea de lo que está hablando, señor Hawthorne.

—Creo que sí la tiene, Sra. Cleary. —Sus ojos siguen clavados en mí—. Creo que insiste en ver mi inofensivo regalo como una amenaza, como una señal de que quiero hacerle cosas, una oferta para tener sexo, quizá porque eso es lo que quiere que sea.

—¿Qué?

Asher se inclina hacia delante y me susurra al oído.

—¿Quieres tener sexo conmigo, Violet?

Mi corazón se detiene. Escucha esa pregunta con una dolorosa nostalgia, y se me forma un nudo en la garganta. Trago saliva.

—¿Por qué iba a querer acostarme contigo?

—Porque no lo conseguiste hace cinco años.

Resoplo.

—Yo te aparté, ¿recuerdas?

—Y aun así, te dolió que me fuera.

—Me dolió porque desapareciste sin decir nada. Porque me hiciste esperar. Porque me dejaste de lado. Porque me sentí como una tonta al ir a una fiesta en el elegante coche de mi cita y volver a casa en un Uber.

—Pensé que habías dicho que no era una cita.

Revoleo los ojos. ¿Eso es lo que ha deducido de todo lo que acabo de decir?

—¿Así que estabas esperando a que volviera para continuar donde lo dejamos?

—No.

—¿O querías que te llevara a casa para tener sexo en tu habitación, donde nadie más pudiera vernos?

—No.

—Oh, vamos. Querías acostarte conmigo esa noche. Solo me apartaste porque tuviste miedo.

Abro la boca para responder, pero no salen las palabras. Mi mente me lleva de vuelta a la glorieta en esa noche fría.

—Querías tener sexo conmigo entonces y sigues queriendo tenerlo ahora, ¿verdad, Violet?

El sonido de su voz al decir mi nombre me produce otro escalofrío. La intensidad de su mirada enciende un fuego en mi pecho que expande su calor por mis venas y se extiende por todo mi cuerpo. La parte delantera de mis bragas empieza a arder. Me hormiguean las palmas de las manos. No puedo respirar.

¿Por qué? ¿Por qué Asher sigue teniendo este efecto en mí?

Coloca un dedo entre su garganta y el nudo de su corbata. Le da un tirón y se la afloja.

—Dime qué quieres, Violet.

No puedo apartar los ojos de su corbata. De pronto siento el impulso de tomarla y acercar a Asher hacia mí para que nuestros labios choquen. Quiero quitársela junto con todas las prendas que lleva puestas para poder maravillarme con su cuerpo desnudo, y sentirlo contra el mío, encima de mí, como ya lo imaginé varias veces.

Sí. Por mucho que odie admitirlo, he imaginado tener sexo con Asher antes, especialmente en aquellas frías noches de Zúrich en las que lo único que tenía era una botella de vino y un plato con queso para hacerme compañía. A pesar de todo el dolor, sigo volviendo a esa noche de la fiesta de Finley, a esa glorieta, preguntándome qué podía haber sucedido si Asher y yo teníamos relaciones.

Lo quería. Todavía lo quiero. Pero no voy a decírselo, no después de todo lo que ha pasado en estos días.

Esa noche en aquel mirador, puse mis pensamientos por encima de mis sentimientos. Puedo hacerlo de nuevo.

—No quería tener sexo contigo entonces, Asher Hawthorne —le digo—. Por eso te aparté. Y fue la mejor decisión que tomé en mi vida.

—¿La mejor decisión o el mayor arrepentimiento? —Cruza los brazos sobre su pecho—. ¿No es por eso que te deshiciste de tus lentes de contacto? ¿Porque quieres que piense en ti de la misma manera que lo hice aquella noche? ¿Porque quieres volver a aquél momento?

—¿Qué?

¿Es eso lo que piensa?

—Empecé a usar lentes de contacto después de esa noche porque no quería a nadie más encaprichándose por mí solo porque tengo una rara combinación de color de ojos y cabello. No quería lidiar con otros imbéciles. ¿Y la razón por la que ya no lo hago? Porque eres un idiota con quien ya he tratado. Además, porque quiero que recuerdes lo que me hiciste.

—¿Para que me arrepienta? Ya lo hice.

¿Lo hizo?

—Tienes una curiosa forma de demostrarlo.

Por un momento, se limita a mirarme. La lujuria en sus ojos ha desaparecido. Pero todavía veo el dolor. ¿Eso es remordimiento?

Asher respira profundamente.

—Está bien. De ahora en adelante no te criticaré en frente de los demás y no te robaré las ideas.

—¿Y?

—Te escucharé siempre que tengas algo que decir.

Bien.

—¿Y ya no me pedirás que te traiga el café, que te haga copias, o que haga cualquiera de esas otras cosas que se supone que debe hacer Dylan?

—Bien.

Sonrío. Llegué a esta pelea sintiéndome ya derrotada y a punto de tirar la toalla, y ahora aquí estoy, ganando. Es una sensación agradable.

Coloco la caja que aún sostengo sobre el pecho de Asher.

—Entonces ya no tenemos nada más que hablar, señor Hawthorne.

Camino hacia la puerta y salgo de su despacho con la cabeza en alto y esbozando una sonrisa.

Sí. Ahora soy yo la que sonríe.

~

Sigo sintiéndome feliz cuando llego al Mistral. Por primera vez en mucho tiempo, siento que puedo respirar con facilidad mientras atravieso el vestíbulo. Ya no tengo que preocuparme de que me intimide en la oficina. Puede que Asher por fin me deje en paz. Podré hacer mi trabajo tranquila y disfrutar de estar en una nueva ciudad. Puede que ni siquiera tenga que hacer panqueques a las 2 de la mañana porque podré dormir bien por la noche.

Soy libre. Bueno, no de Asher, porque sigue siendo mi jefe. Y afrontémoslo. Es un Hawthorne. Puede que nunca sea capaz de tomar su puesto. Pero al menos me liberé del pasado que compartí con él. Mientras él no me lo eche en cara, yo tampoco lo haré. Es un nuevo comienzo.

Podemos seguir como jefe y empleada, sin interferir en la vida personal del otro. Entonces, ¿quién sabe? Con el tiempo, tal vez pueda olvidarme de él por completo.

Me detengo frente al ascensor.

Tal vez no odie a Asher. No voy a seguir castigándolo por lo que hizo aquella noche hace cinco años. Pero he aprendido la lección. No voy a derrumbarme por Asher Hawthorne de nuevo. Puede que esté guapo y sea inteligente y quizá no sea un completo despiadado, pero seguirá representando un error para mí, y por eso voy a mantenerme alejada de él a partir de ahora. Tendré la guardia alta en todo momento y manejaré las cosas entre nosotros estrictamente en el ámbito profesional dentro de la oficina, y tan pronto como salga de ese edificio, dejaré de pensar en él. No más fantasías.

Las puertas del ascensor se abren y las atravieso. Solo el operador, Mitch, está dentro.

—Buenas noches, señorita Cleary —me saluda, mientras pulsa el botón del piso 34.

—Creo que así será —respondo.

Voy a ducharme, a escuchar música mientras preparo la cena, a ver un poco de televisión mientras como y a acostarme sin preocupaciones...

—¡Espera, Mitch!

Una mano se cuela entre las puertas justo antes de que se cierren. Mitch aprieta un botón y se abren, dejándome ver claramente al hombre que está fuera. Me quedo boquiabierta.

¿Asher?

—¿Violet? —Me mira con desconcierto mientras entra— ¿Qué haces aquí?

Podría preguntarle lo mismo.

—Yo... vivo aquí.

—Oh. ¿En serio? Yo también.

¿Qué? No lo sabía. Stella no me lo contó. Además, nunca lo había visto aquí, aunque supongo que es perfectamente posible que dos personas ocupadas no se encuentren, aunque vivan en el mismo lugar.

Aun así, no me gusta nada que vivamos en el mismo edificio. Pero me encanta mi apartamento, así que mientras se mantenga fuera de mi camino, entonces...

—No le pediste a Mitch que marcara tu piso —señala Asher.

Miro el botón del piso treinta y cuatro. Todavía está encendido.

—Oh, pero lo hice. Yo...

Me detengo al darme cuenta de que ninguno de los otros botones está encendido, lo que solo puede significar una cosa. No puede ser.

Mitch se ríe.

—Enhorabuena. Parece que por fin ha conocido a su vecino.

¿Qué demonios?

CAPÍTULO CINCO

Asher

—La quiero fuera del Mistral para mañana. —le exijo a Ethan en cuanto lo encuentro en su despacho de la mansión.

Deja el papel que sostiene en la mano y suelta un suspiro.

—¿Con quién cogiste esta vez?

Frunzo el ceño.

—¿Qué?

—La última vez que pediste que echaran a alguien del Mistral, fue a una mujer con la que te acostaste —me recuerda Ethan.

Lo recuerdo.

—Una mujer que se volvió siniestra y empezó a acosarme.

Después de nuestra aventura de una noche (le dejé claro que solo era eso), se acostumbró a acampar fuera de mi apartamento. Hasta me emboscaba cuando estaba en la piscina o en el gimnasio. Lo peor de todo es que una vez, mientras limpiaban mi piso, se coló dentro y se escondió en mi baño, apareció justo cuando iba a tomar una ducha. La denuncié por allanamiento de morada e hice que Ethan la echara del edificio.

—Tienes ese efecto en algunas mujeres, ¿no? —Se burla—. Entonces, ¿a quién has convertido en un ser avieso esta vez?

—A nadie —respondo—. No he tenido sexo con nadie que se hospede en El Mistral desde entonces.

—Vaya —Las cejas de Ethan se arquean—. Quizá debería premiarte con una galleta.

Ignoro su comentario y respiro profundamente.

—Estoy hablando de Violet Cleary.

La expresión de Ethan se tornó seria.

—¿Te acostaste con Violet Cleary?

¿No escuchó lo que acabo de decir?

—No, pero a juzgar por tu pregunta, supongo que sabes que vive en El Mistral.

—Lo sé.

—¿Y sabes que es mi vecina?

Hace una pausa.

—Sí, lo sé.

Lo miro sorprendido mientras cruzo los brazos sobre el pecho.

—¿No me advertiste que me alejara de Violet Cleary? ¿Y aun así te parece bien que seamos vecinos? ¿Qué es esto? ¿Una especie de prueba?

Ethan revisa los papeles de su escritorio.

—No es nada personal, Asher. Violet Cleary es la principal ejecutiva que ganamos con la adquisición de Odermatt. Ella necesitaba un lugar para quedarse. Sentí que era nuestra responsabilidad encontrarle uno, y el apartamento junto al tuyo resultó ser la mejor opción.

—No puede ser.

Ethan estrecha los ojos al mirarme.

—Pensé que estarías fascinado. ¿Por qué no lo estás? ¿Es por tu nueva regla de no acostarte con mujeres que viven en el Mistral?

—No tienes que preocuparte por eso. Puede que Violet se sienta atraída por mí, pero está decidida a no tener relaciones conmigo, no después de que casi lo hiciera en una fiesta hace años, pero yo me fuera a casa con otra mujer.

Las cejas de Ethan se fruncen.

—Espera. ¿Se habían conocido antes de Zúrich?

—Sí. En Wharton.

—¿Y salían juntos?

—Solo salimos una vez y, como ya te dije, aquello terminó de forma desastrosa.

—¿Y nunca pensaste en contármelo?

—No creí que fuera de tu incumbencia —arguyo.

—Las otras mujeres con las que te acuestas tampoco son de mi incumbencia, pero igual me lo cuentas —señala—. ¿O es porque no te la cogiste? ¿Por eso no me lo contaste?

—Nunca pensé que volvería a ver a Violet —señalo—. Ni siquiera la reconocí cuando la encontré en Zúrich.

—¿No lo hiciste?

—Cambió el color de sus ojos con lentes de contacto. Y ya sabes cómo soy con los nombres.

—Ya veo.

—De todos modos, ella me odia. Preferiría lanzarse por un acantilado antes que acostarse conmigo.

—Me doy cuenta por qué.

—Entonces puedes ver la razón de por qué no puedo vivir con ella.

—No estás viviendo con ella, Asher —afirma Ethan—. Es tu vecina.

—Exactamente. Vivimos en el mismo edificio. En el mismo piso. No puedo soportar eso.

—¿Por qué?

Levanto los hombros.

—Ya te lo dije. Ella me odia.

—Muchos vecinos se odian.

Dejo escapar un suspiro de exasperación.

—Ethan.

Golpea los dedos en su escritorio.

—¿Sabes qué? No lo entiendo. Dices que te odia, pero eres tú quien está aquí pidiendo que la eche del edificio.

—¿Querrías vivir al lado de alguien que te odia? —Le pregunto—. De cualquier forma, búscale otro lugar.

Me giro hacia la puerta.

—Duele, ¿verdad? — Ethan se mofa—. Ver a alguien que quieres todos los días y saber que no puedes tenerla.

Lo miro por encima del hombro.

—Sí. Sé que así es como te sentías antes. Pero yo no tuve nada que ver con eso. Además, ya no estás sufriendo, ¿verdad? Así que ahórrame el dolor.

—No puedo.

¿Qué?

—Ya me la impusiste en la oficina. Ya tengo que sufrir en el trabajo. ¿No puedes darme un poco de paz después de la jornada?

Ethan se encoge de hombros.

—Puedes encontrar tu propio lugar si realmente te molesta.

¿Y dejar todas mis cosas? ¿Renunciar a esa increíble piscina en la azotea? ¿Y el gimnasio que ayudé a diseñar?

—No.

—Entonces deja de quejarte como un niño, madura y asúmelo, Asher.

Quedo boquiabierto. ¿No escuchó una palabra de lo que acabo de decir? Vine hasta aquí solo para pedir su ayuda. Vertí mi corazón. ¿Y así es como me trata? Soy su hermano, por el amor de Dios.

—Estoy ocupado —Ethan vuelve a sus papeles—. ¿Te quedas a cenar?

Aprieto la mandíbula.

—Ándate a la mierda.

Salgo de su despacho cerrando la puerta tras de mí.

Debería haber sabido que Ethan no me ayudaría. Desde que se consiguió una novia embarazada, dejó de preocuparse por mí y por Ryker. En lo que a mi concierne, puede encerrarse en su despacho y pudrirse detrás de su escritorio.

Me rasco la nuca mientras camino por el pasillo. Cuando veo a Stella, me detengo.

¿Estuvo aquí todo el tiempo? ¿Escuchó mi conversación con Ethan? No importa.

Sigo caminando, pero Stella me sigue.

—Lo siento, Asher. No sabía de tu pasado con Violet cuando la instalé en el apartamento junto al tuyo.

Así que ella estaba escuchando. Espera. ¿Dijo que puso a Violet en el apartamento junto al mío?

La miro.

—¿Por qué lo hiciste?

Stella se encoge de hombros.

—Porque parecía que realmente querías estar con ella y pensé que tal vez si tenía la oportunidad de conocerte, también a ella le gustarías.

—Bueno, ahora que sabes que ella ya me conocía, ¿tal vez podrías ubicarla en otro lugar?

—¿Violet te conoce de verdad?, quiero decir. Dijiste que solo saliste con ella una vez.

—Bueno, eso fue suficiente para que me aborrezca.

—Ella te odia por lo que hiciste, pero tal vez si haces otras cosas, si le das razones para gustarle...

—Mira, Stella. —Levanto las manos—. Entiendo que solo tratas de ser amable, pero te digo que esto no va a funcionar entre Violet y yo.

Sus ojos se entrecierran.

—¿Así que te rindes?

No respondo. Supongo que eso es lo que estoy haciendo, pero no tengo ganas de decirlo en voz alta.

Stella toma aire.

—Sé que estoy entrometiéndome, pero oye, no nos dejaste propiamente solos a Ethan y a mí cuando empezábamos, ¿verdad?

Es cierto.

Me toca el brazo.

—Eres como un hermano para mí, Asher. Quiero que seas feliz. Y he conversado con Violet. Me gusta mucho. Y creo que ella también se siente sola. Pienso que ustedes dos serían buenos el uno para el otro.

¿Lo cree?

—En realidad, son perfectos el uno para el otro. Los dos son buenos con los números. Los dos siempre quieren demostrar algo. Ambos tienen sus muros levantados.

—Que es exactamente por lo que nunca voy a llegar a ella.

—¿Pero realmente lo has intentado? —Me pregunta Stella.

De nuevo, no respondo. Ella toma mi mano y la aprieta.

—No quiero que te rindas antes de intentarlo de verdad, Asher. Si no es por Violet, que sea por ti mismo. Sé que te arrepientes de haberla dejado escapar en el pasado. Así que no lo vuelvas a hacer. Esfuérzate más. Hazlo mejor. Sé que puedes.

Puedo ver la fe en sus ojos color ámbar. Hace que me den ganas de mover montañas. O por lo menos hacer un esfuerzo por intentarlo.

Dejo escapar un suspiro y le aprieto la mano.

—Bien. Lo intentaré.

Stella me recompensa con una sonrisa radiante.

—Buena suerte.

~

No pasa nada.

Respiro profundamente antes de llamar al timbre. Tras unos segundos, la puerta se abre. Violet está de pie en la entrada con un jersey blanco con el Casino de Montecarlo estampado en él. Es dos tallas más grande, y cae por uno de sus hombros dejando ver el tirante de una camiseta azul sin mangas. También le llega casi hasta las rodillas, lo que hace preguntarme si lleva pantalones cortos debajo. ¿Los lleva?

No está maquillada, eso es seguro. Y, sin embargo, se ve igual de atractiva, Inclusive más joven. Sus ojos azules parecen más vibrantes, sus mejillas más llenas. Sus rizos están sujetos por una vincha de algodón, pero algunos mechones cortos aún cuelgan sobre su frente.

De alguna manera, me recuerda la primera vez que hablé con ella en la biblioteca.

—¿Puedo ayudarte? —pregunta Violet, mientras se sube el jersey por encima del hombro.

No es el saludo que esperaba escuchar. Incluso un «Hola» habría sido preferible. El «¿puedo ayudarte?» suele reservarse para la gente que llama a tu puerta para pedirte una dirección o venderte algo, visitas que no esperabas, gente con la que prefieres no perder el tiempo. Pero supongo que tendrá que ser así.

—Hola. —Le dedico una sonrisa—. No te vi salir de la oficina antes. ¿A qué hora te viniste a casa?

—Mmm... —Violet frunce los labios mientras juguetea con el escote de su jersey—. ¿A las seis?

Asiento con la cabeza.

—En fin, solo quería darte esto.

Le ofrezco la caja que tengo en mis manos, que esta vez no la envolví para que ella pueda ver claramente lo que es. Violet la mira con el ceño fruncido y lee las palabras del cartón.

—¿Moldes para panqueques?

—Sí. Son un regalo de bienvenida. O un regalo de mudanza. O un obsequio por el estreno. Como sea que lo llames. Ya sabes, lo que te regala tu vecino cuando te acabas de mudar a tu nueva casa.

Violet se queda mirando la caja.

Le tiendo la mano.

—Te prometo que el contenido es...

—No puedo. —Ella sacude la cabeza mientras da un paso atrás—. Agradezco el gesto y todo, pero no puedo aceptar este presente.

Pensé que diría eso. Sin embargo, no me echo atrás fácilmente, no después de que Stella me dijera que intentara realmente llegar a Violet.

—¿Por qué no?

—Porque...

Se toma la parte delantera de su jersey mientras busca las palabras. El escote se hunde y mi mirada se dirige al punto cóncavo de su cuello. Pálido. Suave. Prístino. Exactamente el tipo de lugar contra el que me gustaría presionar mis labios.

—Bueno, porque yo no hago panqueques —explica Violet.

Mentirosa.

—¿En serio? Porque estoy muy seguro de que eso es lo que olí cuando pasé por tu apartamento el fin de semana pasado.

Sus cejas se arquean.

—¿A qué hora?

—Alrededor de las 2 de la mañana.

Desvía la mirada y frunce los labios. Sí, esa es la actitud de alguien que ha sido sorprendida mintiendo. Pero esta vez la dejo libre de culpa.

—Por cierto, olían muy bien —añado.

Se toca la nuca y me mira por un segundo, intentando ensayar una sonrisa en sus labios.

—G...Gracias.

—Tal vez la próxima vez que los hagas, puedas usar los moldes. O no. Es tu elección. De cualquier manera, estoy seguro de que los haces muy bien, así que, si te cuesta comértelos todos, puedes invitarme y...

—No. —Violet sacude la cabeza.

—Está bien. Puedes acabártelos y...

—No podemos hacer esto. —Me corta—. No está bien. Eres mi jefe.

—Y también soy tu vecino.

—Bueno, no tienes que serlo. Quiero decir, no tienes que actuar como tal. —Ella sacude la parte delantera de su jersey—. Ya tenemos que... soportar la cercanía del otro en la oficina. No tenemos que hacerlo cuando estamos aquí. Podemos fingir que somos extraños. No tenemos que controlar al otro. No tenemos que cocinar el uno para el otro, ni intercambiar recetas, ni pedir ingredientes, ni alimentar a las mascotas del otro, ni invitarnos a tomar algo, ni pasar a charlar, ni ninguna de esas cosas que hacen los vecinos.

Permanezco en silencio. Solo he estado escuchando a medias, la otra mitad de mi atención se ha centrado en los delgados dedos de Violet. Nunca me había dado cuenta de que tenía unas manos tan elegantes ni de que lucía un pequeño tatuaje en la muñeca: una letra mayúscula invertida, seguida de tres puntos que forman un triángulo invisible, más el símbolo del infinito. Un trío de alegorías matemáticas. Interesante.

He estado con mujeres con tatuajes, a algunas de las cuales les gustaba mostrarlos y presumir de lo profundos que eran, pero es la primera vez que veo este tipo de diseño. Lo más interesante es que yo también tengo un símbolo matemático tatuado en la espalda.

Stella tiene razón. Violet y yo somos perfectos el uno para el otro.

—Di algo —me insta.

La miro fijamente.

—¿Sabes que hablas demasiado cuando estás nerviosa?

Sus ojos azules se abren de par en par. Supongo que no lo sabe.

—No lo sé —protesta Violet.

—Sí, lo sabes. ¿Recuerdas en la fiesta de Finley cuando estabas hablando con Ron Lenning, uno de los antiguos asesores financieros del presidente? No podías dejar de comentar sobre sus políticas y programas económicos. Y cuando conocimos al autor de tu libro favorito... ¿Cómo se llamaba?

—Godwyn Klein.

—Prácticamente citaste un párrafo entero de lo que él escribió.

Violet frunce el ceño.

—No lo hice.

—Sí, lo hiciste.

Ella suspira.

—Bien. Hablo mucho cuando estoy ansiosa. ¿Feliz ahora?

Me río.

—No te preocupes. Sigues viéndote sexy incluso cuando hablas mucho.

Sus ojos se estrechan.

—¿Te estás burlando de mí?

—Y cuando te enfadas.

Pone las manos en las caderas.

—Me estás tomando el pelo.

No lo hago. Lo digo en serio. Creo que nunca me dejó de parecer atractiva, ni siquiera cuando hablaba mal de mí en el café, ni cuando me dio largas en Zúrich o cuando fue mala conmigo el día que llegó a Chicago. No importa si la veo destilando confianza, o un poco agotada, ocupada con la computadora o con la mirada perdida; con traje, con vestido o con camiseta y pantalones cortos. Hay algo en ella a lo que no me puedo resistir.

Incluso ahora, necesito poner todas mis fuerzas para no estrecharla entre mis brazos y besarla, reclamar sus labios y beber su aliento hasta que se tambalee, y retroceda para que pueda levantarla y llevarla a la cama.

Joder.

—¿Qué estás mirando? —pregunta Violet.

—A ti —admito.

Ella se sonroja. Ah. También se ve muy seductora cuando hace eso.

Además, avergonzarse es una señal de que me la estoy ganando. Solo un poco más.

Doy un paso adelante.

—¿Sabes cuándo te encontré atractiva por primera vez?

Violet no responde, así que prosigo.

—Comunicación gerencial. Aquella primera clase en la que el Dr. Simmons nos pidió a todos que diéramos un pequeño discurso sobre algún tema que nos preocupara. Llevabas una blusa blanca con cuello de encaje y pliegues, mangas abullonadas, pantalones negros. Hablaste de la igualdad de género, de cómo los hombres siguen acaparando los puestos de trabajo en las empresas, y de cómo las mujeres pueden hacerlo igual de bien. Tu pasión era simplemente... arrolladora.

Sus ojos se abren ligeramente. Le sostengo la mirada mientras levanto la mano para tocar su cara.

—¿Sabes lo que quería hacer entonces? Esto.

Me inclino hacia delante y presiono mis labios sobre los de Violet. No hay reacción. La beso con más fuerza mientras le acaricio la mejilla. Ella me devuelve el beso. Una emoción me recorre la espina dorsal. La caja que tengo en la mano cae al suelo.

Sostengo su rostro con ambas manos mientras estrujo su boca. Ella se aferra a la parte delantera de mi camisa. Una y otra vez, nuestros labios chocan, y cuando ella separa los suyos, introduzco la lengua. Roza la punta de la suya y el calor chisporrotea en mis venas.

Maldita sea, la deseo.

De repente, las manos en mi pecho intentan empujarme hacia atrás. Ella también procura apartar su cara.

No otra vez.

Esta vez, ignoro su resistencia y le sujeto la cara con firmeza mientras le clavo la lengua. Sé que ella quiere esto. También me desea. Lo he visto en sus ojos. Solo tengo que hacer que se trague su orgullo lo suficiente como para admitirlo.

No lo hace. Solo me empuja con más fuerza, y cuando finalmente doy un paso atrás, me recompensa con una bofetada en la mejilla y un rodillazo en la ingle.

¿Qué carajo?

Cuando la puerta me da en la cara, caigo al suelo retorciéndome de dolor. Me agarro primero los testículos y luego el estómago, que parece que se está volviendo del revés, ardiendo y haciéndose pedazos al mismo tiempo. Se me nubla la vista. La cabeza me da vueltas.

Mientras mis pensamientos se confunden y la mayoría se desvanecen, uno permanece claro.

Me aseguraré de que Violet pague por esto.

CAPÍTULO SEIS

Violet

Quizá no debería haberle hecho eso a Asher.

El remordimiento me pincha como una docena de agujas mientras me entierro bajo las sábanas de mi cama, que es donde me vine a esconder desde que eché a Asher de mi apartamento.

¿Echado? No. Esa no es la palabra correcta. Abofeteado. Empujado. Con mi rodilla. En su ingle.

Solo pensar en lo que debió sentir, me impulsa a hacer una mueca mientras me tumbo de espaldas.

Soy una persona horrible, horrible.

No quise hacerlo, lo juro. Simplemente... entré en pánico cuando me di cuenta de que estaba haciendo lo único que no debía hacer. Mi adrenalina se activó. Lucha o huida. Traté de huir, pero Asher no me dejó, así que me defendí. Lo abofeteé. Y luego enterré mi rodilla en su ingle.

Me agarro el pelo. ¿Qué he hecho?

No importa cuál sea mi excusa, no debía haber hecho eso. Debía haberle cerrado la puerta en las narices después de decirle que no quería jugar a los vecinos, en lugar de volver a caer bajo su hechizo, dejándome llevar al pasado antes de que me rompiera el corazón. No lo rechacé lo suficientemente pronto. Bajé la guardia y él atacó. Lo dejé entrar y luego recordé que no debía hacerlo, así que traté de arrojarlo por la pared. Lo cual hice. Y ahora, me da pena.

No por la bofetada. Se lo merecía por no apartarse inmediatamente cuando empecé a empujarlo. Pero el ataque a sus testículos. Eso fue demasiado.

¿Y si se le rompieron los huevos? Quiero decir, ¿y si se rompen? ¿Y si no puede eyacular nunca más?

Cuanto más pienso en ello, más me corroe la culpa. Me entran ganas de correr a la puerta de al lado para ver cómo está Asher, para asegurarme de que esté bien, pero no. Tengo la sensación de que soy la última persona a la que quiere ver en este momento. ¿Qué hago entonces? ¿Llamo al 911 en caso de que necesite un médico? ¿Y si se está desangrando ahora mismo? Además, si llamo al 911, la policía podría descubrir lo que hice. Podría ir tras las rejas.

Joder.

Pensándolo bien, podría no ir a la cárcel si alego defensa propia. Pero si hago eso, ¿no estará Asher en problemas?

Sacudo la cabeza. No. No voy a llamar al 911. Y no voy a ir a ver cómo está. Él está bien. Estoy segura de que lo está. Bueno, tal vez no en este momento. Ahora mismo debe estar en un mundo de dolor. Pero estará bien después de que descanse y tome algunos analgésicos. ¿No es así?

Sí. Asher es un hombre fuerte, bien construido. Él va a estar bien. Estoy segura de que se presentará a trabajar mañana. Y cuando lo haga, me disculparé profusamente. Incluso agacharé la cabeza y me ofreceré a hacer su trabajo por él. Tendrá que perdonarme, ¿no?

Suspiro.

Solo para estar segura, tal vez haga panqueques.

~

Tomo el recipiente lleno de panqueques como para una semana en la mano y respiro profundamente antes de llamar a la puerta del despacho de Asher.

—Pase —dice.

Entro. Encuentro a Asher detrás de su escritorio igual que la última vez, con otro traje impecable. Bien. Tiene buen aspecto.

Gira la cabeza para mirarme, pero no dice nada. Abro la boca.

—Yo...

—Debes buscar otro sitio donde quedarte —suelta mientras se vuelve a la pantalla de la computadora.

Mis cejas se arquean. ¿Qué?

—Eres lo suficientemente mayor como para buscarte un sitio por tu cuenta, ¿no? Además, ya llevas dos semanas en Chicago, ¿verdad? Ya deberías conocer la ciudad.

La verdad es que no. He estado casi siempre aquí en la oficina o en mi apartamento. No he tenido tiempo de hacer turismo.

—No te preocupes. Sea donde sea, será más barato que el Mistral. Mientras tanto, puedes alojarte en un hotel, que pagará la empresa. ¿Te parece bien?

¿Bien? Quiere que me vaya del departamento del que me he enamorado y que me quede en un hotel hasta que encuentre un lugar más pequeño y alejado de aquí. ¿Cómo puede ser eso bueno?

—Eso es...

—Puedes tomarte la tarde libre para trasladar tus cosas.

Vaya. Realmente no puede esperar para sacarme de su edificio, ¿verdad? Además, parece que ha alcanzado un nuevo nivel de irracionalidad.

Sé que hice algo malo. Estoy dispuesta a disculparme por ello, a compensarlo. Prometo no volver a hacerlo. Pero no es que lo que pasó sea totalmente mi culpa. Y definitivamente no merece un castigo tan severo.

Levanto la barbilla.

—No me voy a mudar.

Asher me mira.

—Creo que no te he dado opción.

Tomo aire.

—No es tu elección. Es la mía. Y elijo no mudarme.

Sus cejas se arquean.

—Vaya. Sabía que eras testaruda. Obstinada. No pensé que fueras… desvergonzada.

—No lo soy —replico—. Siento mucho lo que te hice y te prometo que no volverá a ocurrir. Si quieres que limpie tu apartamento durante una semana, que cocine para ti, que te traiga café o que acepte trabajo extra, estaré encantada. Pero no me voy a mudar.

—Así que no estás realmente arrepentida.

—Lo estoy —insisto—. Pero creo que echarme del edificio es demasiado.

Es injusto, realmente.

—¿Como meterme la rodilla en la ingle?

Frunzo el ceño.

—Como te dije, siento lo que hice.

Asher se echa hacia atrás en su silla y entrecierra sus ojos al mirarme.

—¿Lo siente, señorita Cleary?

—Pero no soy la única que debería estar arrepentida. ¿No le parece, señor Hawthorne?

Frunce el ceño mientras la sorpresa se refleja en sus ojos de ébano.

—¿Estás diciendo que esto es culpa mía?

—Digo que en parte lo es —respondo—. Después de todo, fuiste tú quien fue a mi apartamento.

—Permitiste que te bese —señala Asher.

Es cierto.

—Y luego intenté apartarte.

—¿Cómo lo hiciste la última vez? No has cambiado. Sigues siendo una calientapollas.

—Y todavía no puedes manejar el rechazo.

Asher calla pero su mirada lo dice todo. Me odia. Puedo sentirlo. Esto no es solo que esté molesto conmigo como antes o que intente ser malo. Puedo ver el dolor en sus ojos. Está herido. Le hice daño (y no me refiero solo a lo físico), así que ahora me detesta. Y yo lo esperaba. Me dije que podría soportarlo, pero esa fría mirada me apuñala el pecho más profundo de lo que pensé. Aun así, me mantengo con actitud firme. Lo miro a los ojos.

—No me voy a mudar.

Sus cejas se contraen ligeramente.

—Pensé que no querías que seamos vecinos. ¿O es otra cosa que afirmas no querer pero que en el fondo sí quieres?

Asher se inclina hacia adelante en su escritorio.

—¿Siempre has sido así? ¿Alguna vez quieres realmente decir sí cuando dices sí y no cuando dices no? ¿O siempre es tal vez sí y en parte no?

Me callo. Ya estaba preparada para una reprimenda cuando entré en el despacho de Asher. Y si soportar sus duras palabras es el precio que tengo que pagar para que me deje quedar en el Mistral, no me importa.

—Sé que me acuesto con todo el mundo, pero nunca engaño a las mujeres ni las dejo colgadas. Eso es inútil y agotador. Y cruel. Pero parece que es justamente lo que te atrae.

Ouch.

—¿O no? A pesar de todo lo que has hecho, incluyendo meterme la rodilla en la ingle, no me pareces una persona sin corazón, lo que me hace preguntarme. ¿Eres realmente una sádica encubierta, o solo eres una niña disfrazada de mujer adulta, sin saber lo que realmente quiere?

Tomo aire mientras intento apartar sus palabras.

—Nunca dije que no quería que seamos vecinos. Dije que no tenemos que actuar como vecinos solo porque nos enteramos de que lo somos. Podemos volver a ser como éramos cuando no lo sabíamos.

—¿No te importa vivir al lado de alguien que aborreces?

Sé que no lo odio, pero no se lo digo.

—¿O con alguien que está resentido contigo?

Así que tengo razón. Ahora me detesta. Bueno, tendré que vivir con eso.

—No me voy a mudar, señor Hawthorne —afirmo de nuevo.

Asher se encoge de hombros.

—Bien.

Bien. Dejo escapar un suspiro mientras me doy la vuelta. No fue tan malo, ¿cierto?

—Pero Srta. Cleary.

Por supuesto, Asher aún no ha terminado.

Miro por encima del hombro.

—¿Sí?

El brillo de sus ojos parece el infierno congelado, casi me hace temblar.

—Vas a desear haberte ido.

~

Empiezo a creer que era mejor haberme mudado.

Me tapo los oídos con los lados de la almohada después de oír otro golpe contra la pared. ¿Siguen con lo mismo? ¿En serio? ¿No llevan ya... tres horas? Eso es incluso más tiempo que la última vez.

Y más fuerte, pienso al oír otro golpe.

Me doy la vuelta para quedar tumbada boca abajo y me pongo la almohada sobre la cabeza con la esperanza de que amortigüe el ruido. No lo consigo.

Volteo los ojos. Uno pensaría que, con el alto costo del alquiler, las habitaciones del Mistral tendrían paredes más gruesas.

Justo entonces, oigo un grito. ¿O es un chillido? ¿Un aullido? ¿Acaso la gente aúlla? Si no estuviera enfadada, me reiría de ello, pero como lo estoy, frunzo el ceño. Sea lo que sea ese sonido, es raro. E inusualmente fuerte.

Así es. No es culpa del edificio que se sienta la bulla en mi habitación. Asher y quienquiera que esté con él están siendo extremadamente ruidosos. Y supongo que es a propósito.

¿La intención? Sacarme de mis casillas, por supuesto. Y tal vez de mi apartamento.

Es exactamente por eso que Asher ha traído a casa una mujer cada noche durante las últimas jornadas. Y me refiero a todas las noches. Una vez, creo que incluso trajo dos. ¿Quién hace eso? Y cada vez, se asegura de hacérmelo saber. Los golpes en las paredes. Las risas. Los gemidos. Los gritos. Y ahí va otro justo ahora.

Me pregunto si Asher se empeña en elegir mujeres que sean bulliciosas, como si les preguntara si son ruidosas en la cama después de saber sus nombres (cómico) o si les ordena que griten a todo pulmón cada vez que él está... haciendo lo que sea que les esté haciendo. Porque en serio, el alboroto es irreal. Asher no puede ser tan bueno.

¿O lo es?

Traté de no llevarle el apunte todo el asunto. La primera vez, simplemente hice mi mejor esfuerzo para ignorar el ruido. Y las imágenes. Francamente, creo que la imaginación hace más daño. No pude. Nadie es tan fuerte mentalmente. Así que la noche siguiente, puse música. Baladas de rock a todo volumen. Pero nunca he sido una fanática del rock y tampoco buena para dormir escuchando canciones, o hacer cualquier cosa con música. Así que, tampoco pude conciliar el sueño. La tercera noche, me puse unos auriculares, pero me los quité a los pocos minutos porque no podía dormir con ellos puestos. Me resultaban incómodos.

Después de tres noches sin poder dormir, decidí pasar la cuarta en la sala. Finalmente conseguí descansar allí, pero me desperté con un dolor de espalda que me molestó todo el día. La noche siguiente me trasladé al cuarto de visitas y me picaron las chinches. Genial.

Así que aquí estoy de vuelta en mi dormitorio como debe ser. Si dejo que Asher me saque de mi cuarto, ¿quién asegura que no conseguirá echarme de mi apartamento a continuación?

Pero maldita sea, no puedo soportar la bulla. Y mi imaginación.

A medida que los ruidos se hacen más fuertes, las imágenes en mi cabeza se vuelven más vívidas. Me imagino a Asher golpeando a esta mujer escandalosa y sin rostro contra la pared, con las piernas de ella rodeando su cintura y los brazos alrededor de su cuello. Puedo ver las gotas de sudor en su espalda y las marcas de los arañazos que le plantó antes. Puedo ver sus músculos moviéndose, creando ondas en su piel. Su culo pálido, perfecto y redondo no se mueve ni un ápice cuando balancea las caderas.

Me relamo los labios.

La mujer vuelve a gritar. Esta vez más fuerte. Debe estar cerca. Entonces escucho otro golpe en la pared.

Asher debe haberla tirado al piso y la ha volteado. Ahora se la está cogiendo por detrás. Con fuerza. Los brazos de la mujer están por encima de su cabeza, sus muñecas inmovilizadas por una de las manos de Asher. Su otra mano está en su pecho. Lo aprieta firmemente mientras mueve sus caderas. El calor me inunda el pecho.

Cada vez que Asher se contonea, el calor recorre mis venas hasta llegar a cada rincón de mi cuerpo. Mis pechos se hinchan contra las sábanas. Mi vientre se incendia.

El sonido de la piel golpeando la piel satura el aire. Y algo húmedo. Meto la mano entre las piernas y descubro un punto empapado en mi ropa interior. Me froto contra ella y me estremezco.

Asher aprieta la mandíbula. Sus fosas nasales se agitan. Pura lujuria en los oscuros ojos que asoman bajo los pesados párpados. Entonces abre la boca.

—Me estoy... viniendo.

Mis dedos se mueven más rápido mientras las caderas de Asher se aceleran. Se detienen y los labios se separan. Mi cuerpo tiembla mientras ondas de placer viajan bajo mi piel.

La mujer grita. Solo que, cuando mi mente empieza a aclararse, me doy cuenta de que no fue esa chica.

Fui yo. Yo hice ese sonido. Yo... me vine. Mientras escuchaba a Asher tener sexo con otra mujer al otro lado de la pared, imaginando que era yo.

Joder.

Me siento y me tapo la boca con la mano mientras la vergüenza me invade. Entonces me doy cuenta de que tengo los dedos mojados. Los miro y se me frunce el estómago. De repente me siento mal.

¿Qué hice?

Corro al baño para lavarme las manos. No miro mi reflejo en el espejo. No puedo soportarlo. Me repugna haberme masturbado con el alboroto de mis vecinos teniendo sexo. Y no cualquier vecino. Asher. Lo dejé ganar. Dejé que se apoderara de mí sin siquiera tocarme.

¿Tiene tanto poder sobre mí? ¿O es que soy tan débil? En cualquier caso, tengo ganas de golpear mi cabeza contra la pared del baño.

En lugar de eso, simplemente apoyo la frente en los fríos azulejos. Una vez que mi excitación se ha enfriado un poco y mi respiración ya no es agitada, salgo. Pero entonces oigo más gemidos desde el otro lado de la pared y mi cuerpo vuelve a arder.

No puede ser.

Ya tuve suficiente, así que me dirijo al apartamento contiguo. Casi llevo un cuchillo, pero tengo miedo de acabar cometiendo un asesinato, así que llevo una sartén en su lugar. Golpeo la puerta de Asher.

Después de unos segundos, él aparece. Se pasa los dedos por las ondas de su cabello empapado en sudor.

—Hola. ¿Qué pasa?

En contra de mi voluntad, mis ojos se dirigen a la entrepierna de Asher, que afortunadamente está cubierta con parte de una manta. Me doy una patada mental al apartar la mirada, pero en su lugar la dirijo a su pecho desnudo, un pecho definido con una fina capa de pelo que recorre el centro.

—Bonita sartén —dice.

Traslado mi mirada hacia su rostro.

—Me pareció... escuchar algo.

—¿Y pensaste en darle un golpe con la sartén?

De pronto me siento estúpida, así que escondo el utensilio de cocina detrás de mí.

Asher sonríe.

—No te preocupes. Solo éramos Carina y yo teniendo sexo. Sexo salvaje, pervertido y alucinante.

Su elección de adjetivos enciende un fuego en mis mejillas. Maldito sea.

—¿Te gustaría unirte? Creo que tenemos espacio para alguien más.

Lo miro con los ojos entrecerrados y asqueados. Mis dedos se tensan alrededor del mango de mi sartén.

—¿Sabes qué? Debía haberte roto las pelotas cuando tuve la oportunidad.

—Debías haber abandonado el edificio cuando tuviste la oportunidad. O la empresa. O el país.

—No me voy a ir de ninguna parte, le respondo con firmeza.

—Claro —Se rasca la barbilla—. Porque no puedes alejarte de mí, ¿verdad?

Empiezo a exaltarme.

—Mentira.

Se apoya en el marco de la puerta.

—¿Por qué estás aquí, entonces?

—Tú sabes por qué estoy aquí.

—¿Porque te cansaste de excitarte oyéndome teniendo sexo y decidiste que quieres ser parte de la acción?

Mis ojos se abren de par en par mientras mis mejillas se enrojecen. ¿Cómo sabía que yo estaba...? Me sacudo el resto del pensamiento y lo fulmino con la mirada.

—Porque los escuché cogiendo como animales.

—Vaya, gracias. —Asher se burla de mí con una sonrisa—. Así es el sexo de verdad. ¿No lo sabes? Oh, espera. No lo sabes. Nunca has tenido sexo.

—Lo tuve.

—¿Sexo de verdad? Del tipo que hace que los dedos de los pies se retuerzan, que provoca que cada centímetro de tu piel hormiguee... —Sus ojos recorren mi cuerpo—. ¿Que te hace temblar sin control hasta que pierdes la cabeza y no puedes ni recordar tu propio nombre?

No respondo porque tengo un nudo en la garganta.

—Supongo que no —dice Asher— Por eso estás celosa, ¿no?

Trago saliva.

—No estoy celosa.

Sus ojos me provocan bajo las cejas fruncidas, mientras su sonrisa se amplía.

—¿Estás segura?

Saco la sartén que quedó detrás de mí y la levanto con las dos manos. Mi mandíbula se aprieta. Mis hombros tiemblan de rabia.

—¿Quieres golpearme con esa sartén? Adelante —Asher extiende los brazos—. No podrás hacerme más daño que cuando enterraste tu rodilla en mis testículos.

Su oferta es tentadora. Muy tentadora. Pero bajo la sartén.

—No soy un monstruo como tú.

Con el utensilio en la mano, regreso a mi apartamento. Lo tiro sobre el sofá. Luego me siento en la alfombra de la sala y entierro la cara entre mis manos.

Te odio, Asher Hawthorne.

Al menos, me gustaría mucho poder hacerlo.

CAPÍTULO SIETE

Asher

Me quedo en la puerta mirando hacia el pasillo aun después de que Violet desapareciera dentro de su apartamento. Debería sentirme orgulloso y feliz porque el hecho de que haya tocado a mi puerta para quejarse de mis ruidosas aventuras nocturnas significa que mi plan tuvo éxito. Le hice la vida imposible y, aunque insiste en quedarse, me doy cuenta de que está empezando a pensar en mudarse del edificio. Pero no tengo ni una pizca de alegría, orgullo o sensación de victoria. Solo me siento como el monstruo que ella dice que soy.

¿Es eso lo que realmente piensa de mí? ¿Es eso lo que en verdad soy?

—Oye —me llama Carina.

Miro por encima del hombro y la veo envuelta en el edredón blanco como una diosa griega. Me dedica una sonrisa diabólica.

—¿Vamos a seguir o qué?

La miro fijamente. Llevo varias horas con ella, pero parece que la estoy viendo por primera vez. Tiene una figura bonita y completa, lo reconozco. Y rizos exquisitos. Además, es buena en la cama. Y en el piso. Y contra la pared. Sin embargo, ahora no siento la más mínima chispa de atracción por ella.

—Deberías irte —le digo.

Sus finas cejas se arquean.

—¿Qué?

—Deberías irte —repito, mientras me hago a un lado para dejarle ver mejor la salida.

Carina frunce el ceño y se pone una mano en la cadera.

—Dijiste que podías unas cuantas rondas más.

¿Lo dije?

—Quizá pueda, pero ya no quiero —le contesto.

Francamente, de pronto me siento cansado.

Ella se pone la otra mano en la cadera. El edredón cae al suelo.

—¿Seguro?

—Claro —replico sin dudar, incluso mientras miro su cuerpo desnudo.

Carina suspira.

—Bien.

Empieza a recoger su ropa, que está desperdigada por toda la sala.

—De cualquier forma, mi garganta ya se está poniendo un poco ronca, por lo que todo el tiempo me insistes que grite más fuerte.

No digo nada. Se pone la ropa interior y los pantalones.

—¿Quién golpeaba la puerta?

Casi sonrío al recordar la visión de Violet con esa sartén. Podría haber traído un rodillo. O una espátula. O un paraguas. En cambio, trajo una sartén. No es que necesite un arma, como ya demostró la semana pasada. El recuerdo de lo que hizo con su rodilla es suficiente para hacerme estremecer.

—Solo mi vecina —contesto a la pregunta de Carina—. Pensó que estaba enfrentándome a un ladrón o algo así.

Carina resopla antes de ponerse la blusa.

—Estúpida. ¿No me escuchó gemir a través de la pared?

Frunzo el ceño. Es extraño. Le dije muchas groserías a Violet sin inmutarme, pero lo único que hizo Carina fue llamarla estúpida y me siento como si me hubieran golpeado en las pelotas una vez más.

Tengo ganas de echarla de mi apartamento, pero espero pacientemente junto a la puerta a que termine de vestirse por completo.

—De todos modos, fue divertido —apunta mientras se pone el abrigo—. Lo pasé bien.

Sin comentarios.

Mete los pies en los zapatos.

—Tan bien que no me importaría repetirlo.

—Sabes que no hago segundas partes —le recuerdo—. Te lo dije antes de empezar.

—Bien. —Ella coge su bolso—. Normalmente yo tampoco lo hago, excepto que esta vez yo...

—No hay segundas partes, Carina —la interrumpo.

No importa lo bueno que sea el sexo. Cuando te acuestas con una mujer más de una vez, empieza a hacerse ideas dentro de su cabeza. Lo siguiente que sabes es que está amenazando con matarte si te vas.

Carina asiente lentamente.

—Bien.

Se dirige a la puerta, pero se detiene delante de mí.

—Fue un verdadero placer pasar tiempo contigo, Asher —me susurra al oído.

Luego me pone la mano sobre el pecho y me da un beso en la mejilla. Está a punto de apretar sus labios contra los míos también, pero la tomo por los brazos y la alejo. Sí, me gustó lo suficiente como para acostarme con ella, pero ahora que el sexo ha terminado, empiezo a encontrarla molesta, sobre todo porque es evidente que está retrasando su salida.

—Buenas noches —le digo mientras la miro a los ojos, intentando transmitir el mensaje de que quiero que se vaya para no tener que volver a decirlo.

Ella sonríe en señal de comprensión y sale, pero se detiene justo al lado de la puerta y se da la vuelta antes de que pueda cerrarla.

—Esa mujer, tu vecina —añade Carina—. Estás enamorado de ella, ¿verdad?

Mis cejas se fruncen. ¿Qué?

—No lo estoy— le aseguro.

Ella sonríe.

—¿De veras?

Ahora se puso insoportable.

—Adiós, Carina.

Cierro la puerta antes de que pueda decir alguna otra tontería. Luego me dirijo al baño para ducharme. Mientras las gotas de agua caen sobre mi piel, pienso en lo que dijo Carina.

¿Yo? ¿Enamorado de Violet? ¿Cómo se le ocurrió esa idea?

No lo estoy. Solo quiero tener sexo con ella. Eso es todo. Solo quiero saber cómo se sentiría tener su cuerpo desnudo temblando contra el mío, mirar sus ojos azul cobalto mientras me entierro profundamente dentro de ella, escuchar mi nombre salir de sus labios en un jadeo. Solo quiero que deje de lado todos sus miedos e inhibiciones y se sienta bien.

¿Por qué? Porque no creo que entienda lo que es el placer. Es demasiado seria. Espera mucho de sí misma. Es extremadamente cuidadosa, está muy a la defensiva. Por una vez, quiero que se arriesgue. Que dé un salto. Que derribe sus propios muros y sea temeraria, que no tenga miedo. Sé que puede hacerlo. Si pudiera abrir su corazón, ella también lo vería, pero está cegada por las dudas y los temores. Yo también conozco ese sentimiento.

Puede que Violet no se dé cuenta, pero tenemos mucho en común. Los dos somos muy testarudos. Ambos nos hemos endurecido con los años. Odiamos mostrar cualquier signo de debilidad. No tengo ninguna duda de que juntos seríamos increíbles en la cama.

Eso no significa que quiera tener relaciones con ella por más de una noche. Más de una ronda, seguro. Más de una noche, no. No voy a empezar un amorío con ella. Como dije, solo busco sexo, y una vez conseguido, la dejaré en paz, como a todas las mujeres con las que me acosté en los últimos años. No volveré a acercarme a ella, ni siquiera si viene a mi puerta como hizo antes, poniendo esa cara, esa expresión con la que intenta desesperadamente mantener las lágrimas a raya mientras me amenaza con una sartén. Joder, entonces quise rodearla con mis brazos.

Pero solo porque me sentía culpable. Eso es todo. Sé que a veces puedo ser un imbécil, pero nadie me ha impresionado más por ese hecho que Violet. Tal vez porque nadie saca ese lado de mí más que ella. Me frustra. Me pone nervioso. Me hace sentir como un niño y me hace hacer cosas estúpidas. Logra que pierda el control. Ella…

Me detengo y dejo escapar una risa que rebota en los azulejos. ¿Qué estoy pensando? ¿Que Violet me controla?

No. Eso es absurdo. Ninguna mujer puede controlar a Asher Hawthorne.

A partir de ahora, voy a actuar más como yo mismo en lugar de reaccionar a las actitudes de Violet. Dejaré de apartarme de mi camino para ser desagradable con ella. Ya no intentaré herirla o hacer que se vaya. Voy a dejar de pedir, de esperar cosas de ella. Ya me cansé de todo eso.

Desde que Violet llegó de Suiza, Estuve todo el tiempo sobre ella. Intentando que se acueste conmigo. Tratando de molestarla. Suficiente.

No más confabulaciones. No más discusiones estúpidas. No más juegos.

A partir de mañana, Violet conocerá al verdadero Asher Hawthorne.

~

—Buenos días, señorita Cleary —saludo a Violet mientras pongo una taza de café sobre su mesa, antes de dirigirme a mi despacho.

Me mira con los ojos muy abiertos. Sonrío.

—¿Qué es esto? —pregunta mientras mira la taza de café.

—Cappuccino —respondo—. Con espuma de vainilla y un poco de canela. Pensé que lo necesitaría.

Violet no dice nada. Por su expresión, me doy cuenta de que está tratando de saber cuáles son mis intenciones. ¿Estoy siendo realmente amable con ella después de haber sido un imbécil la noche anterior? ¿O me estoy burlando de ella?

—No se preocupe —la tranquilizo—. No le puse nada dentro.

Nunca haría eso, pero entiendo que se resista a creerme después de todo lo que he intentado. Es mejor darle unos momentos para que se decida.

—Que tenga un buen día, señorita Cleary. —Empiezo a alejarme de su escritorio—. Ah, y tenga la amabilidad de darme hoy en la mañana una copia del informe sobre nuestros gastos estimados para el próximo trimestre, para que pueda echarle un vistazo antes de la reunión con Ethan esta tarde. Puede entregárselo a Dylan y luego haré que se lo envíen si es necesario hacer algún cambio.

Nuevamente, Violet se limita a mirarme con los ojos muy abiertos. Me pregunto de qué está más sorprendida: del hecho de que esté actuando como su jefe o de que se lo haya pedido «amablemente».

—¿Le parece bien, señorita Cleary? —pregunto.

—S... sí, señor —responde—. Tendré el informe listo para usted en una hora.

Eso sí es más propio de ella.

—Bien. Estaré esperando.

Le dedico una última sonrisa antes de dirigirme a mi despacho.

CAPÍTULO OCHO

Violet

Frunzo el ceño mirando el techo mientras me tumbo sobre la cama.

Es extraño. Debería estar durmiendo plácidamente en este momento porque no he dormido mucho últimamente y por fin hay silencio al otro lado de la pared. Incluso debería tener una sonrisa en los labios porque hoy ha sido un buen día.

Asher me llevó una buena taza de café. Me ayudó con mi informe. Me apoyó frente a su hermano durante la reunión y, como resultado, el director general me elogió. Después de la reunión, Asher me dejó volver a casa temprano, lo que me permitió preparar una buena cena, tomar una ducha más larga y acostarme temprano.

En resumen, Asher se portó bien conmigo todo el día. Amable. Y lo único que consigo hacer es seguir preguntándome por qué. ¿Qué pretende esta vez?

Debe haber una razón. Cuando la chica que siempre es una perra contigo se sienta a tu lado en el almuerzo, por lo general es porque quiere copiar tu tarea. Cuando aquél jugador de fútbol americano, que no sabe que existes, se te acerca de pronto cuando estás en tu casillero y te dice que le gusta tu pelo, suele ser porque está aburrido de su novia o porque intenta ponerla celosa. Cuando tu madre deja de prepararte el desayuno todas las mañanas y de arroparte en la cama como cada noche, y empieza a beber todos los días hasta que se queda con la mirada perdida y ya no te reconoce, es porque descubrió que tu padre la engaña.

Siempre hay una razón. El problema es que no sé cuál es la de Asher. ¿Está tratando de matarme con atenciones? ¿Es una nueva táctica para deshacerse de mí? ¿O está tratando de conquistarme para que me acueste con él?

No lo sé. Ojalá lo supiera. Entonces sabría qué esperar y cómo debo responder. Pero no puedo leer la mente de otra persona. Es confuso, frustrante, enloquecedor.

Es imposible.

Se me escapa un bostezo. Me pongo de lado, me abrazo a la almohada y cierro los ojos.

Debería dejar de torturarme intentando adivinarlo. Dios sabe que ya me han torturado bastante estos últimos días. Además, puede que solo sea una fase. Mañana, Asher podría volver a ser el imbécil que conozco.

~

No lo fue.

Es el final de la semana y Asher sigue llevando esa aureola alrededor de su cabeza. Me estuvo trayendo café. Me ayudó con el trabajo. Me dejó ir a casa temprano. Y tengo mucha curiosidad de saber por qué.

¿Tal vez debería preguntarle?

En ese momento, oigo que llaman a la puerta de mi despacho. Levanto la mirada y encuentro a Asher de pie detrás del cristal.

Hablando del diablo. ¿O debería decir el ángel?

Abro la puerta.

—¿Señor?

—Creo que debería revisar estos números de nuevo.

Me entrega la tableta. Miro la pantalla que muestra un gráfico del informe que presenté antes. Tardo solo unos segundos en ver el error y acezar de espanto.

¿Cómo he podido cometer un error tan flagrante?

—Lo siento mucho, señor. —Me disculpo de inmediato—. Lo corrijo ahora mismo.

Espero la reprimenda. En su lugar, recibo una mirada de preocupación.

—¿Se encuentra bien, señorita Cleary? —me pregunta Asher—. No suele cometer equivocaciones como esta.

—Lo sé. Estoy bien. Solo... tuve un lapsus mental, supongo. Y no, no estoy poniendo excusas. Es un error, mi error, y lo arreglaré.

Asher sonríe.

—No se preocupe.

«¿No se preocupe?» Antes de esta semana, habría sido «Más te vale» o «Te conviene que no vuelva a pasar».

Las cejas de Asher se fruncen.

—¿Pasa algo, señorita Cleary? Parece un poco confundida.

Lo estoy. Más que un poco.

—¿Alguna pregunta?

¿Quién eres y qué has hecho con Asher Hawthorne?

—Me preguntaba... —Hago una pausa para tomar aire—. Si hay algo que querría que hiciera.

Él asiente.

—Sí. Quiero que arregle esa falta.

—No. Quiero decir que sí, lo haré. Pero, ¿hay... algo más que quiera de mí?

Se rasca la barbilla.

—Veamos. ¿El análisis de datos que mencioné el otro día?

—Me refiero a algo que no esté relacionado con el trabajo. —Aclaro con la mayor naturalidad posible.

—Ah. —Hace una pausa para pensar, y luego sacude la cabeza—. No. No se me ocurre nada. ¿Por qué?

—Por nada —respondo rápidamente.

Quizá no debía haber preguntado.

Sus ojos se estrechan.

—¿Le hice pensar, sin saberlo, que quiero algo de usted, señorita Cleary?

De repente me siento estúpida. ¿Y si estoy malinterpretando su comportamiento? ¿Y si solo está siendo amable? No se necesita ninguna razón para que alguien sea agradable, ¿verdad?

—No, señor —contesto—. Por favor, olvide lo que dije.

—¿Está segura?

Asiento con la cabeza.

—Porque, para que quede claro, no espero nada de usted, además de que trabaje duro.

Por supuesto. Me imagino otra cosa porque no puedo aceptar el hecho de que de repente tenga un buen jefe. Soy yo la que no está bien de la cabeza. No Asher.

—Lo entiendo.

—¿Y usted, señorita Cleary? —me interpela—. ¿Hay algo que quiera de mí?

Hago una pausa. ¿Lo hay?

Sacudo la cabeza.

—No, señor.

—¿Ni siquiera otra taza de café? —me ofrece.

—No, gracias. —Miro la taza qué tengo sobre el escritorio, que todavía está un cuarto llena—. Con una es suficiente.

—De acuerdo.

Asher se aleja, luego se detiene y mira por encima del hombro.

—Por cierto, señorita Cleary...

Levanto la barbilla.

—¿Sí?

—Bonito vestido.

~

¿Bonito vestido?

Me tomo un momento para examinar mi aspecto en el espejo del baño de mujeres, mientras me lavo las manos después del almuerzo.

Supongo que se ve bien. Un vestido lápiz blanco con orquídeas azules, escote barco y un fajín de encaje dorado. Es viernes, después de todo. Suelo usar mis vestidos más bonitos los viernes.

¿Qué es lo que no suele pasar? Que Asher me haga un cumplido. ¿Qué sigue? ¿Me comprará flores? ¿Me pedirá una cita? Y si lo hace, ¿qué hago? ¿Puedo negarme después de lo amable que fue conmigo? ¿Fue ese su plan todo el tiempo: ser tan amable conmigo que me sienta en deuda y haga cualquier cosa por él? Sé que dijo que no esperaba nada de mí, pero no puedo evitar sentirme obligada a hacer algo a cambio.

Sacudo la cabeza. Ahora estoy realmente confundida. No sé cómo lidiar con esta clase de Asher. Nunca se me ha dado bien tratar con gente amable. Por eso apenas tengo amigos o voy a casa a pasar tiempo con mi familia.

Puedo lidiar con idiotas. Puedo enfrentarme a colegas envidiosos. Puedo batallar con superiores arrogantes y subordinados incompetentes. ¿Pero personas atentas? Su mera existencia me confunde.

Y ahora, Asher es una de ellas. Entonces, ¿qué diablos hago con él?

El espejo no me da una respuesta, así que salgo del baño. Al tirar del asa de mi bolso sobre mi hombro en el pasillo, casi choco con una mujer que entra.

—Lo siento —murmuro.

La mujer, una treintañera de pelo castaño, con forma de pera, vestida con una estrecha camiseta color óxido y una falda negra, no dice nada. Se detiene y me mira fijamente.

Frunzo el entrecejo

—¿La conozco?

—No. Continúa con una voz más suave, pero en cierto modo malhumorada mientras se aparta de mi camino.

—Pero yo te conozco.

Hmm. Al principio, decido ignorar el comentario y seguir caminando, pero cambio de opinión después de unos pasos. Cuando me detengo a mirar por encima del hombro, descubro a la muchacha y a dos de sus amigas cuchicheando. Una de ellas me mira.

Sin duda están hablando de mí. Difamando, por lo que parece. Ya he tenido que soportar un montón de mierda desde que me uní a esta empresa, sobre todo de Asher, pero ahora que me está respetando como se debe, no estoy dispuesta a tolerar nada de eso por más tiempo.

—Hola. —Les sonrío mientras me acerco a ellas—. ¿Hay algo de lo que quieran hablar conmigo? Si tienen alguna cosa que se atrevan a decirme en la cara, estaré encantada de escucharlas.

Dos de las mujeres, incluida la que casi me choca, se callan. La tercera, una morena con una blusa rosa, esboza una sonrisa que rivaliza con la mía, demasiado amplia para ser real.

—Estábamos... hablando de... tu lápiz de labios. Es bonito. ¿De qué marca es?

—Oh. Es...

Empiezo a sacar el tubo de mi bolso, pero me detengo cuando veo que la señorita de pelo castaño voltea los ojos. Oh, no, no lo hizo.

—¿Hay algo más que quieras preguntar? —La cuestiono, porque parece que se muere por decir su parte—. Ahora es tu oportunidad.

Ella me mira.

—¿Vas a salir con Asher Hawthorne?

Bueno, eso no fue tan difícil.

—No —respondo.

—¿No tienes intención de hacerlo? —insiste a continuación.

—No. Así que si quieres tener algo con él...

—Entonces, ¿por qué le sigues dando largas? ¿Por qué lo tratas como a tu chico de los recados?

¿Qué?

—Eso no es verdad.

—He oído que te lleva café todas las mañanas. ¿No es cierto?

¿De eso se trata?

—Lo es, pero...

—¿Y que te deja volver a casa temprano para que te relajes mientras él hace todo tu trabajo?

Frunzo el ceño.

—No lo hace.

La mujer cruza los brazos bajo sus pechos.

—Antes te odiaba. No soportaba verte, y ahora, de repente, es como... tu cachorro. Y eso que dices que no sales con él y que no tienes intención de hacerlo. ¿Así que solo lo estás usando para avanzar? ¿Es eso? ¿Tienes sexo con él a cambio de favores?

Vaya. Son muchas cosas que se moría por decir. Bueno, ahora es mi turno.

Tomo aire.

—Para que conste, no estoy...

—La señorita Cleary no se acuesta conmigo para poder escalar —dice Asher al salir de una esquina.

Mis cejas se arquean. ¿Cuánto tiempo lleva ahí parado? ¿Cuánto ha escuchado?

—De hecho, no se acuesta conmigo en absoluto —continúa Asher—. Lo cual me parece perfectamente bien.

¿En serio? ¿Pensé que quería que tuviera sexo con él? ¿Cambió de opinión?

—Le llevo café para compensar el hecho de que fui un idiota con ella durante sus primeras semanas aquí, tal y como usted dijo. Y porque he notado que no ha estado durmiendo mucho. ¿Y sabe por qué no? Porque la señorita Cleary trabaja muy duro, incluso cuando no está en la oficina. Me consta que incluso hay días que está ocupada hasta las dos de la mañana.

La mujer de pelo castaño frunce los labios y mira hacia otro lado. La otra se mantiene quieta y en silencio. La morena habla en voz baja mientras juguetea con las cuerdas de su bolsa.

—Lo siento, señor.

—No se disculpe conmigo —sentencia Asher—. No es a mí a quien ha ofendido. Es a la señorita Cleary, una recién llegada, una colega, una mujer que se esfuerza por marcar la diferencia en el mundo empresarial, igual que usted. Ahora, no voy a hacer que se disculpes con ella, porque no son niñas, pero déjeme dejar claro que no toleraré que nadie difunda rumores malintencionados sobre la señorita Cleary. ¿Entendido?

—Sí, señor —murmuran los tres con la cabeza baja.

Asher dijo que no son niñas, pero ahora mismo me recuerdan a tres pequeñas a las que acaban de pillar haciendo llorar a otra niña en el patio. Y nada menos que por ese chico mayor, guapo y genial, del que resulta que están un poco enamoradas. Parecen al borde de las lágrimas y casi quiero abrazarlas y decirles que todo está bien.

Casi. Yo no soy así.

Asher se vuelve hacia mí.

—¿Señorita Cleary?

—¿Sí? —Me encuentro con su mirada.

—Si ha terminado su descanso para comer, hay algo que me gustaría revisar con usted.

—Sí, señor —respondo.

Sigo a Asher hasta su despacho. Una vez dentro, cierro la puerta tras de mí.

—No tenías que hacer eso —le digo.

—Pero lo hice. Si las personas que trabajan en esta empresa se enfrentan entre sí, perdemos dinero.

Tiene razón, por supuesto. Pero...

—Lo tenía todo controlado.

—Tal vez, pero... —Se detiene al encontrar mi mirada. Sus cejas se fruncen—. ¿Te... ofendí?

—No —respondo rápidamente.

¿Parezco ofendida?

—Es solo que...

Respiro profundamente.

Sácalo Violet. Di lo que piensas, como hizo esa mujer. Haz las preguntas que necesitas hacer. Entonces no tendrás que seguir preguntando o sentir que te estás asfixiando.

—Sr. Hawthorne...

—¿Sí?

—¿Por qué está siendo amable conmigo?

Asher no responde de inmediato. Durante un momento, sus cejas permanecen fruncidas. Luego se arquean.

—Oh. ¿Es eso lo que piensas de lo que acabo de hacer? ¿Un acto de amabilidad?

Ahora soy yo la que está confundida. ¿No lo fue?

—No es solo lo que hiciste. Me refiero a todo. El café. Los cumplidos. Toda la ayuda en el trabajo.

Se toca la barbilla mientras se apoya en el borde de su escritorio.

—Ya veo. Crees que estoy siendo afectuoso. Por eso me preguntaste antes si quería algo.

Asiento con la cabeza.

—¿Crees que soy atento porque quiero que te acuestes conmigo? —me pregunta Asher sin tapujos.

Me encojo de hombros.

—Creo que estás siendo agradable porque necesitas... algo. Solo que no puedo adivinar qué.

—Bueno, no lo sé —apunta—. Tengo muchas formas de seducir a las mujeres. La amabilidad no es una de ellas.

Bien. Entonces tengo razón. Asher ya no quiere acostarse conmigo. Eso es algo bueno, ¿verdad? ¿Eso no es lo que quería? ¿Por qué entonces no me siento aliviada?

—Como dije antes, no espero nada de usted, señorita Cleary —añade Asher—. Así que no tiene qué preocuparse.

No. No estoy preocupada. Estoy decepcionada, dolida. Cuando alguien no espera nada de ti, ¿no significa que ha renunciado a ti? ¿Que ya no se preocupa por ti? Así que, ¿ya no le importo a Asher?

Me quejaba de ser un caso de caridad, pero ya ni siquiera soy eso. Es como si Asher tuviera esa amabilidad para repartir y yo estuviera allí por casualidad, así que me llegó una pizca de ella.

—Para que lo sepa, no estaba siendo amable, señorita Cleary. Solo estaba actuando como su superior. Un jefe afable, que es realmente como suelo ser. De hecho, si les pregunta a algunos de los presentes, le dirán que soy más atento que mis hermanos.

Correcto. Asher solo está siendo... Asher. Él no estaba dejando de ser como es para ser agradable conmigo. No me estaba tratando como si fuera especial. No estaba siendo nada, y menos amable, lo cual es cruel, realmente. No puedo soportarlo.

—Bueno, no tiene que serlo —le contesto.

Me mira con desconcierto.

—¿No tengo que ser su jefe? señorita Cleary, ¿va a renunciar?

—No tiene que ser atento —le explico.

—Como le dije, no trato de ser agradable con usted ni nada por el estilo. Solo...

—Simplemente no lo hagas, Asher —Levanto las manos—. Sea lo que sea, que haya estado pasando, déjalo. No me traigas café. No me envíes a casa temprano. No me digas que mi vestido es bonito. No me preguntes cómo me siento. No me hables.

Bajo las manos y respiro profundamente.

—Solo déjeme en paz, Sr. Hawthorne. ¿Por favor?

Por un momento, Asher se limita a mirarme. Luego se encoge de hombros.

—Bien.

¿Bien? ¿Eso es todo lo que tiene como respuesta después de lo que dije?

Me doy la vuelta y me voy.

Bien.

CAPÍTULO NUEVE

Asher

—No pareces estar bien —me hace notar Glenn mientras me sirve mi segundo Martini—. ¿Una semana dura en el trabajo?

—Las mujeres —respondo antes de tomar un sorbo.

Una mujer, para ser exactos. Violet Cleary.

Es desconcertante. Coqueteo con ella. Ella piensa que soy un idiota. Me disculpo con ella y sigue pensando que soy un idiota. Actúo como un idiota. Ella no se va. Le doy un regalo. Ella introduce su rodilla en mis testículos. Ouch. Lo dejo pasar. Soy prácticamente un santo. Incluso hago cosas bonitas para ella como normalmente hago para mis mejores empleados. ¿Y qué hace ella? Me mira como si fuera la escoria de la tierra y me dice que la deje en paz.

No. Ella no es desconcertante. Puedo soportar las dudas. Incluso me encantan. Cuando veo un problema de matemáticas desafiante, me sumerjo en él. Me tomo el tiempo para descifrar la respuesta, y cuando lo hago, siento una inmensa satisfacción, como si todo en el universo tuviera sentido.

Violet es imposible. Ella es un ejercicio sin respuesta correcta.

—¿Por qué las mujeres no tienen lógica? —Le pregunto a Glenn—. Eres malo con ellas y las lastimas. Eres amable con ellas y aun así se quejan. Te odian y aun así se quedan.

—Mujeres —murmura Glenn, mientras sacude la cabeza.

—Sí, eso suena a ellas —coincide Ethan.

Lo miro y resoplo.

—No tienes derecho a quejarte. Tienes a Stella.

—Y a veces sigo sin entenderla —explica Ethan—. El otro día quiso comer guacamole con jarabe de chocolate.

Glenn se ríe.

—¿Crees que las mujeres son malas? Las embarazadas son peores. Son malhumoradas y quejumbrosas. Son como una montaña rusa. Un día están tan contentas que quieren comprar todos los zapatos de bebé de la tienda. Al siguiente, lloran porque no pueden decidir si quieren un esmalte de uñas rosa o rojo. Un momento están encima de ti y no dejan que te apartes de su lado. Al siguiente, literalmente vomitan al verte.

—No sabía que estabas casado, Glenn —comenta Ryker.

Yo tampoco lo sabía, pero no creo que se esté inventando nada de eso.

Le doy a Ethan una palmada en el hombro.

—Parece que te llegará el infierno, hermano mayor.

Él frunce el ceño.

—Gracias, Glenn.

—Y no me hagas hablar de las mujeres de parto —continúa Glenn—. Son las más irracionales.

Ryker se encoge de hombros.

—Creo que cualquiera sería disparatado si está sacando a un pequeño humano por su...

—De acuerdo. Ya está bien —le interrumpe Ethan.

—Estoy de acuerdo —acoto, mientras intento apartar la imagen de mi mente—. ¿Sabes qué? ¿Qué tal si no hablamos de mujeres mientras bebemos?

—Tú empezaste —señala Ryker.

—Y tú no tienes derecho a quejarte por estar hablando de mujeres, porque no tienes ninguna sobre quién comentar —lo fustigo mientras me llevo el vaso a los labios—. A no ser que hayas decidido hacer una jugada con la guapa hermana de tu mejor amigo.

—¿La hermana de qué mejor amigo? —pregunta Ethan.

—Claire Parker —responde Ryker—. La hermana de Joel. Y no, no voy a hacer ningún movimiento por ella o lo que sea que tu enconada mente piense que debo hacer.

Hago una mueca ante el adjetivo elegido.

—«Enconada». ¿Lo es? En realidad, me pregunto por qué no has encontrado una novia cuando es obvio que eres un lingüista tan sagaz.

—Sabes, eso es justamente lo que prueba mi punto —responde Ryker.

—No me importa —interviene Ethan—. La nueva regla de no hablar de mujeres, quiero decir. Pero pensé que querías saber todo lo que pasa entre Stella y yo.

—Eso era cuando los dos tenían una relación excitante —le explico—. Ahora, solo tienen sexo todo el tiempo, y eso es aburrido.

Ethan sonríe.

—Créeme. Nunca lo es.

—Y es algo de lo que preferiría no tener una imagen en mi cabeza —agrego.

—Lo mismo digo —secunda Ryker.

—Bien. —Ethan baja su vaso.

—Paremos de hablar de chicas, aunque dudo que pueda seguir esa regla.

—No lo hará —asegura Ryker—. La única manera de que Asher deje de hablar de mujeres es alejándose de ellas, y eso es algo que nunca hará, por mucho que ellas lo vuelvan loco. —Me mira—. ¿Quién es el irracional ahora?

Tomo un sorbo de mi Martini en lugar de responder. Ryker tiene razón. Yo tampoco estoy bien de la cabeza. Por muy frustrante que sea Violet (y es la persona más frustrante que he conocido en mi vida), lo que es aún más desalentador es que todavía me atraiga. Me dije a mí mismo que dejaría de preocuparme por ella y, sin embargo, sigo haciéndolo. Es un ejercicio sin respuesta y, sin embargo, no puedo evitar querer entenderla.

Supongo que ambos somos imposibles.

—Dejaré de hablar de mujeres si Ethan aparece todos los viernes por la noche como antes —sentencio, antes de meterme una aceituna a la boca.

—Sabes que no puedo prometer nada —dice Ethan.

Glenn niega con la cabeza.

—Su vida ya no le pertenece, chicos.

Pobre Ethan.

Dejo escapar un suspiro antes de terminar mi última aceituna.

—Bueno. —Le hago una señal a Glenn para que me prepare otra.

Ethan pide también otro vaso de whisky.

—Por cierto —agrega—. ¿Cómo te va en tu apartamento?

Entorno los ojos hacia él.

—Pensé que ya no íbamos a hablar de mujeres.

—He preguntado por tu apartamento.

Sí, claro.

—¿Qué tiene de malo su apartamento? —pregunta Ryker.

Supongo que aún no sabe que Violet y yo somos vecinos.

—Nada —respondo—. Estaba pensando en mudarme a otro sitio, pero me gusta El Mistral. Quizá deberías cambiarte allí.

—¿Y ser tu vecino? —Ryker sacude la cabeza—. De ninguna manera.

Lo miro con sorpresa. ¿Por qué no? No es que tenga un zorrillo como mascota, ni que haga orgías todas las noches.

El trío de la semana pasada no cuenta como una orgía, ¿verdad?

—Tú creciste en la habitación de al lado —le recuerdo.

Lo que significa que fue mi primer vecino. Ethan estaba en la habitación del final del pasillo.

—Exactamente —afirma Ryker—. Ya estoy harto de vivir a tu lado.

Resoplo. Este mocoso.

—Además, me gusta mi departamento —añade—. No es muy grande. Ni demasiado pequeño.

—Oh, ¿ahora estamos haciendo chistes de pollas? —Me burlo de él—. Pensé que aún no estábamos lo suficientemente borrachos para eso.

Ryker frunce el ceño.

—Bueno, algunos no lo estamos.

—¿Así que te vas a quedar en tu apartamento? —me pregunta Ethan.

—Sí —contesto.

Yo estaba allí primero. No hay razón para que me vaya.

—¿Estás contento ahora? —Lo interpelo.

Antes de que Ethan pueda responder, suena su celular. Lo saca del bolsillo.

—Creía que no había teléfonos —le reclamo.

Me ignora y responde la llamada. Un segundo después, deja el taburete a mi lado y sale al balcón.

—Esa debe ser Stella —Ryker dice en voz alta lo que yo también pienso.

Vuelvo a centrar la atención en mi bebida.

—Así que él se presenta, pero, preferiría estar en casa con ella.

—Agradece que haya aparecido. ¿No es eso lo que querías?

Quería que las cosas volvieran a ser como antes, pero supongo que eso ya no es una opción.

Bebo. Ryker saca su teléfono.

Por un momento, considero la posibilidad de reprenderlo, pero decido no hacerlo. Ethan ya está al teléfono. Últimamente Ryker siempre está hablando por el móvil. Quizá deberíamos suprimir esa norma.

—¿Cómo van los preparativos para la boda de Joel? —Le pregunto en su lugar.

—Bien —asiente Ryker—. Creo. Soy su padrino, no su organizador de bodas.

Bueno. Vuelvo a ahogar mis pensamientos en alcohol solo para que se interrumpan cuando una mujer ocupa el asiento de Ethan. Aparto el vaso de mis labios.

—Lo siento, señorita, pero...

El resto de mi frase se desvanece cuando me encuentro mirando un rostro familiar. Dolorosamente familiar. Puede que haya perdido la cuenta de con cuántas chicas me he acostado y haya olvidado los nombres de la mayoría, pero nunca olvidaré cómo se llamaba la primera mujer con la que tuve relaciones.

—Farrah West —digo, mientras dejo mi copa—. Debo confesar que nunca pensé que te volvería a ver.

¿Cómo era esa cita de Casablanca? «De todos los bares en el mundo, ella tenía que entrar al mío» o algo así. El destino puede ser travieso, de hecho.

—Asher. —Me sonríe tímidamente mientras juguetea con el pendiente en forma de corazón de su collar— ¿Cómo estás?

Desvío la mirada.

—Puedes dejar las sutilezas. Sé que no eres así de atenta.

Termino mi bebida.

—En realidad esperaba no volver a verte.

Después de todo lo que me hizo, pensé que de seguro la golpearía la próxima vez que nos viéramos. Extrañamente, ahora mismo, no me siento enfadado, solo un poco molesto.

Le hago una señal a Glenn para que me sirva otro Martini antes de comerme las aceitunas.

—Por cierto, ese asiento está ocupado —le señalo.

—Está bien —Lo deja libre—. Iba a pedir las bebidas y volver a la mesa que comparto con mi marido. Está aquí por negocios y...

—No me interesa, Farrah —la interrumpo.

Ella asiente.

—No hay problema.

Se aleja, pero luego vuelve a mi lado. Veo la expresión de ansiedad en su cara reflejada en mi vaso vacío.

Miro por encima del hombro.

—¿Qué?

¿Por qué las mujeres no pueden dejarme en paz?

Respira profundamente.

—Sé que probablemente es muy poco y demasiado tarde para deshacer el daño que te hice, pero solo quería decir que siento lo que pasó hace diecisiete años. Era una niña.

—Yo también lo era.

Solo tenía dieciséis años.

—He pasado mucho tiempo arrepintiéndome —confiesa.

Miro dentro ojos color marrón. Intento recordar lo que veía en ellos todas esas veces que tuvimos sexo, antes de que todo se volviera una desgracia. No puedo. Lo único que recuerdo es el odio que ardía en ellos cuando intentaba arrastrarme al infierno.

—Tienes razón —respondo— Es muy poco y demasiado tarde.

Vuelvo la cabeza y recojo mi siguiente Martini. Mientras bebo, Farrah sigue de pie detrás de mí. ¿Qué? ¿Aún no ha terminado? ¿Qué es lo que espera?

Finalmente, se va.

—¿Quién era esa? —Ryker pregunta en cuanto se fue.

No contesto.

Momentos después, Ethan vuelve a su asiento. Mira por encima del hombro.

—¿Con quién estabas hablando?

Dejo mi vaso y gruño.

—Creí que ya no hablaríamos de mujeres.

Y me alegro de haber puesto esa regla, porque ahora mismo no me apetece hablar de Farrah ni de Violet, las dos únicas mujeres que han conseguido volverme loco. De hecho, quiero olvidarme de las dos y limitarme a disfrutar de lo que me queda de noche, si es posible.

Dejo escapar un suspiro antes de volver a coger mi bebida.

Mujeres.

CAPÍTULO DIEZ

Violet

—Hombres —refunfuño mientras me meto otro poco de palomitas en la boca.

No podía dormir así que decidí ver una película. Para ahorrar tiempo, simplemente cerré los ojos y escogí una de mi lista al azar, y así fue como terminé eligiendo «Por siempre».

Ahora mismo, está en esa escena en la que el príncipe se encuentra solo en un balcón mirando la lluvia torrencial, sintiéndose abatido después de que Danielle abandonara el baile entre lágrimas.

Corrección. Llorando después de que él la echara del baile.

Podía haberla apoyado. Podía haber evitado que se fuera. En cambio, la dejó de lado. Un minuto estaba tan perdidamente enamorado de ella que estaba dispuesto a poner en peligro las relaciones exteriores, y al siguiente, quería aplastarla como a una mosca.

¿Por qué? ¿Qué pasa con los hombres que pueden cambiar de opinión tan fácilmente? Dicen que las mujeres cambian de parecer con tanta frecuencia como de ropa. Tal vez sea cierto, cuando se trata de elegir lo que quieren comer, de sus gustos en materia de moda, del color que quieren que tengan las nuevas sábanas. Pero cuando se trata de sentimientos, las mujeres no los cambian tan fácilmente. Cuando se enamoran de alguien, mantienen esa pasión por mucho tiempo. Cuando se prendan, se aferran a ese amor todo cuanto pueden, aunque la otra persona ya no sienta nada por ellas. Al menos, eso es lo que he observado.

Tal vez no se trate de cambiar de opinión sino de tener una transformación en el corazón.

Sea lo que sea, parece que no se necesita mucho para que un hombre se enfríe. En el caso del príncipe, probablemente pueda ser perdonado porque lo engañaron. ¿Pero Asher? ¿Qué le hice para que deje de importarle?

Dejo la mano dentro del cuenco mientras me detengo a recordar cómo he tratado a Asher en las últimas semanas. Fui fría con él cuando llegué al aeropuerto. Rechacé sus disculpas. Le tiré su regalo. Le di una patada en los testículos.

De acuerdo, bien. Tal vez Asher tiene razones para odiarme. Puedo entender eso. Lo que no puedo comprender es por qué me importa tanto que Asher ya no se preocupe por mí.

Cojo un puñado de palomitas e intento metérmelas en la boca. Una de ellas cae sobre mi pecho.

No debería interesarme tanto. De verdad, no debería. Lo mejor para los dos es que actúe como cualquier otro jefe y me trate como a un empleado más. Puedo concentrarme en mi trabajo. Puedo ascender en la escala corporativa a mi manera. No tengo que lidiar con el rencor de otras personas en la oficina. Y luego, fuera de ella, podemos ignorarnos mutuamente, aunque nos encontremos en el ascensor aquí en el Mistral o estemos en el gimnasio al mismo tiempo. Actuar como completos extraños. Él tiene su propia vida que no tiene nada que ver conmigo. Yo tengo la mía.

Al menos, debería tenerla. Tal vez ese sea el problema. Puede que la razón por la que me importa tanto lo que Asher piensa y siente es porque no tengo otras actividades. No tengo muchas cosas que me interesen. Y tal vez debería. En lugar de afligirme por Asher, tendría que preocuparme más por mí misma, hacer algo por mí.

Miro el zapatero de la esquina.

No me traje muchos zapatos de Suiza, pero tengo mis zapatillas naranja neón. Mis zapatos de discoteca. Verlos me hace sonreír.

Me pregunto a qué club puedo ir mañana por la noche.

~

Bueno, esto parece bonito, pienso, mientras entro en «Xatharsis».

Solo me ha costado unos minutos encontrarlo en Internet. Después de mirar las fotos y leer varios comentarios (me enteré de que lo renovaron recientemente, lo que lo hizo más elegante y más popular) pensé en darle una oportunidad. Así que aquí estoy con un pequeño vestido negro brilloso y mis llamativos zapatos de tacón naranja neón, que supongo que se ven bien ya que me eligieron de la fila.

Hasta ahora, me gusta lo que veo.

Me agrada el espacio. Me place que no haya demasiada gente. Me gusta la música, que no está a todo volumen. Me gusta la cabina de DJ hexagonal suspendida del techo justo encima de la barra en el centro del salón. Me complace que las salas *VIP* parezcan palcos de un teatro, pero más modernos, como si estuvieran incrustados en la pared en lugar de sobresalir hacia afuera, como los palcos de verdad. Me pregunto qué se siente al estar allí, pero al mismo tiempo, no quiero saberlo. Solo estoy aquí para beber, bailar y divertirme. En ese orden.

Me acerco a la barra, me siento en un taburete cubierto de terciopelo y pido un *Old-Fashioned*.

—Bonitos zapatos —comenta el hombre que se sienta a mi lado.

Me tomo un momento para evaluarlo. Es joven. Veinticinco años quizá. Cabello color rubio arena. Esbelto. Bien afeitado. Bonita nariz. Chaqueta liviana, fresca. No está mal.

No estoy aquí para flirtear, pero no creo que haya nada de malo en mostrarle una sonrisa.

—Gracias.

—Bonito vestido también, de hecho —añade.

¿Y ahora qué? ¿Bonita cartera? ¿Bonito reloj? ¿Bonito pelo?

—¿Estás aquí sola? —pregunta.

—No —miento.

—Oh. —Noto la decepción en su voz—. Sí, claro. Yo también estoy esperando a mis amigos.

No dije que yo lo hiciera. Y no pregunté. Tal vez no debía haberle dedicado esa sonrisa.

Él ofrece su mano.

—Soy Jake.

No la tomo. En su lugar, cojo la bebida que el camarero ha puesto delante de mí, me la bebo de un trago y pago.

—Voy a bailar.

Desaparezco entre la multitud de la pista de baile y empiezo a moverme al ritmo. No me considero una bailarina especialmente buena. No bailo delante de la gente ni nada parecido. Pero en lugares como este, a nadie le importa. Todo el mundo se pierde con la música.

Eso es lo que hago. Cierro los ojos y dejo que la melodía tome el control. Mi cuerpo se mueve solo, mis pies avanzan y retroceden, se deslizan de un lado a otro, mis caderas se balancean, mis hombros se mueven haciendo círculos, mi cabeza se balancea de un lado a otro. Puedo sentir cómo mi sangre bombea mientras el sudor cubre mi piel, las endorfinas fluyen.

Esto es divertido. Definitivamente es mucho más divertido que estar sentada en el sofá viendo películas o tumbada en la cama sin poder dormir por culpa de Asher.

¿Asher qué? Ahora mismo, no me importa ni un poco. Él no existe. Esta noche, en esta pista de baile, solo estoy yo y esta música endemoniadamente increíble.

Bailo un poco más hasta que mis piernas comienzan a sentirse cansadas y mi garganta se seca. Esa es la señal para pedir mi segunda copa. Me dirijo a la barra, pero mientras me abro paso entre la multitud, choco con una pared.

Una pared con pelo rubio y una chaqueta liviana.

Jake.

—Hola —digo, aunque no estoy segura de que pueda oírme—. Estaba a punto de ir a...

—Vamos a bailar —sugiere.

Entonces me toma de la muñeca y me arrastra hacia la multitud.

¿Qué demonios? Intento apartar el brazo, pero su agarre se mantiene firme. Intento gritarle que me suelte, pero no me escucha. O la música está demasiado alta o simplemente finge que no lo hace. En cualquier caso, parece que no puedo escapar, así que le acompaño hasta que por fin se detiene. Se da la vuelta, me suelta la mano y empieza a bailar. Yo no lo hago.

—¿Qué demonios te pasa? —Le reclamo con las manos en las caderas.

—¿Qué te pasa a ti? —me devuelve la pregunta mientras trata de estrecharse contra mí— ¿Por qué no bailas?

Huelo el alcohol en su aliento y hago una mueca mientras retrocedo.

No me digas que se dedicó a beber desde que lo dejé en el bar. Brandy, por el olor.

Qué desagradable.

Cuando intenta volver a rozar su cuerpo contra el mío, lo aparto con tanta fuerza que casi tropieza. Entonces, me giro para alejarme él. Para mi desgracia, me toma del codo. Volteo los ojos.

Tiene que estar bromeando.

Es mi primera vez en un club de Chicago y capto la atención de un perdedor borracho. Genial. Y eso que me estaba divirtiendo mucho.

Trato de liberarme de su mano, pero es inútil. ¿Debería darle una patada en las pelotas?

Primero intento por la vía diplomática.

—Escucha, Jake. Si no me dejas ir ahora mismo, voy a...

—Déjala ir.

A pesar de la música a todo volumen que sale de los altavoces que están por todas partes, oigo una voz profunda y familiar. Giro la cabeza y mi corazón se detiene.

Asher está de pie, con una expresión de amenaza más Claire en sus ojos de ónix entrecerrados que en su voz. Sus dedos rodean el brazo de Jake, que de pronto parece que se partirá en dos.

Da miedo. He visto a Asher enfadado antes, pero nunca así. Puede parecer que está tranquilo, pero puedo sentir la rabia que desprende en oleadas. La intención destructiva. El poder. Se me hace un nudo en la garganta y trago saliva.

Jake también parece asustarse. Me suelta, su mano tiembla mientras mira a Asher con los ojos muy abiertos. En cuanto Asher le suelta el brazo, sale corriendo como un perro con el rabo entre las piernas. No me sorprendería que se dirigiera al baño antes de orinarse en los pantalones.

Se lo merece.

Me vuelvo hacia Asher, que sigue de pie a mi lado.

—Gracias.

—De nada —responde, la cólera en sus ojos ha desaparecido.

De hecho, vuelve a ser el Asher que conozco, aunque quizá se parezca más al que conocí en la cafetería de Wharton. Frío. Casual. Lleva una camisa de mezclilla remangada hasta los codos con los tres primeros botones desabrochados, y unos vaqueros más oscuros.

Sexy.

Parece que está esperando que le diga algo, pero me esfuerzo por evitarlo.

Ya le he dado las gracias. ¿Qué más puedo decir? ¿Qué más quiere que diga?

—Me voy —anuncia, cuando el silencio se prolonga demasiado.

Da la vuelta para irse.

—Espera. —La palabra se me escapa de los labios.

Se vuelve al escucharme. Como antes, espera, con una mirada expectante.

Tomo aire.

—Vamos a bailar.

No sé por qué dije eso, sobre todo cuando son las mismas palabras que tanto me disgustaron cuando Jake me las dijo hace unos momentos. Además, me iba a tomar un descanso del baile. Se supone que me dirigía al bar para tomar una copa. Sin embargo, extrañamente, de pronto, ya no siento sed ni cansancio.

Por un momento, Asher se limita a mirarme. Empiezo a preguntarme si está pensando que me volví loca. Entonces empieza a moverse, a bailar. Yo también empiezo a balancearme, pero no es lo mismo que antes. Esta vez, apenas puedo sentir el movimiento de mi cuerpo o escuchar la música. Casi no puedo sentir nada. Todo está borroso, como una imagen que aún se está formando. Todo parece irreal.

Todavía no puedo creer que Asher esté aquí. ¿Qué está haciendo en este lugar? Ni siquiera me lo imaginaba como un tipo de discotecas, aunque supongo que los clubes deben ser un buen lugar para él para recoger mujeres. ¿Pero por qué aquí? ¿Por qué esta noche? ¿Viene todos los sábados por la noche? No es el dueño de este club, ¿verdad?

Ya es bastante sorprendente que estemos en la misma discoteca, la misma noche. Es aún más desconcertante que nos encontremos a pesar de esta multitud.

¿Encontrarnos? No. Eso no es correcto. Él me halló. ¿Cómo? ¿Me vio desde su palco *VIP*? No es posible. Seguro debe tener una vista de la pista de baile desde allí, pero no podría haberme reconocido, no en medio de este gentío y con esta falta de iluminación. ¿Cómo lo hizo?

¿Y por qué me ayudó? Pensé que ya no le importaba. No tenía por qué hacerlo. Tenía todo bajo control. Sin embargo, apareció de la nada y se interpuso. También parecía que estaba dispuesto a matar a Jake. Eso no es lo que haría alguien a quien no le importo.

Tal vez por eso todo mi fastidio con él se desvaneció de improviso, porque me di cuenta de que todavía le importo. Y estoy agradecida por ello, más que por el hecho de que haya asustado a Jake. Por eso lo invité a bailar.

¿O todo eso es una excusa y solo quería bailar con él?

—¿Nadie te ha dicho que no debes pensar mientras bailas? — inquiere Asher.

Tiene razón. Estoy pensando demasiado, y por eso no estoy moviéndome como debería. Eso no es correcto. Si estoy bailando con Asher, más vale que lo haga bien. Además, ¿no dije que estoy aquí para pasarlo bien? Claro, acaba de pasar algo desagradable, pero seguro que aún puedo divertirme antes de que acabe la noche.

Aparto mis pensamientos, me digo a mí misma que debo relajarme y trato de moverme con más libertad. Finalmente, vuelvo a escuchar la música. Dejo que se filtre en mi cuerpo mientras me rindo.

Solo baila, Violet.

Me pierdo tanto en la música que olvido que ya no estoy bailando sola. Solo lo recuerdo cuando percibo un olor a colonia y mi brazo roza el de Asher.

Abro los ojos y lo encuentro bailando detrás de mí, con nuestros cuerpos casi tocándose. Sin pensarlo, me apoyo en él. Mi espalda choca con su pecho. Él se inclina hacia delante y nuestros cuerpos se rozan, moviéndose al ritmo de la música. Mi pulso se acelera.

Bailar con otra persona es tan diferente a hacerlo sola. Es mucho más excitante.

Con la mente vacía, mis sentidos se vuelven más agudos. Puedo oler la colonia de Asher y el aroma de su sudor. Puedo percibir su aliento junto a mi oído. Puedo sentir los músculos ondulantes de su pecho presionados contra mi espalda. Coloca sus manos en mis caderas y siento el calor de sus palmas a través de mi vestido. Las yemas de sus dedos me hacen vibrar las venas.

De repente me doy cuenta de que su entrepierna está justo detrás de mí. Si aprieto mis caderas contra él, si se frota contra mí con la fuerza suficiente, probablemente sentiré su miembro a través de las capas de ropa que nos separan, especialmente si se está poniendo duro.

¿Lo está?

La tentación de rozarnos es demasiada, así que decido girarme para mirar a Asher. Debo haberlo hecho demasiado rápido, porque casi pierdo el equilibrio. Mis manos se posan en el pecho de Asher para evitar caer, y como resultado veo su piel desnuda, cubierta de sudor, asomando por la parte desabrochada de su camisa. Se me corta la respiración.

Me entran ganas de pasar un dedo por el rastro de pelo que recorre el centro de su tórax. Aparto la vista, pero entonces mi mirada se encuentra con la de Asher. Sus ojos oscuros me miran fijamente. Penetrantes. Ardientes. Me arde el pecho. No puedo respirar.

Cuando separo los labios para tomar una bocanada de aire, la boca de Asher desciende sobre la mía. Su mano me agarra el brazo mientras su lengua se desliza hacia dentro. Su punta roza la mía y me estremezco.

Su lengua acaricia la mía mientras me frota el hombro. El calor viaja bajo mi piel. Su otra mano se posa en la parte baja de mi espalda y otro escalofrío me recorre la columna vertebral.

Me acerca y profundiza aún más el beso. Su lengua empuja mi paladar. Un gemido vibra en mi garganta.

Por un momento, olvido que estamos en un club, que hay otras personas mirando, que se supone que no debería estar besando a

Asher, pero cuando me separo para respirar, abro los ojos y el hechizo se rompe.

Ahora sé cómo se sintió Danielle cuando le arrancaron el ala de la espalda del vestido.

Al igual que ella, corro. Me abro paso entre la multitud hacia la salida, con el corazón palpitando en cada movimiento. Mis pensamientos, que se mantenían a raya, aparecen como un torrente y se agitan. Una pregunta se repite dentro de mi cabeza.

¿Qué hice?

CAPITULO ONCE

Asher

—¿Dónde has estado?

La mujer de pelo negro, cuyo nombre no recuerdo, me mira desconcertada cuando vuelvo a entrar en mi palco *VIP*.

¿Sigue aquí?

—Bailando —respondo antes de sentarme y servirme un vaso de ginebra.

Necesito algo fuerte para quitarme el sabor amargo que aún me queda en la boca tras el ardiente beso que compartí con Violet, algo áspero para disipar la frustración que aún hierve en mis venas.

Me llevo el vaso a los labios y trago rápidamente su contenido.

No puedo creer que Violet se haya escapado. Otra vez. Y yo que esperaba que a la tercera fuera la vencida. De hecho, por un momento, pensé que por fin íbamos a llegar hasta el final. Ella estaba respondiendo aún más que antes. Incluso fue ella quien se apoyó en mí. Ella fue la que se giró. Ella fue la que me invitó a bailar. Pero al igual que antes, ella solo me engatusaba. Me llevó a una nueva altura solo para dejarme caer y verme destrozado por la caída.

Dejo la copa vacía y suelto un gruñido.

Supongo que debo estar agradecido de que esta vez no me haya metido la rodilla en la entrepierna, aunque eso no cambia el hecho de que mis pelotas se hayan quedado inflamadas.

—Pareces molesto —Mi ocasional compañera se sienta a mi lado y me pone la mano en el muslo. Sus dedos patinan sobre la tela oscura de mis vaqueros mientras ronronea:

—¿Quieres que te anime?

¿Me gustaría? Considero su oferta por un momento. Nada me agradaría más que tener sexo ahora mismo. Sexo duro para exorcizar la lujuria que aún arde en mi sangre. Y esta mujer prácticamente está rogando por él.

Pero no. Violet fue la que encendió este fuego en mis entrañas. Ella es la única que puede extinguirlo. Ninguna otra mujer lo hará.

No quiero a ninguna otra mujer.

Me pongo de pie.

—Me voy a casa.

Me lanza una mirada de decepción.

—¿Ya? Pero...

—Puedes quedarte hasta que cierre el club —le digo—. Reservé este palco para toda la noche. Puedes pedir más bebidas y ponerlas en mi cuenta. Solo asegúrate de tener a alguien a quien llamar para que te lleve a casa.

—¿Seguro que no quieres llevarme tú? —pregunta con una sonrisa mientras juega con un mechón de su pelo.

No respondo. Cojo mi chaqueta y me voy. He venido aquí para relajarme y eso es imposible ahora, así que no tiene sentido quedarse. Mejor vuelvo al departamento y duermo un poco. En mi cama. En mi espacio junto al de Violet.

Frunzo el ceño. Pensándolo bien, quizá me quede en un hotel hasta el lunes.

~

Al llegar el lunes he dejado atrás todo el incidente. O eso creo hasta que veo a Violet en mi despacho. Miro hacia ella y recuerdo la noche del sábado. Me acuerdo de cómo se veía en ese pequeño vestido negro. Recuerdo que la rescaté de ese imbécil. Me acuerdo del baile. Rememoro el beso.

Y, por supuesto, me acuerdo de ella huyendo como Cenicienta al filo de la medianoche, cosa que prefiero no recordar.

Por eso desearía que no tuviéramos que trabajar juntos.

A juzgar por su expresión, Violet también parece recordarlo todo, pero echa los hombros hacia atrás y dibuja una sonrisa.

Así que va a fingir que no ha pasado nada, ¿no?

—Solo quería preguntarle qué le pareció el informe que le pasé el viernes pasado, si ha tenido la oportunidad de mirarlo.

—Lo he hecho.

Ella se frota uno de sus dedos.

—¿Y?

Detecto la expectativa en su voz, así que entrecierro los ojos y la miro.

—Señorita. Cleary, ¿está esperando un cumplido? Porque creo recordar que me dijo específicamente que no le hiciera ninguno.

No me sorprende. Como dije, puede que Violet sea inteligente, pero no parece saber lo que quiere.

—No estoy pidiendo un halago —responde Violet—. Solo una opinión.

—Está bien —manifiesto, mientras me reclino en mi silla—. A partir de ahora, si no tiene noticias mías, significa que su informe está bien. Si no lo está, lo sabrá. Fuerte y claro.

Violet no parece estar contenta con eso.

Ella toma aire.

—Sobre las cosas que dije el viernes pasado...

—Déjame adivinar. No lo decías en serio.

Sus cejas se arquean.

—Bueno, yo... Sí era verdad cuando dije que no tenías que ser amable conmigo y traerme café o cosas así.

—Dijiste que no querías que fuera atento contigo —la corrijo.

Hay una diferencia.

—De todos modos, no quise decir que debíamos dejar de trabajar juntos.

—Dijiste que tampoco querías que te ayudara con el trabajo.

—Pero, me gustaría que siguiéramos haciendo las cosas juntos —reclama—. Para comunicarnos sobre las cosas de la empresa.

—Eso sería ayudarte con el trabajo, ¿no?

—No. Eso sería que actuaras como mi superior.

—Ser un buen jefe, a lo que también te oponías.

Violet suspira.

—¿Y qué? ¿Vas a volver a ser el jefe malo?

—¿Quieres que lo sea? —Le cuestiono.

Ella no responde. Sacudo la cabeza y sonrío.

Violet frunce el ceño.

—¿Qué te divierte?

—Usted, señorita Cleary —le contesto.

Sus cejas se fruncen.

—¿Yo?

—Sí. Que seas tan inteligente e independiente y que, sin embargo, no tengas ni idea de lo que quieres, especialmente de los hombres.

No dice nada.

—¿Pero sabes que no es divertido? Que otras personas sufran por tu indecisión. Como este tu jefe, que no sabe qué hacer contigo porque no te gusta que te grite, pero tampoco que te invite un café.

—Eso es...

—O el hombre con el que bailaste en aquella discoteca y al que besaste apasionadamente, para luego abandonarlo como un zapato que ya no te queda.

Ya está. Lo dije. En realidad, no pensaba sacar el tema, pero creo que ya no puedo reprimirlo más.

Independientemente de si Violet está jugando a propósito o simplemente está indecisa, lo que hace está mal. Ya es hora de que reciba una reprimenda.

Y parece una niña a la que acaban de regañar. Culpable. Penitente. No va a llorar, ¿verdad? Porque esta vez, no voy a dejarla tranquila, aunque lo haga. Las lágrimas son para los bebés. Cuando eres un adulto y has hecho algo malo, tratas de arreglarlo.

Ella no puede seguir así. Tiene que decidirse.

Respira profundamente otra vez.

—Lo siento... por dejarte en el club de esa manera.

No digo nada porque una disculpa no es suficiente. Tiene que haber algo más.

—Si quieres volver a gritarme, está bien. Viviré con ello.

Sacudo la cabeza.

—No.

Las cejas de Violet se arquean.

—No voy a ser yo quien decida qué hacer a continuación —sentencio—. De hecho, no voy a hacer nada. Tú decides, Violet. Si no quieres tener nada que ver conmigo, lo único que tienes que hacer es alejarte de mí. Múdate del Mistral. Encuentra otro trabajo. Vuelve a Suiza y no tendrás que volver a verme. Pero si me quieres como yo te quiero (y creo que sí), ya sabes dónde encontrarme. No te haré ninguna pregunta. No tendré expectativas de nada. Solo aguardaré. Pero no para siempre. Dios sabe que ya he tenido bastante paciencia.

Por un momento, Violet se queda quieta, en silencio. Luego separa los labios como si fuera a decir algo, pero no sale ninguna palabra. Vuelve a cerrar la boca mientras juguetea con el dobladillo de su blusa.

Ahora parece realmente perdida.

Me aclaro la garganta.

—Ya puede irse, señorita Cleary.

Se va, pero puedo sentir su confusión en el aire. Bueno, ese no es mi problema. Es el suyo. Ella es la única que puede poner en claro sus propios sentimientos.

La pelota está en su cancha ahora. Todo lo que tengo que hacer es sentarme aquí y esperar a que haga su movimiento.

Golpeo con los dedos en el escritorio.

¿Qué vas a hacer, Violet?

CAPÍTULO DOCE

Violet

No sé qué hacer.

Han pasado tres días desde que tuve aquella conversación con Asher y aún no me decido, lo que básicamente significa que he estado viviendo un calvario.

No puedo dormir. No puedo concentrarme. Si paro un momento y me siento, tengo la sensación de estar a la deriva. No importa si estoy viendo la televisión en casa, en una reunión aquí en el trabajo, o detrás de mi escritorio tratando de leer algo en la pantalla del ordenador. O comiendo. Mi mente simplemente se escapa de mí para ir en su propia búsqueda y mi cuerpo va en piloto automático, como un sonámbulo, excepto que estoy despierta.

De hecho, eso es lo que acaba de ocurrir. Ahora mismo, tengo medio emparedado de pavo en la mano y ni siquiera recuerdo haberme comido la otra mitad. Mi boca solo muerde y mastica. Ni siquiera puedo saborear la carne. Tampoco recuerdo el sabor del *quiche* que desayuné.

Dejo la mitad restante de mi sándwich en el plato con el ceño fruncido. Creo que perdí el apetito.

Esto es un infierno. Pero tal vez no. Cuando estás en el averno, al menos sabes que estás condenado. No hay nada más que puedas hacer que sufrir las consecuencias de tus acciones, de tus elecciones. Todavía no he hecho nada. No hice mi elección. Así que estoy en el limbo. Todavía estoy esperando mi juicio, juicio que tengo que sobrellevar por mí misma.

Tengo el poder de elegir entre el cielo y el infierno, pero mis opciones no están tan claras. Si lo estuvieran, no seguiría torturándome. Mis opciones son dejar a Asher y no mirar atrás, o quedarme y ceder a lo que él quiere, a lo que él dice que ambos queremos. Básicamente, es tener sexo con Asher o marcharme.

No quiero irme. Ya me enamoré de Chicago. Ya me acostumbré a mi nuevo trabajo. ¿Entonces qué? ¿Me acuesto con Asher y me quedo?

Suena tan simple, pero no lo es. No me tomo el sexo a la ligera. No lo hago con cualquiera. Y creo que Asher lo sabe. Por eso quiere que sea yo la que vaya hacia él. Bueno, eso y el hecho de que las últimas veces que ha intentado acercarse a mí, lo he alejado.

Si soy yo la que se acerca a él, no podré apartarlo. Tendré que entregarme por completo, que es exactamente lo que Asher quiere. Él cree que es lo que yo quiero también, pero, ¿es así?

¿Quiero tener relaciones con Asher Hawthorne?

—Hola. —Una voz irrumpe en mis pensamientos, obligando a mi mente a volver a mi cuerpo.

Casi salto. Nadie se había acercado a mí en la cafetería de la oficina. Y definitivamente no esperaba que nadie lo hiciera.

Giro la cabeza para ver quién puede ser y me encuentro con una morena menuda que me resulta familiar. ¿Dónde la he visto antes?

Ah, sí. Es la que estaba fuera del baño, una de las amigas de la mujer de pelo castaño que intentó pelearse conmigo.

—Soy Michelle. —Se presenta con una sonrisa, esta vez sincera— ¿Te importa si me siento?

No parece tener malas intenciones, y además lleva una bandeja llena de comida que parece que se le va a caer en cualquier momento, así que asiento.

Mientras deja sus cosas, me pregunto qué querrá de mí. Debe haber algo o no se sentaría conmigo. Cuando miro a mi alrededor, me doy cuenta de que hay muchas mesas y asientos libres.

Esto es a propósito. La pregunta es: ¿Cuál es su intención? ¿Está aquí para disculparse? Pero no tenía que sentarse junto a mí para hacerlo. ¿Va a ofrecerse a ser mi amiga porque quizás se dio cuenta de que no tengo ninguna, y las que tiene no son tan buenas? ¿O solo está aquí para hablarme de maquillaje? ¿O tal vez para preguntarme sobre el trabajo?

—Eres Violet, ¿verdad? Creo que es un nombre bonito. De hecho, es mi color favorito.

Me muestra su esmalte de uñas púrpura.

—Ya veo.

¿Así que está aquí para mostrarme sus uñas?

—Siento mucho lo que hizo Linda. Linda, es la chica que te dijo cosas desagradables.

Supongo que es la primera opción, entonces, está aquí para disculparse en nombre de su amiga. La pregunta es: ¿Debo aceptar sus disculpas?

—Espero que la perdones —continúa—. Asher Hawthorne es como un héroe para ella. Una vez estuvo a punto de ser despedida cuando estaba pasando por su divorcio. Fue el Sr. Hawthorne quien la dejó quedarse.

—¿En serio?

Supongo que Asher es un buen jefe.

—Pero, por supuesto, depende de ti si quieres perdonarla. No estás obligada. De hecho, odio que la gente pida disculpas y luego se enfade contigo cuando no la perdonas. No lo haré. Enfadarme, quiero decir. No te estoy obligando a exculparla. Solo quise tratar de explicar por qué actuó así. Y no, no me mandó a excusarme por ella ni a pedirte que la disculparas. Solo pensé que lo haría ya que, bueno, ella te debe una satisfacción y lo sabe, pero tiene un poco de miedo de hablar contigo.

Lo que convierte a Michelle en una buena amiga, aunque tal vez una que habla demasiado.

—¿Está asustada? —pregunto.

No parecía atemorizada cuando habló conmigo.

—Lo creas o no, Linda necesitó mucho valor para decir las cosas que dijo —argumenta Michelle.

Lo que realmente admiro, especialmente ahora que sé lo difícil que es ser honesta.

¿Honesta? Espera un momento. ¿La honestidad no requiere que ya sepas algo? Pero aún no sé lo que quiero. ¿O lo sé y solo me niego a admitirlo, igual que Linda está consciente de que me debe una satisfacción, pero no me la da porque me tiene miedo?

Siempre he sido el tipo de persona que sabe lo que quiere. Me conozco bien, lo que significa que ya tengo claro si quiero o no acostarme con Asher. Lo sé. Solo me cuesta aceptarlo porque soy deshonesta.

O estoy asustada. Más bien asustada.

—¿Violet? —La voz de Michelle me devuelve a la tierra de nuevo.

—Lo siento —murmuro—. Puedes decirle a Linda que está bien. La disculpo.

Los ojos de Michelle se abren de par en par.

—¿En serio?

Asiento con la cabeza. Al fin y al cabo, solo estaba siendo sincera. Además, no soy de las que guardan rencor.

Excepto contra los dos hombres que me rompieron el corazón.

—Por cierto, me encanta tu labial —añade Michelle.

Saco el tubo del bolso y se lo doy para que lo vea.

—Este es el que uso. Lo compré en París.

—¿París? —Sus ojos se abren de nuevo—. ¿Has estado en París?

—Unas cuantas veces.

Después de todo, solo está a cuatro horas de Zúrich en tren.

—Vaya. —Michelle me devuelve el lápiz labial—. Ahora de verdad quiero ser tu amiga.

¿Lo quiere? Ahora que lo pienso, me vendría bien una amiga. Quizá si tuviera a alguien con quien compartir, mi mente no se desviaría tan a menudo.

—Puedo ser una muy buena amiga —me asegura Michelle—. Hasta compartiré mi postre contigo.

Me acerca su trozo de tarta de chocolate.

Levanto la mano.

—No, gracias. La verdad es que no me gusta mucho el chocolate. Probablemente comí demasiado cuando estuve en Suiza.

—¿Demasiado? Vaya. Nunca oí hablar de nadie que haya comido demasiado chocolate.

Yo sí. Durante mis primeros meses en Zúrich, fui a todas las chocolaterías y compré cuanto chocolate estaba a la venta. Una vez, incluso me llevé tres cajas y me las acabé todas de una sentada.

—Puedes tomar mi jugo en su lugar. —Michelle me ofrece la botella sin abrir.

Niego con la cabeza.

—No hace falta. Tengo mi agua de todos modos.

Tomo un sorbo de mi botella. Ella frunce el ceño.

Supongo que realmente quiere darme algo. Pero no tiene que hacerlo. Puede seguir siendo mi amiga.

Estoy a punto de decírselo, pero ella habla primero.

—Pregúntame cualquier cosa, entonces.

¿Qué?

—Pregúntame lo que sea —repite con una sonrisa ansiosa.

De acuerdo. Respiro profundamente.

—Si alguien te rompiera el corazón una vez y no esperaras volver a verlo, pero lo haces, y ahora quiere tener sexo contigo, ¿dirías que sí?

Las cejas de Michelle se arquean.

—Vaya. No me lo esperaba.

Y me doy cuenta de que hablé demasiado.

—No pasa nada —me retracto—. Puedes olvidarte...

—Vamos a ver. —Se toca la barbilla mientras frunce las cejas—. ¿Cómo te rompió el corazón? ¿Te engañó?

—Algo así.

—Idiota. ¿Y hace cuánto tiempo fue esto?

—Hace muchos años.

—¿Y ahora quiere acostarse contigo? ¿Te dijo que quiere tener sexo contigo?

Me gustaría que no siguiera diciendo «sexo». Sé que yo lo dije primero, pero de alguna manera suena más raro cuando ella lo dice. Y más fuerte.

Miro a mi alrededor antes de responder. Menos mal que no hay mucha gente y nadie está cerca.

—Básicamente.

Michelle asiente.

—Bueno. Entonces déjame preguntarte esto. ¿Quieres tener sexo con él?

La miro. Vaya. Realmente va directo al grano, ¿verdad?

No respondo. Creo que sé la respuesta, pero aún no estoy preparada para decírselo a nadie.

—No estoy diciendo si quieres volver con él. Eso no es lo que él preguntó, ¿verdad? Solo quiero saber si deseas acostarte con el tipo. ¿Sí o no?

Dejo escapar un suspiro y me rasco la nuca. Bien. En algún momento tengo que ser honesta.

—Sí. Pero...

—Pero tienes miedo de que pueda tomarlo como una señal de que lo perdonaste. Tienes temor de que piense que quieres volver con él. O que quieras regresar con él porque te diste cuenta de que aún lo amas.

¡Wow! Michelle realmente dice lo que piensa. Con muchas palabras. Pero realmente no puedo negar lo que dijo.

Excepto la última parte. No puedo seguir amando a Asher porque nunca estuve enamorada de él. Él no me dio la oportunidad de hacerlo.

De seguro puedo prendarme de él esta vez, que es lo que no quisiera que pase. Lo que temo que pueda pasar. No quiero dar el primer paso hacia mi caída.

Michelle me agarra la mano.

—Tienes miedo porque crees que perderás el control. Pero puedes tenerlo. Puedes coger con él y luego decidir, incluso decretar, que fue solo sexo. No tiene por qué significar nada, pero en caso de que acabe siendo algo más, entonces puedes escoger si lo aceptas o simplemente lo olvidas. Puedes darle una segunda oportunidad o alejarte. Tú tomas esa decisión, y sea cual sea la opción que elijas, estará bien.

Tiene sentido, tanto que me sorprende. ¿Cómo puede una persona con la que nunca has hablado poner en palabras tus pensamientos y sentimientos cuando llevas días luchando por hacerlo? ¿Cómo es que yo no sabía qué hacer, pero Michelle sí?

—¿Sabes que pienso? —pregunta Michelle.

—Te escucho.

—Creo que eres muy formal, demasiado dura contigo misma. Piensas mucho. Innecesariamente.

Es cierto.

—Si quieres hacer algo, solo hazlo. Si resulta ser bueno, sé feliz. Si es malo, aléjate de eso. Arrepiéntete si es necesario, pero perdónate. Sigue adelante. Avanza y haz otra cosa que desees.

Así de simple, ¿no? O tal vez estuve complicando demasiado las cosas.

Michelle me aprieta la mano.

—Ve y consigue algo de ese sexo que tu libidinoso ex te debe. Para ti. No para él. Todos lo necesitamos de vez en cuando.

Tiene razón. Hace tiempo que no tengo relaciones. Tal vez por eso tuve un orgasmo mientras imaginaba las manos de Asher sobre mí. Quizá por eso me apoyé en Asher en la pista de baile. Puede ser por eso que le devolví el beso con lengua. Eso... y si soy completamente honesta, está el hecho de que estaba un poco molesta porque Asher y yo no cogimos en el mirador esa noche.

Necesito saciar esta sed de sexo y esta curiosidad por Asher, y parece que él necesita saciar su deseo por mí. ¿Quién sabe? Quizá después de que ambos satisfagamos las necesidades del otro, podamos superarnos, dejar atrás el pasado y llevarnos bien en el trabajo. O tal vez decida irme, sin mirar atrás.

En cualquier caso, solo será sexo. Sin ataduras. Sin sentimientos. Será como un ritual de limpieza, como cuando dos personas resentidas se gritan para sentirse mejor. Pero en lugar de gritar, tendremos relaciones.

Puede que sea lo mejor para mí y para Asher.

Michelle suspira y me suelta la mano.

—Supongo que esto significa que tú y Asher Hawthorne realmente no son nada.

Hago una pausa. Estaba hablando como si me conociera tan bien que casi se me olvida que no sabe nada de mí y de Asher. Me pregunto cómo reaccionaría si supiera que estoy hablando de él. Pero supongo que hay cosas que es mejor ocultar, incluso a las amigas.

—No —le afirmo—. No lo somos.

Tendremos sexo una vez y ya está.

Michelle hace un mohín.

—Lástima. Si Asher Hawthorne me pidiera tener sexo con él, definitivamente diría que sí.

Sonrío. Eso es exactamente lo que voy a hacer.

~

Cuando llego a mi apartamento después del trabajo, me dirijo directamente al baño para afeitarme las piernas. Y mi vello púbico. Luego me ducho. Con un nuevo jabón corporal de aroma floral. A fondo. Después me seco el pelo y me pongo las bragas de encaje y la camisola de raso que acabo de comprar. También me rocío un poco de mi perfume favorito. Luego me pongo la bata. El único problema que se me plantea es qué zapatos voy a usar.

¿Me pongo las zapatillas de casa? ¿O uso tacones?

Opto por lo segundo y me dirijo al pasillo. Me tomo unos momentos frente a la puerta del apartamento de Asher para recuperar la compostura y ensayar mentalmente lo que voy a hacer.

Bien. Voy a llamar al timbre. Luego, cuando Asher abra la puerta, le sonreiré y tiraré de la cinta de mi bata para que pueda ver lo que llevo puesto debajo. Con suerte, eso le revelará mis intenciones sin que tenga que decir ni una sola palabra y me atraerá hacia sus brazos y me besará. Si no, lo besaré yo primero. Y a partir de ahí, todo seguirá su curso.

Cierro los ojos y respiro profundamente. Oigo la alarma que suena dentro de mi cabeza y que me dice que me aleje mientras tenga la oportunidad, pero la ignoro. Ya tomé una decisión sobre lo que voy a hacer, y esta vez, iré hasta el final.

Tendré sexo con Asher.

Todavía tengo miedo, sí, pero también estoy emocionada y deseando que esto termine de una vez. Ya esperé bastante.

Levanto la mano para pulsar el botón del timbre. Suena. Me siento un poco decepcionada cuando nadie responde inmediatamente, pero simplemente vuelvo a tocar. Percibo pasos procedentes del interior del apartamento y mi corazón empieza a latir con fuerza. Mis dedos tiemblan ligeramente al agarrar el cinturón de mi bata.

Ya está.

Escucho cómo se abre la cerradura de la puerta y contengo la respiración. Se abre y mi corazón se detiene.

No es Asher el que está ahí sino una mujer de piel aceitunada y pelo largo color rojo coral como el de una sirena. Sus párpados están pintados de un tono esmeralda, la misma tonalidad que el vestido de encaje levemente transparente que se ciñe a su esbelto cuerpo.

Por un momento, me mira con los ojos entrecerrados, como si fuera una peste. Sus labios carnosos y escarlatas forman un mohín. Luego me cierra la puerta en las narices, tan fuerte que apenas oigo cómo se rompen mis esperanzas y planes para la noche.

Supongo que hoy no tendré sexo con Asher.

CAPÍTULO TRECE

Asher

Pienso que Violet y yo ya deberíamos haber tenido sexo.

Estos últimos días, me di cuenta de que estaba agonizando por la decisión que le pedí que tomara. Todo el tiempo sentía una combinación de fastidio y lástima. Quería acercarme a ella y sacarla de su miseria, de la de ambos. Pero no. Tiene que ser ella la que dé el paso. Yo sé lo que quiero. Ella tiene que saberlo también.

Ayer, cuando nuestros ojos se encontraron, vi un brillo en ellos que nunca había notado antes, cuando la comisura de su boca se movió ligeramente, pensé que finalmente estaba lista para ceder. Pensé que esta noche sería nuestra noche.

En lugar de eso, hoy está más hostil que nunca, lo que es una pena porque se ve muy guapa con su vestido rojo. Cada vez que nuestras miradas se cruzan, ella voltea los ojos o me mira fijamente. En algún momento, incluso maldijo en voz baja. Y no una maldición del tipo «estoy jodida», sino del tipo «no me merezco esto», lo que me hace pensar que algo hice que la ofendió.

En esta reunión, solo ha sido grosera. Intentó interrumpirme o contradecirme al menos una docena de veces durante los primeros minutos. Luego simplemente dejó de escuchar cada vez que yo hablaba y ni siquiera se molestó en disimularlo. Obviamente, está enfadada conmigo. Todo el mundo en la sala puede notarlo. La pregunta es: ¿Por qué?

¿Qué hice?

Decido preguntárselo después de la reunión. Como su jefe, no puedo tolerar este tipo de comportamiento. Como alguien que espera que se decida si me odia o me quiere, estoy preocupado. En cualquier caso, tengo que saber el motivo de su rabieta.

En cuanto termina la junta, Violet intenta salir más rápido que el resto de los presentes. La detengo antes de que llegue a la puerta.

—¿Srta. Cleary?

Baja los hombros y se detiene en seco.

—Usted y yo todavía tenemos algunas cosas que discutir.

—Bien —murmura.

Se acerca a la mesa y se deja caer en la silla más alejada de la mía, muy cerca a la puerta. Cruza los brazos bajo los pechos. Sus labios están cerrados haciendo una mueca. De alguna manera, me recuerda a una niña a la que no permitieron dejar el comedor para ir a jugar porque no terminó de comerse las verduras.

Espero a que los demás asistentes a la reunión abandonen la sala de conferencias. Luego cierro la puerta con llave. No pienso dejar salir a Violet hasta que llegue al fondo y me aclare el porqué de este nuevo resquemor, y no quiero que nadie nos interrumpa mientras la interrogo.

Me apoyo en la larga mesa, dejando una silla vacía entre Violet y yo para darle algo de espacio. Me tomo del borde y me aclaro la garganta.

—¿Es el síndrome premenstrual o hay algo más?

—Síndrome premenstrual —responde Violet.

Sí, claro.

—Mentirosa —me burlo.

—¿Perdón? ¿Acabas de llamarme...?

—Mentirosa —repito mirándola—. Los dos sabemos que algo te pasa.

Sus ojos me lanzan puñales.

—Tú deberías saberlo, ¿no?

Ojalá lo supiera. Entonces no estaríamos teniendo esta conversación, que tengo la sensación de que está a punto de convertirse en una pelea.

—En realidad, no lo sé —confieso—. Puedo ver que estás enfadada conmigo por algo, pero...

—¿Enojada? —Violet me interrumpe— Si un hombre pierde el tren para ir al trabajo, se enoja. Si un estudiante olvida los deberes en casa, estaría cabreado. Esto es más que eso.

—Bien. Enfadada. Enfurecida. A punto de matar a alguien. Eso no cambia el hecho de que no sé por qué.

Las cejas de Violet se levantan.

—¿Perdón?

Me pongo una mano en la cadera mientras me giro para mirarla.

—¿Qué hice, Violet?

Por un momento, se limita a mirarme. Luego da unas palmadas por encima de su cabeza.

—Y el Oscar es para... ¡Asher Hawthorne, señoras y señores!

Frunzo las cejas.

—¿Crees que estoy actuando?

Ella baja las manos y me mira.

—Realmente no lo sabes, ¿verdad?

—No.

Violet arruga sus labios y sacude la cabeza.

—Cuéntame —la insto.

—¿No te lo dijo ella? Creyó que yo era demasiado insignificante como para comentarlo contigo, ¿no es así?

¿Ella?

—No sé de quién estás hablando —sostengo.

—Claro. Porque tienes demasiadas mujeres y no puedes estar pendiente de todas. Tal vez deberías desarrollar tu propia aplicación de celular solo para eso.

Ahora sí que no sé de qué está hablando.

—De todas formas, no es con ellas con quienes estoy enojada. Probablemente todas han sido engañadas. Fueron seducidas, les susurraron cosas sucias al oído y les prometieron todo tipo de maravillas...

—Nunca les prometí nada.

—Fueron engañadas al creer que el sexo contigo era lo mejor que les podía pasar, que era lo que querían, que necesitaban. —Violet sacude la cabeza—. Bueno, a mí no me pueden engañar.

Así que ha decidido no acostarse conmigo. Es una pena. Esperaba que fuera al revés. Aun así, respeto su decisión.

Dejo escapar un suspiro.

—Si no querías tener relaciones conmigo, podías haberlo dicho desde el principio. No hay necesidad de todo este drama...

—¿Drama? —Violet se levanta y golpea la mesa con las manos—. ¿Crees que solo intento montar un espectáculo para ti?

Creo que no puedo aguantar esto mucho más.

Violet se pone la mano en el pecho.

—Me has hecho daño, Asher. Otra vez. Esta es la razón por la que no me acerco a ti. Porque cada vez que lo hago, siempre que te doy una mínima apertura, me clavas una lanza en el corazón.

—De nuevo, no entiendo lo que quieres decir. Yo no he hecho nada. Eres tú quien me rechaza. Tú eres quien acaba de tirar mis esperanzas después de haberlas alentado.

—¿De verdad? ¿Te rompí el corazón? Eso no es posible. No tienes ninguno.

—Tú tampoco —le aseguro.

¿Quiere ser brutalmente honesta? Bien. Yo también seré sincero con ella. Y brutal.

Violet me señala con el dedo.

—No te atrevas a ponerme en el mismo barco que tú. Tú... eres un monstruo.

Cruzo los brazos sobre el pecho y sonrío.

—¿Eso es lo mejor que puedes hacer?

—Eres un puto —me espeta a continuación.

¡Ah! Más insultos.

—Y tú eres una calientapollas —le replico—. Y una reina del drama.

Ella se burla.

—Eres un niño grande.

—Seguramente no puedo ser un niño y un puto al mismo tiempo.

—Eres un ser vil.

—Eso sí que no pudo descifrar.

—Le dices a una chica que quieres tener sexo con ella. Entonces se afeita y va a tu apartamento con lencería recién comprada, solo para que otra mujer, que parece el cruce entre una modelo de Victoria's Secret y la esposa de Aquaman le abra la puerta para después cerrársela en la cara.

Eso es específico. ¿Es eso lo que pasó? ¿Violet fue a mi departamento y vio allí a otra mujer? Creo que sé exactamente a quién.

Espera. Violet fue a mi apartamento. Eso significa...

—¿Por qué sonríes? —me increpa—. Es horroroso.

Sigo haciéndolo de todos modos.

—Ahora entiendo de qué estás hablando.

Me mira sorprendida.

—¿Qué?

Ella cree saber que estaba pasando, pero no lo sabe. Yo sí. Los papeles han cambiado.

—Por fin me doy cuenta de todo —le digo— Pero tú no.

—¿Perdón?

La muchacha que viste en mi apartamento, la mujer con la que creías que me estaba acostando, se llama Roxana García.

—No me importa quién es.

—Es mi ama de llaves—le informo de todos modos, porque tiene que saberlo—. Ella se encarga de contratar a las personas que limpian y hacen el mantenimiento en mi departamento y se asegura de que hagan su trabajo. Se ocupa de que la ropa esté lavada, de que se cambien las sábanas de la cama, de que la despensa esté llena...

—Sé lo que es una ama de llaves —me interrumpe Violet.

Y a juzgar por el rubor de sus mejillas, es consciente de que entendió mal toda la situación. Sí. Se ha pasado todo el día enojada conmigo sin motivo. Creo que me debe una disculpa.

No escucho ninguna. En cambio, se hunde en su silla, apoya los codos en la mesa y murmura:

—Ama de llaves.

—Sí. Ama de llaves.

Apoyo mi brazo en el respaldo de la silla vacía junto a la que está ella sentada mientras me le acerco.

—Lleva ya unos dos años en el puesto. La anterior era una mujer mayor. Jane. La despedí cuando la encontré cogiendo con el fontanero en mi cama.

Violet parece no escuchar. Se coge unos mechones de pelo y se los aprieta entre la nariz y los labios mientras se queda con la mirada perdida en la mesa. Luego los suelta mientras gira la cabeza para encontrar mi mirada.

—¿Ama de llaves?

—Sí. Te juro que nunca me he acostado con ella. —La miro a los azules ojos mientras me apoyo en el borde de la mesa—. Y no me he acostado con nadie desde la última vez que apareciste en mi apartamento.

Algo parpadea en sus ojos. ¿Sorpresa? ¿Alegría?

Desaparece para cuando los entrecierra.

—¿Y piensas que te voy a creer?

—Deberías —sentencio—. Porque te estoy diciendo la verdad.

—¿Y qué? ¿Se supone que debo quitarme la ropa y tener sexo contigo ahora? —pregunta.

—Suena bien.

Violet resopla.

—Lo siento, pero no me acuesto con hombres que tienen amas de llave.

Oh. ¿Vuelve a insultarme? Pero me doy cuenta de que, a diferencia de antes, esta vez no hay veneno en sus palabras.

Le sostengo la mirada mientras me inclino hacia delante.

—Engreída.

—Niño grande.

—Reina del drama.

—Pretencioso.

Bajo mi cara para que esté casi a la altura de la suya.

—Te afeitaste.

Hace una pausa antes de responder.

—Me afeité.

Lo que significa que quiere tener sexo conmigo. Y yo también. Ahora mismo.

Presiono la palma de mi mano contra la mejilla de Violet y coloco mis labios sobre los suyos. Aplico una ligera presión al principio, lo suficiente para sentir que nos tocamos. Luego presiono más, embarrando su labial. Separo los labios y dejo salir la punta de la lengua para saborearla mientras recorre su labio superior. Luego tomo el inferior y lo chupo suavemente.

La mano de Violet se acerca a la mía. Por un momento, me detengo, temiendo que me la retire, me abofetee y se vaya. En lugar de eso, me la acaricia mientras su boca se presiona con firmeza contra la mía. Mi corazón da un salto. Mi pene palpita.

Sigo besándola, y con más pasión. Ahora que sé que Violet lo desea, no me contengo. Una y otra vez, nuestros labios chocan en perfecta sincronización. Mi mano se desliza hacia su quijada, la suya hacia mi hombro.

Se toma de mi hombro mientras se levanta de su silla para ponerse delante de mí. Me enderezo, me agarro a su cadera y le planto un largo beso en la boca. Cuando la abre, introduzco mi lengua. Ella se estremece. Me rodea con el brazo.

Me acaricia la espalda mientras mi lengua acaricia la suya. Mi mano sube y baja por el lateral de su vestido. Cuando mis dedos rozan la curva de su pecho, gime. El sonido provoca ondas de calor bajo mi piel hasta llegar a mi entrepierna.

No hallo la cremallera en el lateral del vestido, así que la busco en la espalda. La encuentro. Mientras la bajo, Violet saca mi camisa de los pantalones y empieza a desabotonarla desde abajo. Consigue desabrochar solo tres botones s antes de que yo tome el relevo.

Retrocede para quitarse el vestido y los zapatos. Yo me deshago de mi camisa y mi corbata.

Empiezo a desajustarme el cinturón, pero Violet me rodea el cuello con los brazos y me besa. Mis dedos tantean mientras le devuelvo el beso, peor cuando ella frota sus senos contra mi pecho desnudo. Incluso a través del encaje, noto sus pezones puntiagudos que me tocan la piel, y eso hace que mi polla se clave en la parte delantera de mis bóxers. Casi grito.

Vamos.

Finalmente, consigo liberar el cinturón de su hebilla. Me desabrocho el botón del pantalón y me bajo la cremallera para que mi erección tenga un poco de espacio. Entonces concentro toda mi atención en Violet.

La tomo por las caderas y la subo al borde de la mesa. Mis dedos recorren su mar de rizos mientras la beso. Luego tiro suavemente de su cabeza hacia atrás para poder imprimir mis labios en su cuello. Con la otra mano le acaricio un pecho debajo del sujetador.

Le rozo el pezón a través del encaje y ella jadea. Sus uñas se clavan en mi hombro. Le desabrocho el sostén y se lo quita. Atrapo uno de sus pezones con mi boca y lo retuerzo juguetonamente. Ella gime.

Le rodeo el pezón con la punta de la lengua mientras deslizo la mano por la liga de sus bragas. Lo primero que noto es que se ha afeitado, lo que me provoca un zumbido en las venas. Lo segundo es que está mojada. Empapada. Mi miembro se hincha.

Está aún más mojada por dentro, me entero al introducir mi dedo. Y más caliente. Y jodidamente apretada. ¿Es virgen? Pensé que había dicho que no lo era. En cualquier caso, apenas puedo introducir un dedo, así que no pruebo con otro. En lugar de eso, le acaricio el clítoris.

Los brazos de Violet se desprenden de mis hombros y suelta un suave grito. Se apoya en ellos, temblando, jadeando, mientras sigo provocándola. Sus caderas se agitan. Finalmente, la parte superior de su cuerpo cae sobre la mesa, con los brazos sueltos a los lados.

Ríndete. Esto es lo que estaba esperando.

El corazón me late en el pecho mientras conquisto su boca. Mi lengua aprisiona la suya mientras dos de mis dedos intentan entrar en ella. Esta vez, se deslizan con facilidad. Los muevo en forma de tijera para dilatarla y luego empujo profundamente. Violet separa su boca de la mía y jadea.

Cierra los ojos y gira la cabeza hacia un lado para que le lama la oreja mientras entierro mis dedos en su calor. Mi pene se queja en mis bóxers. Sigo ignorándolo y empiezo a mover los dedos. Cuando las caderas de Violet empiezan a moverse al ritmo de mis envites, sé que está preparada.

Y yo lo estoy definitivamente.

Le quito la ropa interior tan rápido como puedo. Luego me bajo los bóxers para liberar mi polla tiesa y dolorida. Saco el condón de mi cartera y deslizo la funda de goma sobre mi pene. Después, coloco la punta justo sobre los labios de su concha afeitada y húmeda. Lo froto contra ella durante unos segundos antes de agarrar su muslo y empujarlo hacia dentro. Escucho otro fuerte jadeo como respuesta.

El paso sigue siendo estrecho, pero mi miembro consigue deslizarse centímetro a centímetro dentro del cuerpo de Violet. A mitad de camino, desplazo mi mirada hacia su rostro. Sus ojos siguen cerrados, ahora apretados. Toda su cara parece enrojecida, sus rasgos tensos. Tiene los labios entreabiertos, pero no emite ningún sonido.

No quiero olvidar nunca esta expresión en la cara de Violet mientras la penetro.

Le acaricio la mejilla y ella me mira a medias. El placer se refleja en sus ojos de zafiro. Se me corta la respiración.

Tampoco quiero olvidar esta mirada.

Me inclino y la beso. Mis labios permanecen sobre los suyos mientras sigo penetrándola lentamente. Cuando no puedo ir más lejos, me detengo. Aparto la boca y la miro a la cara mientras empiezo a mover las caderas.

Violet pone sus manos en mis hombros. Me muevo más rápido y sus uñas se clavan en mi piel. Sus ojos se cierran. Su boca se abre de par en par mientras jadea entre suaves gritos.

La agarro por las caderas y le doy un fuerte empujón. Mi polla la llena hasta el fondo y ella suelta un grito agudo mientras me rodea con los brazos. Me resulta difícil moverme con ella pegada a mí, así que levanto la parte superior de su cuerpo y tiro de sus caderas contra mí. Sus piernas me rodean la cintura.

Continúo moviéndome, saboreando la fricción entre nuestros cuerpos. Es mejor de lo que había imaginado, tan bueno que sé que no podré aguantar mucho más. A juzgar por los sonidos que hace Violet y la forma en que se aferra a mí, ella tampoco puede.

Le cojo los pies por detrás y le pongo los tacones en las manos. Muevo su cuerpo de un lado a otro sobre mi pene para llevarla primero al límite. Efectivamente, empieza a temblar. Su cuerpo se arquea mientras echa la cabeza hacia atrás y suelta un grito.

—¡Joder!

Cuando empieza a apretarse a mi alrededor, agarro sus caderas una vez más y le meto la polla dentro. Solo consigo dar unos cuantos empellones antes de que mis testículos empiecen a sentirse calientes y pesados, y mis músculos comiencen a contraerse. Aprieto la mandíbula y suelto algunos gruñidos mientras me entierro en su interior y libero todo mi deseo reprimido.

Espero hasta que me haya ordeñado la última gota y haya recuperado suficiente aire en mis pulmones. Entonces me retiro. Dejo a Violet un minuto para tirar el preservativo usado en la papelera, asegurándome de que quede enterrado bajo los trozos de papel. Cuando me vuelvo hacia ella, está sentada en una silla, poniéndose de nuevo las bragas.

¿Por qué me parece sexy incluso eso?

Me abrocho el cinturón mientras la veo ponerse el sujetador y luego el vestido. Parece que le cuesta subir la cremallera, así que la ayudo.

—Gracias —murmura.

Me doy cuenta de que es lo primero que ha dicho en los últimos minutos, sin contar la maldición que se le escapó cuando alcanzó el clímax del placer. Siento que yo también debería decir algo. ¿Pero qué? Normalmente no tengo conversaciones después del sexo. Me pongo la ropa y me voy.

Antes de que pueda decir una palabra, Violet sale de la habitación sin ni siquiera mirar hacia atrás. Frunzo el ceño.

Me alegro de que hayamos tenido sexo. Me alegro de que Violet no se haya escapado a la mitad. Y, sin embargo, por alguna razón, no me siento tan satisfecho como de costumbre, lo que es extraño, porque disfruté cada segundo.

Me paso los dedos por el pelo y me rasco la nuca.

¿Qué demonios me pasa?

CAPÍTULO CATORCE

Violet

No puedo creer que lo haya hecho todo mal.

Tenía un plan para la primera vez con Asher. Iba a estar en lencería, recién salida de la ducha. Lo haríamos en su apartamento. Después, le diría que no volvería a suceder, que no significó nada y que los dos deberíamos seguir adelante y tratar de no continuar siendo una molestia para el otro.

En lugar de eso, cometí un grave error al suponer que la ama de casa era su amante (en serio, ¿en qué estaba pensando?), nos acostamos en la sala de reuniones de la oficina (increíble) y, lo peor de todo, me olvidé de hablar con Asher después para aclarar las cosas.

En realidad, no me olvidé de hacerlo. Mientras me ponía la ropa, sentí que tenía que decir algo para llenar el incómodo silencio. Sabía que debía hablar. Lo que olvidé fue lo que tenía que decir. No pude recordar nada. Tal vez fue porque estaba cansada. Quizá porque estaba sorprendida porque acababa de tener relaciones en una sala de conferencias. O tal vez porque mi cabeza seguía dando vueltas sobre ese sexo, ese sexo jodidamente increíble con el que había soñado durante años. En cualquier caso, mi mente se quedó en blanco, o mejor dicho, permaneció en blanco (porque seamos honestos, mis procesos de pensamiento coherente se apagaron mucho antes), así que no pude decir nada.

Ahora que estoy en casa, en mi apartamento, y que tomé una ducha y cené, mi cabeza está despejada. Recuerdo lo que quería decir y me doy cuenta de que todavía tengo que hacerlo. Tengo que terminar las cosas bien. Hace años, Asher y yo no tuvimos un cierre. Solo salimos y luego no volvimos a casa juntos y dejamos de hablarnos. Tal vez por eso no pude superarlo del todo. Esta vez, tenemos que conversar. Tengo que decirle que se acabó.

Decidida, cojo mi chaqueta y me dirijo a la puerta de al lado. No hace falta que me ponga lencería. Solo voy a hablar. Llamo al timbre dos veces. Nadie responde. Llamo una tercera vez. Todavía no hay nada.

Me alejo para comprobar si hay luz bajo la puerta. Si hay. Aprieto el oído contra ella, pero no escucho ningún sonido.

Quizá Asher no esté ahí. Tal vez haya dejado las luces encendidas o estén automatizadas, pero no está en el departamento. Después de todo, es viernes por la noche. Asher podría estar todavía en la oficina terminando el trabajo, o en la discoteca. O en un hotel durmiendo con otra mujer, lo que por alguna razón me pone furiosa. ¿Cómo puede tener sexo con otra chica apenas unas horas después de haberlo hecho conmigo?

Me sacudo la sensación y la idea. No hay que sacar conclusiones precipitadas. Mira lo que pasó la última vez. Lo único que sé es que Asher no está en casa, así que solo tengo que volver mañana y decirle todo lo que necesito. Simple y sencillo.

~

No es tan simple.

Ahora que estoy aquí, de pie frente a Asher, que solo lleva puesta una bata y luce como que acabara de despertar, parece que no puedo encontrar mis palabras de nuevo.

En lugar de eso, lo único en lo que puedo pensar es en lo bien que le queda el cabello despeinado. Algunos mechones caen sobre su frente y no puedo evitar las ganas de apartárselos con los dedos. No puedo dejar de mirar el pelo de su pecho, expuesto entre las solapas de su bata, y me pregunto si lleva algo debajo. ¿Bóxers? ¿Calzoncillos? De igual manera, no recuerdo qué llevaba puesto cuando nos acostamos. Tampoco recuerdo el aspecto de su polla, lo que es raro porque estaba dentro de mí. Estoy bastante segura de haberla visto.

Miro la entrepierna de Asher.

¿Cómo puedes tener sexo con un hombre y no recordar cómo es su miembro?

—¿Violet?

Subo mi mirada hasta el nivel de sus ojos y trato no sonrojarme. Lo intento, pero fracaso cuando veo que Asher sonríe como si supiera lo que acabo de pensar.

Maldita sea.

—Yo... —Me toco un lado del cuello y me aclaro la garganta—. Espero no haberte despertado.

—No lo has hecho.

—Qué bueno.

Cruzo los brazos bajo mis pechos y respiro profundamente.

Concéntrate, Violet.

—Pasé por aquí anoche —le digo—. Pero parecía que no estabas en casa.

Las tupidas cejas de Asher se arquean.

—¿Lo hiciste? Bueno, espero que esta vez ninguna mujer haya abierto la puerta. Si no, puede que tenga que llamar a la policía.

—No —Sacudo la cabeza—. No contestó nadie.

Se apoya en el marco de la puerta.

—Por cierto, le dije a Roxana que eras mi vecina, así que la próxima vez no debería cerrarte la puerta en la cara.

¿Lo hizo?

Me pongo la mano en la nuca.

—No tenías que hacerlo.

—No, creo que sí. Fue grosera contigo porque pensó que eras una de esas mujeres que intentan entrar a mi casa para robar mis cosas.

Mis cejas se fruncen.

—¿Hay mujeres así?

—Sí. Ya sabes, chicas que dicen que han olvidado sus pantaletas pero lo que realmente quieren es conseguir un par de mis bóxers como recuerdo.

Así que usa bóxers. Aunque eso no significa que lleve un par ahora mismo.

—Eso es horrible —exclamo, intentando ceñirme al tema en cuestión.

—Sí. También, una vez, hubo una mujer que insistió a Roxana para que la dejara entrar y así poder esperarme en mi cama. Con esposas.

¿Esposas? ¿Asher está metido en eso? No es que no lo crea capaz. De hecho, si recuerdo esa semana en la que traía mujeres a su casa cada noche, parecía que estaba haciendo de todo. Eso parecía. ¿Yo? Nunca experimenté algo así, pero no puedo decir que no tenga curiosidad. Lástima que Asher y yo nunca llegaremos a probarlo.

Vaya. ¿Acabo de pensar que no me importaría tener sexo con Asher de nuevo?

—En todo caso, Roxana ha tenido algunas malas experiencias con mujeres que aparecen en mi puerta así que... así es como reaccionó.

Pero ella ya conoce la situación. Sabe que no eres como esas otras personas.

¿No lo soy? Por alguna razón, escuchar eso me hace sentir un escalofrío.

—¿Así que viniste a mi apartamento anoche? —me pregunta mientras se rasca la nuca.

—Sí —respondo.

—Siento no haber estado aquí. Estaba con mis hermanos.

—¿De verdad?

Eso ni siquiera se me pasó por la cabeza.

—Bueno, hermano. Estaba con Ryker. Ethan no pudo ir. Últimamente ha estado... ocupado. Pero se supone que tenemos un compromiso cada viernes por la noche.

—Oh. Eso es muy bonito.

Pensaba que no eran tan cercanos, ya que aunque trabajan en la misma empresa, en el mismo edificio, apenas si parecen hablarse, a menos que estén en una reunión. Tampoco creí que se veían durante los fines de semana. Pensé que estarían demasiado cansados y ocupados con sus vidas personales. Es bueno saber que estaba equivocada, que el vínculo entre Asher y sus hermanos sigue siendo fuerte, como el que vislumbré en Zúrich. Por supuesto, el hecho de que Ethan haya estado ocupado es lamentable, pero supongo que es inevitable que eso ocurra a veces. Al menos tienen un ritual fraterno.

—De cualquier forma, ¿necesitas algo? —Me interpela—. ¿Quieres algo... de mí?

Sus ojos de ébano se estrechan. Se me corta la respiración.

—¿Tal vez te olvidaste de comentarme alguna cosa? ¿O hacer algo?

Sé que me olvidé de decir algo, pero ahora empiezo a pensar que es más bien lo segundo. Hay cosas que podría haber visto, cosas que podría haber hecho, cosas que Asher podría haberme hecho. Después de todo, tan increíble como fue el sexo, fue tan precipitado. Comenzó y terminó tan rápido.

Terminó demasiado pronto.

—¿O tal vez hay algo más que quieres de mí?

¿Más? Sí, definitivamente quiero más. Lo de ayer no fue suficiente. Fue repentino y apresurado, además en una sala de conferencias. Y nunca dije que solo me acostaría con Asher una vez. Todo lo que dije fue que únicamente sería sexo. Y seguirá siendo solo sexo sin importar cuántas veces lo hagamos.

Quiero más.

Tomo la parte delantera de la bata de Asher y lo empujo hacia atrás, cruzando el umbral de su apartamento. Luego me inclino hacia delante para besarlo.

Cierra la puerta detrás de mí y me encuentro con la espalda pegada a ella mientras su boca aplasta la mía. Una y otra vez.

Esta parte la recuerdo. Después de todo, ya nos hemos besado tres veces. ¿O son cuatro? Todo lo que sé es que, a estas alturas, ya he memorizado la forma de los labios de Asher y lo firmes y a la vez suaves que se sienten contra los míos. Pero eso no significa que me haya aburrido de sus besos. O que ya no tengan ningún efecto en mí.

Mientras me chupa el labio inferior, siento un cosquilleo en la parte posterior de mis piernas. Su lengua roza la mía y me estremezco.

Los besos de Asher siguen haciéndome sentir débil. Me encantan. Todo lo que digo es que también quiero experimentar otras cosas con él. Cosas que nunca he probado antes.

Le quito la bata y dejo que mis manos recorran los músculos cincelados y endurecidos de su amplio pecho y su rígido abdomen. Casi puedo sentir cómo se estimulan al cartografiar el increíble terreno. Las yemas de mis dedos rozan los suaves rizos del centro de su pecho y sigo su camino hasta la liga de su ropa interior.

Así que lleva ropa interior. Intento averiguar cómo es sin mirar, mis dedos recorren el algodón. Rozan una mancha húmeda y Asher estalla para aspirar con fuerza. Le sonrío maliciosamente mientras presiono la palma de mi mano contra la parte delantera de sus bóxers... sí, creo que son bóxers. El bulto se hincha y un sonido retumba en lo más profundo de la garganta de Asher.

Lo veo. Esto es algo que no pude llegar a hacer la última vez, lo cual es una lástima porque me parece divertido.

Beso a Asher mientras empiezo a mover mi mano lentamente. Incluso a través del algodón, que parece estar más húmedo, puedo sentir el calor del miembro de Asher. Puedo advertir su forma. El grosor. Puedo advertir cómo palpita.

Empiezo a mover la mano más rápido, pero Asher me agarra la muñeca. Abro la boca para quejarme, pero entonces me encuentro con su mirada. Sus ojos oscuros se clavan en los míos, suave pero intensamente. Me ordenan que guarde silencio y aprieto los labios. Me roza con los suyos mientras me coge la otra muñeca.

Me lleva al dormitorio y me quita la camisa por la cabeza. Súbitamente, deseo haberme puesto un mejor sostén. Sin embargo, a Asher no parece importarle cómo luce este. Me planta un beso en el valle entre los pechos y luego me chupa un seno a través del sujetador mientras me desabrocha los pantalones cortos y me los baja. Me caen a los pies y me los quito.

Asher me empuja hacia la cama. En cuanto mi espalda toca el colchón, su boca está sobre la mía. Paso mis manos por su espalda y mis dedos por su pelo. Sus manos recorren mis hombros, mis brazos, mis costados, mis caderas, mis muslos. Dondequiera que tocan, mi piel cobra vida.

Revivo. Hace un rato me estaba ahogando en los besos de Asher, y ahora estoy tomando el sol, al calor de sus hábiles manos.

Se acerca a mi espalda para desabrocharme el sostén. Me quita los tirantes de los brazos. Se lleva uno de mis pechos a la boca y yo jadeo. Chupa y yo gimo.

Juega con mis dos pezones, uno con la lengua y el otro con los dedos. Mis brazos caen a los lados mientras tiemblo. Mis manos se aferran a las sábanas. El dolor entre mis piernas crece.

Cuando es demasiado para soportarlo, tomo la muñeca de Asher y pongo su mano allí. Él levanta la cabeza y sonríe.

—Somos impacientes, ¿verdad?

Le respondo acercándome a su entrepierna. Rodeo con mis dedos el bulto que tiene allí, que parece haber crecido desde la última vez que lo comprobé. Gruñe.

Le doy una sonrisa de oreja a oreja.

—Eso parece.

Asher me coge la mano y me lame la palma. Me hace cosquillas y respiro hondo.

—No te preocupes —me dice—. Te daré todo lo que tú quieras.

Me quita las pantaletas y se acomoda entre mis piernas. Lo siguiente que siento es que está separando mi otro par de labios. Su lengua se desliza entre ellos.

Mis caderas se agitan. Un gemido se escapa de mi boca.

Sigue lamiéndome y empiezo a temblar. Mis uñas se clavan en el colchón. Cada vez que su lengua entra en mí, el calor inunda mi vientre y se extiende por mis venas. Mi mente se pierde en una nebulosa.

Cuando su pulgar presiona mi clítoris, mis caderas vuelven a sacudirse. Mis gemidos se extienden por el aire mientras el placer de su lengua y de sus dedos me vuelve loca. Al principio me resisto porque temo que sea demasiado, pero al final lo único que puedo hacer es rendirme. En cuanto lo hago, olas de calor recorren mi piel. Me aferro a los cabellos de Asher e intento aguantar mientras mi cuerpo se arquea. Los dedos de mis pies se crispan. Mis ojos se voltean hacia la parte posterior de mi cabeza.

—Santo... joder...

La maldición se me escapa de los labios justo antes de quedarme sin aliento, sin habla, sin pensamiento. Por un momento, mi mente se apaga. Mi cuerpo se adormece. Entonces, el sonido de un cajón que se abre me devuelve a la realidad.

Giro la cabeza y veo a Asher de pie junto a la cama. Saca un paquete de condones del cajón y libera su pene de los bóxers. Mis ojos se abren de par en par cuando por fin lo veo. Tal y como pensaba, es gruesa. Y larga. Enorme. Siento una pizca de miedo al pensar que estará dentro de mí, pero al mismo tiempo no puedo evitar sentirme excitada.

El lugar sobre el que jugó me hormiguea. Estoy preparada para más.

Observo a Asher mientras desliza la funda de goma sobre su polla. Aunque quisiera apartar la mirada, no podría. Estoy hipnotizada.

Cuando Asher se gira, nuestros ojos se encuentran. Sus labios se curvan en una sonrisa.

—¿Lista? —me consulta.

Le respondo estirando los brazos hacia él con entusiasmo. Me acaba de envolver en una nube de placer y todavía estoy en ella. Quiero que él también disfrute conmigo.

Se sube de nuevo a la cama y se arrodilla entre mis piernas. Luego coge una almohada que desliza por debajo de mis nalgas para levantar mis caderas. Atrapa mis muslos y me preparo para lo que viene.

Como antes, siento una ligera molestia cuando su pene entra en mí, estirándome. Pero se desvanece. Cuanto más me llena, más excitación corre por mis venas. Me siento como en una montaña rusa. Ahora mismo, el vagón sigue subiendo lentamente por los rieles, avanzando penosamente, pero sé que pronto llegará a la cima y entonces...

Dejo escapar un grito cuando Asher da una fuerte embestida que llega a lo más profundo de mí. En ese momento, todo se acelera. Me aferro a los lados de la almohada que tengo debajo mientras grito y jadeo.

—¡Oh, Dios! ¡Oh, Dios! Es tan... bueno.

Asher golpea dentro de mí.

—¿Te gusta? —pregunta después de una embestida especialmente fuerte.

Me gusta, pero no es suficiente.

—Más —le demando—. Más rápido.

Él cumple. La cama cruje. La cabeza me da vueltas. Mi visión empieza a ser borrosa.

Asher me agarra de los tobillos mientras su ritmo se vuelve errático. Entonces se hunde en mi interior con un último envite. Ese empujón me lleva al límite, haciéndome temblar mientras impulso mis caderas contra Asher, tratando de llevarlo aún más profundo. Tan hondo como puedo. Mis gritos se mezclan con sus gemidos. Luego ambos nos callamos mientras jadeamos.

Se acabó.

Suelto la almohada y me quedo quieta, demasiado cansada para moverme. Cuando Asher se retira, dejo caer las piernas sobre la cama. Después de unos segundos, saco el cojín de debajo de mí y lo abrazo contra mi pecho mientras me tumbo de lado.

¿Y ahora qué? ¿Estoy satisfecha ahora? ¿Es suficiente?

Algo dentro de mí me dice que no. Pero, ¿y si es suficiente para Asher? ¿Y si me dice que me vaya de su casa?

Estoy a punto de incorporarme, pero entonces siento el brazo de Asher alrededor de mí. Está tumbado detrás mío. Su aliento me hace cosquillas en la oreja. Su erección me pincha la espalda.

¿Erección?

Me aparta la cabellera y me besa la nuca. Luego me susurra al oído.

—No tengo nada más que hacer esta mañana. ¿Y tú?

Giro la cabeza para encontrar su mirada.

—Nada.

Me coge la barbilla.

—Entonces, ¿te gustaría quedarte un poco más?

Mis labios se curvan en una sonrisa.

—Claro.

~

Eso sí que fue... increíble por decir lo menos, pienso mientras me limpio el semen del pecho en el baño de Asher. Ese es el resultado de haberle pedido que me lo haga sin protección, que fue probablemente la vez que mejor lo hicimos.

Miro mi reflejo en el espejo y sonrío.

¿Cuántas veces cogimos? ¿Tres? ¿Cuatro? Ni siquiera recuerdo cuántos orgasmos tuve. Pero sí sé que acabo de tener el mejor sexo de mi vida. Y ahora me preocupa que no vuelva a suceder.

¿Esto es todo? ¿Es el final?

Me quedo en el baño porque tengo miedo de averiguarlo, pero no puedo quedarme aquí para siempre. Finalmente, respiro profundamente y salgo. Veo a Asher ya con la bata puesta y se me encoge el corazón.

Supongo que realmente se acabó.

—¿Agua? —Me ofrece una botella.

Recojo mis bragas del suelo.

—Creo que primero me vestiré.

—De acuerdo.

Recojo el resto de mi ropa y me dirijo al baño.

—Pero antes de que lo hagas...

Me detengo en seco.

—¿Has paseado por Chicago desde que llegaste? ¿Qué has visto?

Miro por encima del hombro.

—No mucho. ¿Por qué?

Me dedica una encantadora e inocente sonrisa.

—¿Te gustaría ir al muelle de la marina mercante conmigo esta noche?

CAPÍTULO QUINCE

Asher

El muelle de la marina mercante, mi lugar favorito en todo Chicago.

Todavía recuerdo la primera vez que vine aquí. También fue de noche. Acababan de enterrar a mi madre y yo estaba de luto. No sé por qué. Ni siquiera llegué a conocerla tan bien ni pasé mucho tiempo con ella. Pero me sentía solo. Una de las criadas se apiadó de mí y me sacó de la casa sin que mi padre lo supiera. Me trajo aquí, pensando que me animaría. Lo hizo.

Y todavía me hace sonreír.

Quizá sea simplemente por las luces brillantes y coloridas que se reflejan en el agua e iluminan el cielo. Me recuerdan a las auroras boreales que vi una vez en Finlandia. Tal vez sea por la música, los sonidos, el bullicio: son la prueba de que la vida continúa. Quizá sea por la majestuosa vista de la ciudad. O por la serenidad del lago, imperturbable con todo lo que sucede. O puede que sea por las caras de felicidad de las familias y las parejas. En cualquier caso, siempre que estoy aquí, parece que me olvido de lo que me falta: una madre, un propósito superior, amigos, amor. Es mi lugar feliz.

Creo que a Violet también le gusta. Parece que está asimilando todas las imágenes con los ojos abiertos de una niña asombrada. Y sonríe, lo que hace que sus mejillas se iluminen y su mirada brille de modo que se la ve guapísima, incluso con una sencilla chaqueta de punto de color crema sobre un jersey de cuello alto rosa y unos pantalones vaqueros claros.

Debería haber sabido que le quedaría bien cualquier cosa. Al fin y al cabo, se ve bien incluso sin nada.

La imagen del cuerpo desnudo y sonrojado de Violet encima de mi cama vuelve a mi mente. La aparto. Por ahora, quiero disfrutar de cada segundo de mi tiempo con una Violet vestida.

—¿Te gusta el lugar? —le pregunto para estar seguro.

Ella asiente con la cabeza.

—Sí. Desde aquí, Chicago se parece un poco a Zúrich.

¿Se parece? Ahora que lo pienso, me doy cuenta de que tiene razón. Ambas están a la orilla de un lago, después de todo.

—Así que supongo que tu récord se mantiene intacto —anota Violet.

—¿Récord?

Me mira.

—¿No es por eso que me trajiste aquí? ¿Porque a todas las chicas que acarreaste hasta aquí antes les gustó este lugar?

¿Así que todavía piensa que soy un puto? Ouch.

En realidad, nunca he estado aquí con una mujer, aparte de la sirvienta. Normalmente llevo a mis citas al bar o restaurant de algún hotel. De esa manera, puedo conducirlas directamente a una habitación después. O a mitad de camino.

Supongo que he sido un «hombre-puta».

Aun así, Violet es la única mujer que traje aquí, al muelle de la marina mercante. Pero no se lo digo.

—¿Crees que te traje aquí para impresionarte? —Sacudo la cabeza—. Lo siento, pero no hago eso.

Ella sonríe.

—Te traje porque vas a invitarme a cenar —le anuncio.

Sus ojos se abren de par en par.

—¿Qué? ¿Por qué iba a hacer eso?

—Hay un juego aquí que se llama «Atomic Rush». Vas por el laberinto tocando las luces del color que has elegido. Cuantas más toques, más puntos consigues. Si de alguna manera alcanzas una puntuación mayor que la mía, te invito a cenar. Lo que tú quieras. Si mi puntuación es mayor que la tuya, tú me invitas a comer.

—Ya veo. —Violet se toca la barbilla—. Así que esto es un reto, ¿no?

—Considera lanzado el guante.

Hace una pausa para decidir si debe aceptarlo o no. Sé que quiere hacerlo. Le encantan los retos. Solo está dudando porque no está segura de poder vencerme. Y no es porque no tenga suficiente dinero para invitarme a cenar. Es una cuestión de orgullo. Nunca he conocido a una mujer que odie perder tanto como yo.

—No tienes que inquietarte, le aclaro—. Haremos primero una ronda de práctica para que puedas saber de qué se trata. Luego haremos tres rondas más y contaremos las puntuaciones. ¿Qué te parece?

Me mira.

—Me parece justo.

Pensé que con eso bastaría.

Le sonrío.

—Entonces, ¿estás lista para invitarme la cena?

Ella me sonríe también.

—Oh, estoy lista para patear tu trasero.

~

Y lo intentó. Pero al final, yo seguía siendo más rápido, así que aquí estamos, en mi taberna favorita del muelle con un trozo de costillas a la barbacoa gratis y una lata de mi cerveza favorita. Violet pidió la ensalada con maíz, papas fritas, un trozo de tarta de lima y una copa de un *California Chardonnay*. Sin embargo, no parece estar contenta.

—Buena comida, ¿no? —Le pregunto.

Violet no responde.

—Es aún mejor cuando no comes con la cara larga.

Levanta la cabeza para encontrarse con mi mirada, con la cara larga aún ahí.

Bueno, eso no funcionó. ¿Qué más puedo decir para intentar animarla?

—Para ser tu primera vez, lo has hecho bien —la conforto.

Se detiene en medio de una patata frita y estrecha los ojos cuando me mira.

—¿Mejor que todas las demás mujeres que trajiste aquí?

Violet sí que es competitiva.

—Mucho mejor —respondo.

—Mentiroso —se burla.

¿Qué demonios?

—Solo estás siendo amable, y no sueles serlo —observa—. ¿Sabes qué más no eres? Tan bueno. Solo me has ganado por doce puntos. Te ganaré la próxima vez. Además, conté mi puntaje más rápido que tú.

Eso hizo, pero solo porque yo estaba distraído... por ella. Realmente no tuve oportunidad de mirarla mientras competíamos porque tenía que concentrarme para ganar. Así de bien jugaba ella. Cuando por fin terminó, no pude evitar mirarla, y entonces supongo que me distraje.

—Eres una mala perdedora —le digo.

Ella me mira con expresión de enfado.

De acuerdo. Bien. Tal vez no debería haberla llamado así, sobre todo porque probablemente todavía esté... dolorida después de todo el sexo que hemos tenido esta mañana.

Dejo escapar un suspiro.

—Bien. Dejaré que me hagas una pregunta como premio de consolación. Sobre cualquier cosa.

Sus cejas se fruncen.

—¿Solo una pregunta?

—Bueno. Tres.

Eso la hace sonreír. Por fin.

Se come un bocado de ensalada y se toma unos segundos para masticar.

—Perfecto. Primera pregunta.

Aquí va.

—¿Cuál es tu película favorita?

Casi me río. ¿Ya está? Y yo que pensaba que me iba a hacer un interrogatorio serio.

Aun así, decido tomármelo seriamente y respondo: «El código enigma».

Violet asiente.

—Buena elección.

Me alegro de que lo apruebe.

Toma un sorbo de vino mientras piensa en su siguiente pregunta.

—¿Preferirías... poder leer la mente o ser invisible?

—Hmm. —Dejo el tenedor—. Esta es difícil.

Sobre todo, porque no son los súper poderes que realmente me gustaría tener. Si tuviera que elegir, mis tres primeros serían la súper fuerza, la invulnerabilidad y el vuelo.

—Leer la mente —respondo.

Así podría saber quién está realmente de mi lado y quién no, y asegurarme de que estos últimos no se interpongan en mi camino.

—¿Así conseguirías que cualquier mujer se acueste contigo? —inquiere Violet.

Por favor. No necesito ser un lector de mentes para eso. De hecho, si pudiera leer la mente, sería demasiado fácil.

—¿Esa es tu tercera pregunta? —Le replico.

Sus cejas se arquean.

—No, no lo es.

No lo creí.

—Cuidado —le advierto—. No querrás desperdiciar tu última oportunidad de preguntar.

De nuevo, se detiene a pensar. Me preparo.

—¿Por qué te acuestas con cualquiera? —pregunta Violet.

No me lo esperaba. Y no sé la respuesta.

¿Por qué? ¿Es solo por lo que pasó conmigo y Farrah? ¿O es algo más profundo? ¿Estoy dañado? No lo sé. Nunca fui a un psicólogo.

Me encojo de hombros.

—¿Porque me gusta el sexo?

Pensé que Violet se sonrojaría. Se pone muy linda cuando se abochorna. En lugar se de eso, sus ojos se entrecierran.

—No pareces seguro.

—Bueno, pero es verdad —le insisto—. Solo que no sé si es lo suficientemente creíble para ti.

No dice nada y sigue comiendo su ensalada en silencio.

Está bien. Ahora me gustaría poder leer su mente.

¿La ofendí de alguna manera? ¿Ahora me odia más? ¿No volverá a tener sexo conmigo?

Cuando Violet apareció en mi puerta, me sorprendió de verdad, y más cuando empezó a besarme. No pensé que quisiera volver a coger conmigo. No pensé que yo querría tener relaciones con ella de nuevo. Pero lo hice. Y así tuvimos sexo una y otra vez. Y a pesar de ello, quiero más. Qué raro.

—¿Te acostaste con Casey? —continúa.

Mis cejas se fruncen.

—¿Quién es Casey?

Ella suspira.

—Mi amiga de Wharton. La que viste conmigo en el café. La que dijiste que invitarías a salir alguna vez.

¡Oh ella! Honestamente, apenas puedo recordar cómo era.

—No.

—Está bien.

Ella sigue comiendo su ensalada en silencio. ¿Qué? ¿No me cree?

De pronto tengo ganas de decirle que es especial, que no es como todas las mujeres que he conocido. Tal vez entonces no se preocuparía tanto. Pero si lo hiciera, ¿me creería?

Decido no hacerlo.

—¿Quieres dar un paseo después de esto? —le sugiero antes de mirar mi reloj—. Si terminamos en media hora, aún podemos ir al jardín. Luego podemos ir al East End Plaza, que tiene las mejores vistas del lago. ¿Qué te parece?

Violet no responde de inmediato. Se toma un momento para decidirse, me preocupa que pueda decir que no. Secretamente, suelto un suspiro de alivio cuando asiente.

—Sí. De acuerdo.

Sonrío.

—Genial.

Con suerte, el paseo la animará.

~

Lo hizo.

Al menos, eso creí, porque Violet sonreía, conversaba y sacaba fotos casi a cada paso. Pero ahora que estamos en la Rueda del Centenario, que pensé que era la forma perfecta de culminar nuestra noche, volvió a enmudecer. E inequívocamente a verse triste cuando observa fuera del coche.

—¿Está todo bien? —No puedo evitar interrogarla.

Se vuelve hacia mí con una sonrisa forzada.

—Sí. La noche fue divertida.

Me alegra escuchar eso.

Vuelve a mirar el horizonte en la distancia.

—Y las vistas desde aquí son espectaculares.

—Lo son.

Entonces, ¿por qué luce desanimada?

—Estoy bien —me asegura Violet. ¿O está tratando de convencerse a sí misma?— Es solo que... No sé... Es... Lo siento.

—No pasa nada.

—Pensé que me sentiría bien subiéndome a una rueda de la fortuna después de dos décadas de no haberme siquiera acercado a una, pero creo que no —argumenta—. Yo...

Violet lanza un suspiro profundo.

—Mi padre y yo solíamos subir a una rueda de la fortuna todos los veranos, hasta que él... se fue.

Es eso.

Se limpia el rabillo del ojo y sacude la cabeza.

—Lo siento. No era mi intención...

—No pasa nada —le repito—. No hay necesidad de disculparse. Es que... no podemos saltar de la rueda.

—Lo sé. Estoy bien.

No, no lo está.

Tomo su mano y la aprieto mientras la miro a los ojos.

—Si solo pudiera llevarte volando lejos de aquí.

Por eso prefiero poder volar antes que leer la mente o ser invisible, para poder salir escapando cuando quiera.

—Si pudieras volar, apuesto a que me dejarías —afirma Violet—. Soy una pésima cita.

—No lo eres.

Ella resopla.

—Estoy segura de que ninguna de las mujeres que trajiste hasta aquí antes ha llorado.

Asiento con la cabeza.

—Tienes razón. Eso es porque nunca traje a ninguna chica antes aquí.

No sé por qué dije eso. La mirada de Violet parece arrancarme las palabras de la boca. Y hay más.

—No a esta Rueda del Centenario. No al muelle de la marina mercante, que resulta ser uno de mis lugares favoritos en el mundo, por cierto.

Violet frunce el ceño.

—No te creo.

—Es cierto. Y también me gusta Venecia, y Kioto y...

—Me refiero a que no hayas traído aquí a ninguna mujer antes —me aclara Violet.

Ah, eso.

Le acaricio la mano.

—Bueno, es cierto, me creas o no.

Por un momento, es obvio que todavía no lo hace, pero entonces veo un brillo en sus ojos azules. Un destello de fe. De esperanza. Y de alegría.

Y de deseo.

Se inclina hacia delante. Me encuentro con ella a mitad de camino. Nuestros labios se juntan durante unos segundos, pero siento su calor en todo mi cuerpo.

Le acaricio la mejilla.

—Ahora sí que me gustaría poder llevarte volando lejos de aquí.

Me mira fijamente y sonríe.

—Yo también.

CAPÍTULO DIECISEIS

Violet

En cuanto entramos al ascensor, Asher y yo seguimos besándonos. Después de bajar, lo conduzco por el pasillo y entramos a tropezones en mi apartamento, que está más cerca. Apenas hemos conseguido atravesar la puerta cuando empiezo a quitarle el saco.

Ni siquiera sé por qué estamos teniendo sexo de nuevo. Lo hemos hecho innumerables veces esta mañana y todavía estoy algo dolorida, un poco cansada. Lo único que sé es que he tenido la cita más increíble y no quiero que termine todavía.

Sí, hubo momentos en los que fue una decepción, como cuando perdí contra Asher en ese juego del laberinto o cuando empezamos a hablar de sus hábitos de sueño, y el momento en que me comporté como una tonta llorando en la Rueda del Centenario, pero en general fue increíble, muchísimo mejor que la primera vez que Asher me pidió salir. Así es como debió haber culminado esa cita. Así es como terminará esta.

Esta vez, tengo que llevarlo a casa, a mi cama.

A continuación, libero a Asher de su camisa. Él me quita la chaqueta y la blusa. Luego me deshago de los pantalones y tiro los zapatos mientras él se quita los suyos.

Semidesnudos hasta quedar en ropa interior, nos dirigimos al dormitorio, pero solo llegamos hasta la cocina. Asher me apoya contra la encimera. Siento su frío borde contra mi cintura, justo por encima de la liga de mis pantaletas.

Me agarro de la orilla y me reclino sobre ella mientras su lengua derrite la mía. Sus manos recorren mi espalda y mis pechos, que han empezado a hincharse haciendo presión en mi sujetador. Me agarra las nalgas y me da un firme apretón en cada suave mejilla antes de darme la vuelta. Me apoyo en los brazos sobre la mesada.

Asher me desabrocha el sostén. Mientras los tirantes cuelgan de mis brazos, pone sus manos sobre mis senos y me lame la oreja. Me besa el cabello y la espalda mientras juega con mis pezones. Atrapa los picos rígidos entre sus dedos y los retuerce y los pellizca suavemente, después los frota. El calor se extiende bajo mi piel.

Me aparta el pelo y me pone la boca en la nuca. Sus pulgares se deslizan por debajo de las ligas de mis bragas y las tiran justo por debajo de mis caderas, lo suficientemente abajo como para que pueda deslizar sus dedos dentro de mí desde atrás. Se deslizan con facilidad.

Mi cuerpo los acoge, recordando la sensación que me produjeron horas antes. Mi mente se rinde al placer, sabiendo que la resistencia es inútil. Lo único que puedo hacer es intentar mantenerme en pie mientras los dedos de Asher se mueven dentro de mí. Cuando las rodillas y mis codos empiezan a temblar, me inclino hacia adelante, apoyándome en la encimera. Mis pezones rozan el frío mármol. Los gemidos brotan de mis labios.

Los dedos de Asher se introducen profundamente y dejo escapar un suave grito. Presionan contra lugares ocultos en lo más profundo de mi ser, puntos que me enloquecen por dentro y por fuera. Y, sin embargo, se sienten tan bien que no puedo dejar de mover mis caderas contra él, deseando que vaya aún más al fondo.

No. Quiero algo más profundo.

Cuando Asher retira sus dedos, creo que podría conseguirlo. En cambio, su brazo me rodea. Sus manos buscan mi punto débil.

Atrapo su muñeca mientras me enderezo y me apoyo en él. Entonces coloco sus dedos donde deben estar. Empiezan a tocarme y mi cuerpo se arquea. Mi cabeza se estrella contra su hombro.

Asher me besa el cuello mientras me acaricia el pecho y mi sensible clítoris. Giro la cabeza y nuestras bocas chocan. Pero entonces el placer de sus dedos es excesivo y tengo que eludir el beso para soltar un grito ahogado. Me aferro a sus brazos para no caer al suelo.

Sus dedos vuelven a entrar en mí y me estremezco. Empieza a moverlos dentro y fuera de mí y yo me aprieto contra él, deseando más. Siento que algo duro me pincha la espalda y la excitación me recorre las venas.

Es exactamente lo que quiero.

Me doy la vuelta y me arrodillo para que mi cara quede a la altura de su entrepierna. Entonces le bajo los bóxers para liberar su polla. Ya vi gran parte de ella esta mañana, pero verla dura y goteando, me deja sin aliento.

Rodeo la base con los dedos y le doy un beso en la punta. Parte del líquido que rezuma acaba en mi boca. Lo dejo ahí mientras rozo con mis labios el lateral de su pene, extendiendo la sustancia sobre su piel. Luego la limpio con la punta de la lengua.

Las manos de Asher se posan en mis hombros y los toman con firmeza mientras un escalofrío lo recorre. Aspira profundamente.

Sigo lamiendo su miembro hasta la base. Luego sostengo suavemente sus testículos con la mano y les doy un beso solemne en la suave piel, como si me disculpara por haberlos herido antes. Todavía no puedo creer que lo haya hecho.

—Lo siento —susurro contra ellos antes de sacar la lengua.

—Está bien —me asegura Asher con voz ronca—. Solo sé... cariñosa con ellos a partir de ahora.

Intento hacerlo. Intento no ejercer demasiada presión sobre ellos con la boca o con los dedos. Simplemente los acuno con la palma de la mano y les doy besos. Luego vuelvo a centrar mi atención en su miembro. Paso mi lengua sobre la punta, lo que le produce otro escalofrío, luego la rodeo con mis labios.

Me introduzco su polla lentamente en la boca. No puedo meter mucho, pero lo que puedo lo froto con la lengua. Chupo y los dedos de Asher se clavan en la piel.

Sus manos se dirigen a mi cabello cuando empiezo a mover la cabeza de arriba a abajo. Sus dedos se pierden entre mis rizos. Me muevo más deprisa y siento cómo aumenta la fricción. Mis labios se entumecen por el calor.

De repente, Asher me sujeta la cabeza y toma el control. Mueve sus caderas, introduciendo su pene en mi boca. Me la mete y casi me dan arcadas. Se me llenan los ojos de lágrimas.

Entonces se aparta. Caigo sobre mis talones mientras tomo bocanadas de aire. Me coge de los brazos y me pone de pie.

—Lo siento —Asher me limpia la comisura de los ojos—. No debí haber hecho eso.

Sacudo la cabeza.

—Está... bien.

Me tomó por sorpresa, eso es todo.

Asher me acaricia las mejillas. Cuando sus ojos se clavan en los míos, vuelvo a sentirme incapaz de respirar. Me agarra la cara y me da un beso. Es tan tierno que el corazón me da un vuelco.

No me importa lo que acaba de pasar. Todo ha sido perfecto. Bueno, casi. Hay una cosa más que quiero. Y sé que Asher también.

Me da la vuelta una vez más. Mientras me baja las bragas hasta los tobillos, me inclino de nuevo sobre la encimera. Me besa la espalda mientras me toma de las caderas. Me penetra de un solo empujón y yo grito.

Me penetra con fuerza y lo único que puedo hacer es aferrarme a la mesada para sobrevivir. Está frío y duro, pero no me importa. Hay suficiente calor en mis venas, llenando cada parte de mi cuerpo. Muy pronto, exploto. Se me crispan los dedos de los pies. Un clamor atraviesa mi garganta mientras mi cuerpo se estremece.

Asher logra unos cuantos empellones más que sacuden mi cuerpo tembloroso. Luego se retira y siento un cálido chapoteo en mi espalda mientras gime. Caen las gotas.

Me quedo quieta sobre la encimera hasta que termina, e incluso después. Parece que no puedo moverme. Creo que estoy a punto de quedarme dormida, de hecho, cuando siento algo áspero contra mi piel. Me doy cuenta de que Asher me está limpiando la espalda con una toalla de papel.

Después, me lleva a la cama y me mete bajo las sábanas. Luego empieza a marcharse. Sin pensarlo, lo cojo del brazo. Una sola palabra sale de mis labios.

—Quédate.

Por un momento, Asher se limita a mirarme. A continuación, se mete bajo las sábanas a mi lado y me rodea con su brazo. Mis labios se curvan en una sonrisa.

Mientras cierro los ojos, no puedo evitar pensar en lo bien que se siente esto, tal vez incluso mejor que el sexo. Y cuando la bruma del sueño empieza a instalarse en mi cabeza, mi mente comienza a preguntarse.

Si hubiera aceptado tener sexo con Asher en aquel entonces, ¿habríamos terminado así? ¿Habríamos empezado una relación, nos habríamos hecho novios? Si le pregunto a Asher si quiere tener una relación conmigo ahora, ¿me diría que sí?

CAPÍTULO DIECISIETE

Asher

No lo sé.

Mientras tomo el *brunch* dominical con Ethan y Stella en el patio, no puedo dejar de pensar en todo lo que pasó ayer entre Violet y yo. Nos divertimos mucho y el sexo fue tan alucinante para mí como obviamente lo fue para ella.

No recuerdo haber sido nunca tan feliz pasando el día con alguien, ni siquiera con Farrah. Y definitivamente no dormí en su cama. Pero sí lo hice anoche. Dormí en la cama de Violet. No pensaba hacerlo, pero cuando me pidió que me quedara, no pude negarme. Pensé que únicamente iba a abrazarla hasta que se durmiera, pero acabé durmiéndome yo también. Recién me fui esta mañana temprano, cuando el sol se empezaba a asomar.

¿Qué significa esto? ¿Vamos a seguir haciéndolo? ¿Quiero hacerlo? ¿Violet también?

No lo sé.

—¿Has trasnochado? —me pregunta Ethan mientras coge su taza de café—. Déjame adivinar. Fuiste a la discoteca otra vez.

Probablemente piense que también tuve sexo en mi sala.

—No. —Le doy un gran mordisco a un panecillo—. No fui a un club. Estuve en el muelle de la marina mercante.

Sus cejas se levantan.

—¿En serio?

—Me encanta ese lugar —comenta Stella con entusiasmo—. Ethan y yo subimos a la Rueda del Centenario una vez y las vistas eran preciosas. Pero creo que ya no puedo ir. Tengo la sensación de que voy a vomitar.

Ethan la mira.

—Podemos ir después de que nazca el bebé.

Stella sonríe.

—¿De verdad? Pero, ¿crees que dejan subir a los bebés a la rueda? ¿Crees que será seguro? ¿Crees que...?

Dejo de escuchar, simplemente me quedo observando sus caras y gestos mientras hablan. Es evidente que están enamorados y muy felices. Bueno, un poco ansiosos por el futuro, pero también felices. De hecho, nunca vi a mi hermano tan contento. Y la cara de Stella está sencillamente resplandeciente, lo que podría ser solo por el embarazo, pero no lo creo.

Ahora que lo pienso, ayer, la cara de Violet también estaba radiante. No solo cuando estábamos en el muelle, sino también cuando me pidió que me quedara en su cama. ¿Significa eso que quiere estar conmigo? Si me quedo con ella, ¿puedo hacerla feliz?

—Por cierto —me señala Ethan—. Hay un evento de recaudación de fondos en Toronto el próximo fin de semana. Iba a enviar a Ryker, ya que le gusta ir a estas cosas, pero ni siquiera ha regresado de Boston desde anoche. ¿Quieres ir? Yo lo haría, pero no quiero dejar a Stella.

—Y no creo que pueda ir en avión —hace notar Stella, mientras se toca el vientre.

¿Toronto?

—Sí, claro —respondo.

¿Por qué no? No tengo planes para el próximo fin de semana y siempre estoy dispuesto a salir de la ciudad.

Ethan asiente.

—De acuerdo. Estupendo.

Empieza a mordisquear una tira de panceta, pero Stella le da un codazo en el brazo.

—¿No te olvidas de algo? —lo amonesta.

—Oh, claro.

Engulle el resto del tocino y se limpia las manos en la servilleta de la mesa. Luego me mira.

—La razón por la que Stella quería que vinieras a almorzar...

—¿Solo yo? —Se queja Stella.

—La razón por la que Stella y yo queríamos que vinieras, se corrige Ethan—, es porque queríamos decirte algo.

—De acuerdo. —Suelto el tenedor. Esto parece importante.

Ethan mira a Stella y ella saca algo de su bolsillo. Un anillo de diamantes.

La miro con desconcierto.

—No me vas a proponer matrimonio, ¿verdad?

Ethan frunce el ceño.

—Muy gracioso.

Stella se ríe.

—No, tonto. Ethan me pidió que nos casemos y yo acepté.

Se pone el anillo.

—Nos vamos a casar.

—Lo haremos —confirma Ethan.

Mis ojos se abren de par en par.

—¡Wow!

Sé que están enamorados y que van a tener un bebé, pero ¿pensar que van tan en serio como para casarse? Se supone que el matrimonio es un compromiso para toda la vida. Sin otros hombres o mujeres. Sin secretos. Sin mentiras. Nada de rendirse, aunque estés cansado no hay vuelta atrás.

¿Es eso algo de lo que yo podría ser capaz?

Francamente, no lo sé.

—Felicidades —les digo a mi hermano y a su prometida— ¡Y salud!

Levanto mi taza de café.

Stella me envía una sonrisa.

—Gracias.

No digo nada más. No sé qué más decir. Me alegro por ellos, por supuesto, pero no puedo evitar preocuparme por Ethan, por si está tomando la decisión correcta. Pero quizá yo esté inquieto por mí. Ahora que Ethan está sentando cabeza, empiezo a preguntarme si yo también debería hacerlo, o si al menos debería ir más en serio con las mujeres, tal vez empezar una relación con una: Violet, para ser exactos.

¿No le dije algo a Ryker sobre despertarse junto a una chica y hacer cosas con ella? ¿No acabo de hacer eso?

Pero la pregunta es: ¿podré seguir haciéndolo? Porque en eso consiste una relación: en hacer las cosas una y otra vez, y seguir sintiéndote feliz.

¿Podré hacerlo? ¿Estoy preparado?

~

Todavía sigo haciéndome esa pregunta mientras estoy parado frente a la puerta del apartamento de Violet. Ni siquiera estoy seguro de querer entrar. Si lo hago, ¿no significaría que quiero tener algo más con ella? Por otra parte, si no la busco, tengo la sensación de que todo acabará, y aunque no estoy seguro de estar preparado para tener una relación seria con Violet, sé con seguridad que no estoy listo para dejar de acostarme con ella y compartir momentos divertidos.

Así que llamo al timbre. La oigo llegar corriendo a la puerta tras el primer toque. Momentos después, la puerta se abre. Violet aparece con una camiseta de tirantes morada, sin sujetador, y unos pantalones de yoga grises. Tiene el cabello todavía húmedo por el baño. Puedo oler su champú.

—Hola —la saludo con una sonrisa.

Me mira de pies a cabeza y me lanza una mirada de sorpresa.

—¿Saliste?

Miro mi ropa. Supongo que ella pensaría eso ya que llevo una camisa de franela sobre una camiseta blanca lisa y unos vaqueros oscuros.

—Sí —respondo—. Fui a ver a Ethan.

—Oh. —Sus cejas fruncidas se alinean—. ¿Pasa algo?

—No. Todo está bien. Solo... quería discutir algunas cosas que no tuvo oportunidad de hacer el viernes pasado.

Violet asiente.

—Ya veo.

Aun así, parece molesta. Y parece que no quiere dejarme entrar en su apartamento. ¿Será porque me fui sin avisar? Pero ella estaba dormida. No es que haya esperado a que se duerma y luego me haya ido, aunque eso era lo que planeaba.

—¿Pasa algo? —Decido preguntarle directamente.

—No —responde, pero no parece convincente.

Huelo algo.

—¿Son... panqueques?

—Sí. —Violet mira por encima del hombro mientras se frota el brazo—. Hice algunos para desayunar.

—Ya veo.

Frunce los labios por un momento y luego se encuentra con mi mirada mientras habla.

—Todavía quedan algunos si quieres.

Siento una sensación de alivio. Puede que Violet esté enfadada conmigo por haberme ido, pero al menos no me cierra la puerta. Y ahora me invita a entrar.

Sonrío.

—Sabes que me encantan los panqueques.

—¿Lo sé?

Abre la puerta. Entro y me tomo un momento para mirar a mi alrededor, ya que no tuve la oportunidad de hacerlo anoche. Mis ojos se posan en la encimera de mármol y sonrío.

Violet se dirige hacia el otro lado de la mesada, pero, la tomo de la muñeca.

—En realidad, todavía estoy lleno. Ethan me hizo comer mucho.

—Oh. —Oigo el matiz de decepción en su voz.

—Pero puedo comer algo más tarde —le afirmo.

Frunce el ceño.

—¿Te quedarás? ¿Todo el día?

Me encojo de hombros.

—¿Quieres que me vaya?

—No, pero...

Se calla y retira la mano. Puedo ver la ansiedad en su rostro mientras se aferra a la parte delantera de su camiseta. Respira profundamente.

—¿Qué es esto, Asher?

Sé lo que está preguntando. Es lo mismo que estuve cuestionándome toda la mañana. Y a lo que todavía no he encontrado una respuesta.

—¿Qué estamos haciendo? —inquiere.

Tomo su mano y rozo mis labios contra su palma. Ella respira.

—Sexo —contesto—. Si quieres.

Ella no dice nada.

—Sexo que no tengo con nadie más —explico.

—¿Entonces es solo sexo?

—Sexo, el muelle de la marina mercante, y panqueques —agrego.

Me gustaría poder decir más, pero ahora mismo es todo lo que puedo prometer.

—Y tal vez una película mientras comemos los panqueques que sobren —continúo—. Y tal vez algún trago.

Su frente se arruga.

—¿Cerveza y panqueques?

Me encojo de hombros.

—¿Por qué no?

De nuevo, Violet se calla. ¿Qué? ¿No es suficiente lo que le ofrezco por ahora?

Le quito los mechones de pelo de la cara y le acaricio la mejilla mientras la miro a los ojos.

—Y, por cierto, lo que tenemos no es solo sexo —le aseguro—. Es un sexo increíble.

Coloco mi boca junto a su oreja.

—Y aún no hemos tenido lo mejor.

Violet aparta la cabeza.

—¿Está tratando de seducirme, Sr. Asher Hawthorne?

Parece que es mi fuerte.

Le rozo suavemente el hombro.

—¿Funciona?

Ella sonríe.

—Bien. Enséñame lo que tienes.

Así que funcionó.

Le beso la oreja.

—Con mucho gusto.

Llevo mi mano al cuello de Violet mientras deslizo mis labios por su mejilla. Cojo su barbilla y aprieto mis labios contra los suyos. Chupo suavemente su labio inferior, tomándome mi tiempo para saborearla, dejando que nuestras bocas converjan una y otra vez mientras acuno su quijada con una mano y trazo círculos en la piel a lo largo de su cadera, justo entre el dobladillo de su blusa y la cintura de sus pantalones con la otra.

Violet abre la boca. Primero succiono sus labios. Le paso la punta de la lengua por el labio superior y luego por el inferior. Cuando saca la lengua para encontrarse con la mía, la atrapo entre los labios y la chupo. Solo entonces introduzco mi lengua en su boca. Se frota contra la suya y ella gime. El sonido hace que una corriente de excitación recorra mis venas.

Le agarro el pelo de la nuca y la beso profundamente. Mi otra mano trepa por su camiseta hasta encontrar su pecho. Le acaricio el pezón a través del algodón mientras dejo que mi lengua baile con la suya.

Cuando se aparta para tomar aire, la conduzco hacia la sala. Está bien coger en la cocina y todo eso, pero ya lo hicimos. Además, necesito un lugar donde sentarme.

Me siento en el sofá y subo a Violet a mi regazo para que se ponga a horcajadas sobre mis muslos y de frente a mí. Luego le quito la camiseta. La atrapo por las caderas y le acaricio los pechos de uno en uno. Se aferra a mis hombros mientras tiembla. Chupo cada montículo de carne y tomo cada pico entre mis labios. Los rodeo con la punta de la lengua hasta que se endurecen como un guijarro y entonces los lamo, una y otra vez. Violet echa la cabeza hacia atrás y gimotea.

Cuando termino de adorar sus pechos, empiezo a besar la parte interior de su brazo. Cuando llego más allá del codo, se lo sostengo para plantarle un beso en la muñeca. Después de hacerlo en su lado izquierdo, hago una pausa.

—¿Cuándo te hiciste este tatuaje? —le pregunto, mientras observo la tinta en su piel.

—Cuando estaba en la universidad —responde Violet—. Sabes lo que significa, ¿no?

Intento descifrar los símbolos.

—¿Existe, por tanto, el infinito? —Los traduzco literalmente.

—Casi —aclara ella—. Mientras existamos, las posibilidades son infinitas.

Le dedico una sonrisa.

—Ya veo.

Vuelvo a besar su muñeca.

—Y eso es especialmente cierto cuando se trata de acostarse con alguien.

La empujo para que se siente en el sofá. Le quito los pantalones y la ropa interior y me arrodillo en el suelo. Rindo homenaje a sus largas y esbeltas piernas arrastrando mis labios por su piel. Cuando pasan por encima de su rodilla, ella reprime una risita.

—¿Te hace cosquillas? —le pregunto, aunque ya sé la respuesta.

—Sí.

La beso un poco más y le paso mi lengua hasta que Violet no puede contener la risa.

—¡Para! —Intenta apartarme.

Obedezco. De todos modos, tengo planeadas otras cosas interesantes.

Me tumbo en la alfombra y la tomo del brazo.

—Ven aquí.

La pongo encima de mí y guío sus caderas para que se coloque a horcajadas sobre mi cabeza.

—¿Qué estás haciendo? —pregunta con un poco de preocupación.

—Admirando la vista —contesto mientras hago eso—. Y esto...

Me aferro a su culo mientras empiezo a comérmela. Empiezo por el exterior, asegurándome de lamer a fondo su otro par de labios y de acariciar su clítoris, lo que hace que se estremezca y jadee sobre mí. Luego introduzco la lengua y la dejo jugar. Violet me toma del pelo y deja escapar sonidos suaves e incoherentes.

Levanto la mano para agarrar uno de sus pezones y frotarlo entre mis dedos. La espalda de Violet se arquea antes de caer hacia delante, con las manos por encima de mi cabeza. Atrapo sus caderas mientras sigo saboreando su placer. De repente, grita. Sus muslos se estremecen. Luego se queda completamente inmóvil.

Le acaricio los muslos mientras espero a que recupere el aliento. Cuando lo hace, se baja de mí y se tumba sobre la alfombra.

Comienzo a quitarme la ropa, empezando por la camisa de franela. Violet me observa con los ojos brillando de curiosidad. Me desnudaría más despacio, pero tengo un problema urgente en los calzoncillos. Un contratiempo enorme.

En cuanto estoy desnudo, me siento en el sofá y vuelvo a subir a Violet a mi regazo. Como antes, se pone de frente a mí y se coloca a horcajadas sobre mis muslos. Esta vez, sin embargo, guío la punta de mi pene dentro de ella mientras bajo sus caderas. Aspira cuando entro en ella, y luego toma el control del resto de la acción.

Centímetro a centímetro, me absorbe hasta que estoy completamente dentro de ella. A pesar de todo el sexo que hemos tenido, sigue estando tan tensa que su piel aterciopelada aprisiona mi miembro. Cada vez que se mueve, tengo que luchar contra el impulso de venirme dentro de ella con un solo envión.

Paciencia.

Finalmente, no tengo que hacerlo. Violet se detiene un momento para recuperar el aliento. La dejo hacerlo antes de reclamar su boca en un beso ardiente. Luego aprieto mi mejilla contra la suya y le susurro al oído.

—Agárrate fuerte.

Respiro profundamente, paso los brazos por debajo de sus piernas, me agarro a sus nalgas y me levanto lentamente. Violet jadea y me rodea el cuello con los brazos.

Se aferra a mí cuando me enderezo, y aún más cuando empiezo a moverme. Esta posición es extenuante, agotadora, pero no me he ejercitado en vano. Sujeto a Violet mientras muevo las caderas y la penetro profundamente. Sus gritos salen de su boca sobre mi oreja.

Después de unos cuantos empujones, empieza a temblar de nuevo. Sus uñas se clavan en mi piel. Continúo. Más fuerte. Más rápido. Me doy cuenta de que no me puse condón. Demasiado tarde. ¿Por qué no lo hice? Estoy seguro de que aún me quedaba uno en la cartera. Todo lo que puedo pensar es que estaba muy excitado, excesivamente impaciente. Y solo quería que ella se sintiera muy bien.

En cualquier caso, como dije, ya es demasiado tarde.

Pongo cada gramo de fuerza que me queda en un último empellón y me dejo explotar dentro del cuerpo de Violet. Incluso con los brazos temblando, me propongo no dejarla caer, pero en cuanto termino, me siento en el sofá. Dejo que mis brazos caigan sin fuerza a los lados mientras repongo mi suministro de oxígeno.

Violet se queda encima de mí, con la cabeza apoyada en mi hombro y los pechos apoyados en el mío. Permanece en silencio, así que hablo yo primero.

—Entonces, ¿cómo estuvo? —La interrogo.

—Bien —responde sin levantar la cabeza.

—¿Solo bien?

Me mira a los ojos.

—Alucinante.

Mis labios se curvan en una sonrisa. Al sostener su mirada, veo la calidez que brilla claramente en sus ojos azules y se me comprime el pecho. Ese calor, esa suavidad, me hace sentir que estoy en casa.

Y quiero quedarme. No quiero irme nunca.

No quiero que lo que tenemos se acabe nunca.

Abro la boca para decírselo a Violet, pero el miedo me crea un nudo en la garganta.

¿Y si es solo el sexo el que habla? ¿Y si luego cambio de opinión? ¿Y si Violet no quiere una relación conmigo? Puede que ahora tenga relaciones conmigo, pero no sé si recuperé su confianza. No sé lo que siente por mí. No sé lo que quiere.

Tal vez sea demasiado pronto para decirle lo que quiero.

—¿Qué pasa? —Violet pregunta.

Me doy cuenta de que tengo la boca abierta. La cierro y me aclaro la garganta. Luego hablo.

—¿Te gustaría ir a Toronto conmigo el próximo fin de semana?

CAPÍTULO DIECIOCHO

Violet

He estado en muchos sitios, pero nunca estuve en Toronto, por eso me hizo mucha ilusión cuando Asher me pidió que visitara esa ciudad con él. Parte de mi emoción se desvaneció cuando me enteré de que el viaje estaba relacionado con el trabajo y no con una escapada romántica que Asher había planeado, pero igual me sentía entusiasmada.

Ahora que estoy aquí, me alegro de haber venido.

Asher y yo tenemos habitaciones contiguas en el Ritz-Carlton. Desde mi ventana, puedo ver los árboles esparciendo sus hojas ardientes en el parque. Veo bancas pintadas de colores y edificios imponentes. Puedo disfrutar de una vista de la Torre CN enmarcada sobre el claro cielo azul. Incluso puedo vislumbrar el lago Ontario.

El lago. De alguna manera, siempre termino en ciudades con lagos. Y siempre tengo buenos recuerdos de ellas. Quizá aquí ocurra lo mismo.

Miro el atuendo que dejé sobre la cama, un vestido morado brillante que compré en Chicago, con tirantes, escote de corazón y una abertura en el lado derecho que me llega hasta la rodilla. También traje un par de sandalias doradas a juego, unos pendientes de diamantes, y una cartera de mano plateada.

Sí. Vine preparada. Después de todo, esta noche voy a una fiesta.

~

Y vaya que es una fiesta.

Es en el Museo Real de Ontario, un magnífico edificio con paredes que parecen susurrar historias, de esas legendarias, no de las que dan miedo. Para esta noche, se sacaron al vestíbulo objetos específicos de cada colección, cada uno de ellos fascinante. Pero supongo que los invitados son la atracción principal: las mujeres con sus deslumbrantes vestidos, los hombres con sus impecables trajes.

Hablando de vestimentas, creo que el premio a la mejor debería ser para el hombre que está a mi lado. Su terno es un elegante conjunto azul marino de Tom Ford, hecho a la medida, y que grita sexy y poderoso. No me extraña que las mujeres se queden mirándolo. Sus ojos también se dirigen a mí, pero sobre todo con miradas de soslayo o interrogativas, como si se preguntaran quién soy y qué hice para merecer a este hombre, algo que probablemente piensan que no merezco. No me importa.

Soy yo a quien Asher trajo a esta fiesta.

Mientras vamos socializando con otros directores de empresas e incluso con algunos políticos y famosos, recuerdo la fiesta en casa de Lloyd Finley, la primera a la que fuimos juntos hace años. Hay similitudes. Un público de primera categoría. Alta moda. Pequeños bocados de comida. Champaña. Violines. ¿La diferencia? Esta vez, no soy una estudiante de posgrado que mira las futuras perspectivas de trabajo, tratando de impresionar. Ahora, yo misma soy una ejecutiva corporativa, representando a una prestigiosa empresa, lo que significa que solo estoy aquí para divertirme.

Ese pensamiento me hace sonreír, pero otro me hace fruncir el ceño.

Tengo la misma cita que hace cinco años. Y él me hizo daño hace cinco años. Me abandonó. Me rompió el corazón. ¿Y si ahora hace lo mismo?

Miro a Asher. Tal vez no lo haga porque ahora estamos durmiendo juntos. Pero eso no significa necesariamente que haya cambiado. Puede que me haya dicho que tenemos algo más que sexo, pero no me pidió ser mi novio. ¿Lo hará alguna vez? ¿Puedo confiar en que no me dejará de nuevo? Me dijo que no está cogiendo con ninguna otra mujer por el momento. ¿Puedo creerle? ¿Puedo confiar en que no me engaña?

—¿Qué pasa? —me interroga Asher después de tomar un sorbo de su champaña.

Niego con la cabeza.

—Nada.

¿Qué hago preocupándome mientras estoy en una fiesta?

Asher suelta su copa.

—¿Quieres bailar?

Sonrío.

—Pensé que nunca preguntarías.

Me lleva a la pista de baile y danzamos. No como antes, por supuesto. No podemos ser tan… incivilizados. Me toma por la cintura y yo por los hombros y nos balanceamos al ritmo de la música como una pareja en un baile de graduación o en una boda.

Como una pareja.

Miro la cara de Asher.

Estaría bien que fuéramos una pareja.

Los ojos de Asher se entrecierran.

—¿Qué pasa?

—Nada. —contesto lo mismo que antes.

Su expresión me dice que no me cree.

—Violet…

—¿Asher? —Una voz nos interrumpe—. ¿Asher Hawthorne?

Dejamos de bailar y giramos la cabeza para ver a un hombre caminando hacia nosotros. Uno de aspecto familiar.

—¿Lloyd Finley? —pregunto.

Él sonríe.

—Sí, soy yo.

¿Quién lo hubiera pensado?

—Lo siento. ¿Tú eres?

—Vi...

—Espera. —Me corta y se restriega la barbilla—. Eras tú la que estuvo con él en esa fiesta en mi casa, ¿verdad? Recuerdo que buscabas a Asher por todas partes.

Asiento con la cabeza.

—Sí.

Se vuelve hacia Asher y le da un codazo en el brazo.

—No deberías preocupar a una mujer así, hombre. Ella pensó que te habían matado o algo así.

Excepto que acababa de huir con otra mujer.

Asher no responde al comentario de Lloyd. Le da una palmadita en el hombro.

—Lloyd Finley. No pensé que te vería aquí.

Se encoge de hombros.

—¿Qué puedo decir? Me encantan las fiestas.

—Seguro que sí —coincidimos Asher y yo al mismo tiempo.

Me río de nuestra sincronización.

Lloyd sonríe.

—Bueno, me alegra ver que los dos siguen juntos.

¿Cree que lo estamos?

—Oh, no. —Agito la mano—. Asher y yo no somos... Quiero decir que no...

—Solo somos amigos —aclara Asher—. Y colegas. Violet ahora trabaja para la empresa de mi familia.

Lloyd asiente.

—Ya veo. Es bueno saberlo.

No para mí. ¿Soy solo una amiga para Asher? ¿Únicamente una colega? Sé que no somos novios, pero ¿no podría haber dicho que estamos saliendo? Ni siquiera dijo nada cuando Lloyd habló de aquella noche. Podría haberse disculpado por todas las molestias o decir que no volvería a preocuparme. Pero parece que solo quiere fingir que nunca sucedió.

Ahora que lo pienso, fue así desde el principio. No quería hablar de lo que pasó en esa fiesta. Solamente quería que lo perdonara por ello. Y tampoco quiere referirse al hecho de que se acuesta con muchas mujeres. Cuando le pregunté por qué, dijo que era por el sexo. Así que se acostó con todas esas mujeres únicamente por el sexo. Ahora también está conmigo principalmente por el sexo. Entonces, ¿en qué soy diferente?

¿Qué demonios estoy haciendo?

—Disculpen —digo—. Tengo que ir al baño.

Me voy sin esperar la respuesta de ninguno de los dos. Dentro de un cubículo, me apoyo en la pared y respiro profundamente. Me pongo la mano en la frente mientras pienso.

¿Qué estoy haciendo aquí? ¿Por qué estoy con Asher cuando en el pasado me desechó como si fuera basura? ¿Por qué estoy cometiendo el mismo error de antes, el que juré que no volvería a cometer?

Sacudo la cabeza. No. No cometeré la misma equivocación. Antes de que las cosas vayan más lejos, hablaré con Asher. Averiguaré con seguridad cuáles son sus intenciones. Voy a decirle que si me hace daño de nuevo, no solo le daré un rodillazo en las bolas. Voy a cortarle la polla.

Salgo del baño y vuelvo a la pista de baile. Para mi sorpresa, no veo a Asher. Solamente a Lloyd.

Me acerco a él.

—¿Viste a Asher?

Me mira desconcertado.

—Umm no. Pensé que fue tras de ti.

—Oh. Bien.

Mientras me dirijo a los tocadores, puedo sentir la mirada de Lloyd siguiéndome. Sé lo que está pensando. Que esto es un *déjà vu*. Se siente como si lo fuera.

Reviso los alrededores de los baños, pensando que tal vez Asher vino tras de mí, pero no me vio salir. No lo veo. Empiezo a mirar por todas partes.

Sí. Esto parece un *déjà vu*.

¿Dónde estás, Asher?

Como antes, empiezo a sentir miedo a medida que pasa el tiempo, pensando que algo malo podría haberle pasado. Y lo odio. Detesto que todavía me importe tanto. Aborrezco pensar que si algo le ocurriera, estaría devastada. Y ni siquiera tengo derecho a estarlo ya que no somos pareja.

Joder.

Finalmente, lo encuentro. En un pasillo vacío. Con una mujer con un vestido azul.

Ni siquiera tengo la oportunidad de sentir alivio al encontrarlo. Mi corazón se rompe. No puedo respirar.

No puedo creer que esté volviendo a pasar por esta pesadilla.

Mientras las lágrimas se asoman por mis ojos, recojo mi falda y corro en la dirección contraria.

—¡Violet!

CAPÍTULO DIECINUEVE

Asher

Llamo a Violet, pero no deja de correr. Corro tras ella por el otro pasillo, pasando la barrera de cuerdas y el cartel que dice que la zona está cerrada.

—¡Violet!

Entra en una habitación y cierra la puerta. No solo la cierra. Hecha llave. Respiro profundamente.

—Violet, abre la puerta —la conmino con calma.

—Vete — contesta ella desde el otro lado.

—No lo haré. Y si no abres la puerta, voy a hacer una de estas dos cosas. Una, voy a empezar a golpearla con los puños, lo que seguramente llamará la atención de los demás invitados y de los periodistas de la fiesta, por no hablar de la seguridad. O dos, simplemente voy a romper esta puerta, lo que supongo que causará un revuelo aún mayor y posiblemente me lleven a la cárcel.

Violet sigue sin abrir.

—Violet.

Finalmente, lo hace, pero solo una hendija.

—¿Por qué no puedes dejarme en paz?

La mirada angustiada en su rostro y la agonía en su voz me hacen fruncir el ceño. Definitivamente no puedo dejarla sola ahora.

Entro en la habitación. Me doy cuenta de que está llena de tapices antiguos, y cierro la puerta tras de mí.

—No me voy a ninguna parte, Violet —le digo—. Vine a esta fiesta contigo y no me voy a ir sin ti.

—¿Por qué no? ¿Porque podría verse mal? ¿A quién le interesa? Eso no te importó antes. No tuviste en cuenta que podía estar asustada y que pareciera una tonta, que por cierto, es lo que volvió a pasar. —Se da una palmada en la frente—. Dios, no puedo creer que dejé que esto ocurriera de nuevo.

—No está sucediendo nuevamente. No te dejé. Solo estaba hablando con alguien, Patricia Heather. Trabaja en la Bolsa de Nueva York y conoce a mi padre.

Violet me fulmina con la mirada.

—¿Crees que me importa quién es?

Frunzo el ceño.

—Solo estaba hablando con ella, ¿de acuerdo? Nunca me acosté con ella y no pensaba hacerlo.

—Sí, claro.

Me da la espalda. Resoplo.

—¿Qué? ¿Vas a morderme la cabeza cada vez que hable con otra mujer? ¿No se me permite hacer eso ahora?

Violet se da la vuelta y me señala con un dedo.

—¡No te atrevas a hacerme ver como una novia loca, celosa, e insegura, porque no lo soy! ¿Sabes por qué? Porque ni siquiera soy tu novia. Solamente soy tu amiga, ¿recuerdas? Y tu «colega». ¿No es eso lo que le dijiste a Lloyd Finley?

—Oh, ¿de eso se trata ahora? ¿De que no le expliqué a Lloyd Finley que no tenemos sexo? Bueno, discúlpame, pero yo no hablo de mi vida sexual.

—Eso no es lo que quería que dijeras.

—¿Entonces qué debía decir? —inquiero.

En lugar de responder, se toma del pelo con frustración y se dirige al otro extremo de la habitación. Entonces, para mi sorpresa, se tira al suelo y empieza a sollozar.

Joder.

¿Qué hago? ¿Me voy y la dejo en paz como me ha pedido? ¿La saco a rastras de aquí?

Entonces oigo la voz de Stella en mi cabeza.

Esfuérzate más. Hazlo mejor.

Solo tengo que llegar hasta ella.

Me acerco.

—Violet.

Cuando no responde, la sujeto del brazo. Ella aparta mi mano.

—No me toques.

Al ver las lágrimas que caen por sus mejillas, se me hace un nudo en la garganta. Ya vi a Violet a punto de estallar en llanto, pero nunca la había visto llorar. Ahora que lo hago, siento una dolorosa opresión en el pecho.

¿Es así como estaba la noche que la dejé en la fiesta de Lloyd Finley?

La herí entonces. Y acabo de herirla de nuevo. Me siento culpable, tonto. Me siento el peor hombre del mundo.

Le seco las mejillas y se las acaricio mientras la miro a los ojos.

—Lo siento, Violet. Siento haberte dejado en la fiesta de Lloyd Finley. Lamento haberte hecho preocupar ahora otra vez.

Violet no dice nada, pero sus sollozos parecen disminuir.

Le toco la cara suavemente y le beso las mejillas.

—Lamento que antes solía ser un puto.

—¿Solías ser? —me pregunta mientras se limpia el rabillo del ojo.

Le acaricio el pelo.

—Ahora solo soy un hombre que nunca se cansa de ti.

Los ojos azules de Violet se abren de par en par. Un rubor cubre sus mejillas.

Ha dejado de llorar. Qué bien. Pero eso no significa que ya no quiera besarla o sostenerla entre mis brazos.

Aprieto mis labios con ternura sobre los suyos. Cuando ella responde, mi corazón salta contra las paredes de mi pecho. El calor fluye por mis venas.

No me canso de mirarla.

Deslizo mi mano bajo el cabello de Violet para acariciar su nuca mientras paso mi lengua por sus labios. Para mi sorpresa, abre la boca y atrapa la punta, chupándola. Sonrío.

Parece que Violet tampoco se cansa de mí.

Paso las manos por la piel desnuda de su espalda. Me desabrocha la chaqueta y desliza las manos por debajo para agarrarme la cintura. Luego se aparta y me mira con las cejas fruncidas.

—¿Podemos hacer esto aquí?

¿Ahora le preocupa eso?

—¿En serio quieres parar? —Le pregunto mientras le beso el cuello—. Porque para ser honesto, yo no creo que pueda.

—Pero...

Tomo su mano y presiono su palma contra el bulto en mi entrepierna.

—¡Oh! —exclama ella.

—No te preocupes. —Beso el otro lado de su cuello—. Hemos donado mucho dinero, así que esto debería estar bien.

—Pero antes dijiste que...

La interrumpo con un beso. Me corresponde y frota la palma de la mano contra mi erección sobre mi ropa. Se hincha y me alejo para respirar.

Creí que querías parar —digo en tono serio.

Violet me aprieta el pene.

—Cállate y cógeme.

Me río entre dientes.

—Sí, señora.

Ella frunce el ceño.

—¿Acabas de llamarme...?

La beso de nuevo para que no pueda decir nada más. Luego la llevo en brazos hasta el asiento acolchado. La bajo y le beso el cuello y los hombros mientras deslizo las manos por debajo de su vestido. Mis dedos encuentran el liguero de sus bragas y lo bajo lentamente por sus piernas, pasando por las rodillas hasta los tobillos y quitándole las sandalias. Hago una bola con las pantaletas y las meto en el bolsillo trasero de mis pantalones. Luego comienzo a liberar mi cinturón de su hebilla.

Violet me interrumpe al quitarme la chaqueta. Me deshago de ella y la tiro sobre el sillón. Luego continúo con mis esfuerzos para liberar mi miembro. Me quito el cinturón y me desabrocho el pantalón. Me bajo la cremallera y saco mi polla de los bóxers. Violet me toma de la corbata y tira de mí hacia delante para besarme mientras me la acaricia.

Es una traviesa.

Le devuelvo los besos y dejo que juegue conmigo a manera de expiación por haberla preocupado antes. La dejaría entretenerse todo lo que quisiera, pero no tenemos precisamente el lujo del tiempo.

La posibilidad de que te descubran es lo que hace que el sexo en público sea excitante, pero toda la diversión desaparecería si aquello se llega a convertir en realidad. Prefiero que no me atrapen. Estoy seguro de que Violet también lo preferiría.

Después de un minuto, alejo su mano. Me pongo un condón y hago que se recueste sobre el asiento. Le subo el traje hasta la cintura.

—Sujétalo —le pido, para estar seguro de que el vestido no estorbará.

Violet agarra la tela. Coloco una de mis rodillas sobre el sillón para ponerme a horcajadas sobre una de sus piernas, manteniendo la otra todavía apoyada en el suelo. Entonces doy otra orden.

—Gira la parte superior de tu cuerpo y ponte de lado.

Cuando lo hace, le agarro la otra pierna y la levanto. Enrollo mi brazo a su alrededor para mantenerla en su sitio mientras empujo la punta de mi pene dentro de ella. Violet jadea. Respiro profundamente y meto lentamente el resto de la polla.

Cuando está a medio camino, me detengo. Aparto el cabello de Violet para poder ver su rostro. Tiene los ojos cerrados. Los labios fruncidos para contener sus gemidos. Le acaricio la mejilla y gira la cabeza para mirarme. El deseo cubre sus ojos en lugar de las lágrimas, lo que francamente le sienta mejor. Abre la boca.

—Violet. —Su nombre brota de mis labios en un susurro mientras le sostengo la mirada.

Le paso el pulgar por la boca en una tierna caricia porque no puedo besarla en esta posición. Entonces me agarro al respaldo del asiento y empiezo a moverme.

El banco cruje. De nuevo, Violet cierra los ojos y aprieta los labios. Sus dedos tiemblan al asir el vestido, recogiéndolo hasta el pecho.

Mientras continúo con mis embestidas, llevo la mano a uno de sus senos. Su pezón rígido me pincha la palma de la mano. Al hacerlo, mi ángulo debe haber cambiado, porque los sonidos apagados que emitía cambian. Ahora son más intensos. Apenas puede mantenerlos a raya.

Sigo penetrándola desde esta nueva posición, mientras mantengo su pecho en mi mano. Tras unos cuantos empujones más, se lleva la tela a la boca para ahogar sus gritos mientras se estremece. El paso alrededor de mi polla se estrecha.

Joder.

Suelto su seno para aferrarme al respaldo del banco e imprimir más fuerza a mis envites. Aprieto la mandíbula y consigo unos cuantos más. Luego doy una última embestida.

Me entierro hasta la base en el cuerpo aún tembloroso de Violet. Ella suelta un fuerte jadeo seguido de un grito irrefrenable. Gruño mientras el calor de mis testículos se desborda de mi pene a su funda de goma.

Después, ambos nos quedamos en silencio. Me tomo un momento para recuperar el aliento antes de sacarlo y deshacerme del preservativo usado en la papelera del rincón.

Mientras me arreglo los pantalones, Violet se baja del sillón. Al levantarse el vestido vuelve a su sitio, hasta los tobillos, sin ninguna arruga, como si no hubiera pasado nada. Ni siquiera podría notar que no lleva bragas. Pero ella sí.

—¿Dónde están mis pantaletas? —pregunta.

Las saco del bolsillo de mala gana y se las lanzo. Mientras ella se las pone, yo cojo mi saco y me lo vuelvo a poner. Ella lo abrocha y me alisa la corbata. Intento arreglarle el cabello lo mejor que puedo.

—¿Cómo luzco? —inquiere Violet.

—Muy bien —afirmo.

No es mentira. Puede que algunos mechones de su pelo estén fuera de lugar, pero sigue estando muy guapa. De hecho, me atrevo a decir que se ve aún más sexy.

Suspira.

—No puedo creer que hayamos hecho el amor en un museo.

—Probablemente estarían encantados de tenernos como parte de su exposición. La gente podría aprender muchas cosas de nosotros, ya sabes.

Violet me golpea el hombro juguetonamente.

—Cállate.

Sonrío. Tal y como esperaba, parece estar de mejor humor. Por otra parte, ¿quién no lo estaría después del sexo que acabamos de tener?

—Sigo prefiriendo tener relaciones donde no haya el peligro de que me descubran —anota—. O que me interrumpan.

La tomo de la mano.

—Entonces es bueno que tengamos habitaciones de hotel esperándonos.

Violet sonríe.

—Seguro que sí.

CAPÍTULO VEINTE

Violet

Sí que soy una tonta.

Sí, Toronto fue divertido. Después de la fiesta, Asher y yo volvimos al hotel e hicimos el amor casi toda la noche. Luego almorzamos en la CN Tower, subimos al SkyPod para contemplar las vistas y tomamos el vuelo de vuelta a casa en el jet privado de la empresa. Fue un viaje corto, pero inolvidable.

Sin embargo, ya no estoy en Toronto.

Ahora que estoy de vuelta en mi apartamento de Chicago, sumergiéndome en la bañera según mi ritual de los domingos por la noche para relajar mis músculos cansados, vuelven mis preocupaciones. Se supone que mi mente está descansando antes de que comience otra semana de trabajo. En cambio, mis pensamientos rebotan como la bola metálica de un *pinball*.

¿Qué está pasando entre Asher y yo otra vez?

Todo lo que dijo es que no se cansa de mí, eso y que lamenta ser promiscuo. Pero no habló sobre empezar una relación y hacer lo posible para que funcione. No dijo nada sobre amarme o querer quedarse a mi lado.

Todo lo que dijo fue que no se cansaba de mí. ¿De toda yo? ¿O solo del sexo conmigo? Porque eso es obvio. ¿Pero qué pasará cuando se harte de mí? ¿Cuando se aburra? Todo el mundo se hastía de algo en algún momento. La única razón por la que continúan es porque deciden que quieren más.

Esa es la cuestión. Tiene que ser una decisión. Asher tiene que determinar si quiere o no estar conmigo. Lo que hay entre nosotros no puede ser solo algo que sucede. O puede dejar de suceder con el chasquido de un dedo.

Sé que Asher está acostumbrado a eso. Va a un bar o a un club y una chica coquetea con él. O tal vez es él quien ve a una mujer y la seduce. De cualquier manera, simplemente sucede y luego acaban cogiendo. Y entonces se acabó. Pero no es que haya planeado que todo sea así. Si no encuentra una pareja, está bien, aunque tengo la sensación de que eso no sucede con frecuencia. Si no le gusta la mujer, no tendrá sexo con ella. Si la chica no quiere tener relaciones con él, no la forzará. Simplemente se encuentran. No tienen ninguna obligación de hacer nada el uno por el otro. Solo quieren divertirse.

¿No es más o menos igual a lo que Asher y yo tenemos, excepto que tal vez en una versión extendida?

Yo no puedo actuar así. Tal vez Asher lo consiga, pero yo no. No podemos tener solo algo. Tenemos que darle algún nombre. Debemos tomar la decisión de llamarlo de alguna forma. Ya no tenemos dieciséis o diecinueve años cuando podíamos hacer cualquier cosa y esperar a ver qué sucede. Yo no puedo. Tengo veintinueve años. No quiero perder el tiempo. Si Asher no tiene intención de hacer que esto, sea lo que sea, vaya a alguna parte, quiero saberlo. Pero si la tiene, también quiero saberlo.

Quiero conocer sus intenciones. Soy demasiado mayor para jugar a las adivinanzas y tengo derecho a saber.

Tengo que saber.

~

—Entonces solo tienes que preguntar —me dice Michelle durante el almuerzo del día siguiente— Es así de simple.

Todo es sencillo para ella. Tal vez así parecen las cosas cuando miras desde afuera, cuando no estás realmente involucrada en el problema.

Clavo el tenedor en el tomate cereza de mi plato y lo meto en mi boca.

—Ya le pregunté. Dos veces, creo.

¿No lo hice en el museo? ¿O sí?

—Pues hazlo otra vez —me alienta Michelle—. Y esta vez, asegúrate de obtener una respuesta clara. Haz una pregunta de sí o no. Así no tendrá cómo eludirla.

La miro.

—¿Por qué no se me ocurrió eso?

Se encoge de hombros.

—¿Tal vez porque realmente no quieres conocer la respuesta?

Resoplo. Eso es absurdo.

—¿Estás preparada para escuchar su réplica Violet? —me cuestiona Michelle—. Si dice que no, ¿estás lista para que te rompa el corazón otra vez? ¿Podrás soportarlo?

No creo que alguien esté preparado para que lo decepcionen. Es algo que nadie pediría. Pero puedo soportarlo si eso es lo que tiene que suceder. Sobreviví antes.

—Y si dice que sí, ¿estás dispuesta a empezar una relación con él, sabiendo que fracasó la última vez?

Esa es una pregunta más difícil. ¿Estoy preparada? ¿Estoy lista para darle una oportunidad a Asher y hacer que esto funcione?

—Lo pensaré —contesto—. Tomaré una decisión. Pero primero, tengo que conocer la suya.

—Entonces, si dice que no, lo dejarás ir y si dice que sí, ¿tal vez tendrás una relación con él?

Me encojo de hombros.

—Lo pensaré, pero no puedo ser la única que lo haga.

Michelle asiente.

—Claro. Si van a hacer que esto funcione, los dos tendrán que proponer que hacer para que la relación marche.

—Exactamente. Tiene que haber una decisión mutua, un acuerdo.

—Un compromiso.

Precisamente. Eso es exactamente lo que estoy buscando, pero me temo que no está en el vocabulario de Asher. Al parecer nunca fue en serio con nadie, y no sé si es capaz de hacerlo. Intenté averiguarlo cuando le pregunté por qué se acostaba con tantas mujeres, pero no obtuve una buena respuesta. No quiso hablar de ello, lo que probablemente significa que tiene problemas para comprometerse.

¿Podría tener una relación seria conmigo?

Michelle coloca su mano sobre la mía.

—Entonces, ¿cuándo lo interrogarás?

~

Respiro profundamente mientras me paro frente a la oficina de Asher. Puedo sentir la mirada de Dylan sobre mí, esperando que llame a la puerta, preguntándose por qué estoy nerviosa. Francamente, yo tampoco sé por qué lo estoy. Lo ignoro y toco. Pasan unos segundos hasta que escucho la voz de Asher.

—Pasa.

Entro. Cuando mi mirada se encuentra con la de Asher, él sonríe.

—Violet.

Eso es algo bueno, ¿verdad? Que me llame por mi nombre de pila. Pero ya no quiero confiar en las señales.

Le devuelvo la sonrisa.

—Asher.

Deja su escritorio y camina hacia mí. Antes de que pueda decir otra palabra, sus labios están sobre los míos. Suaves. Cálidos. Haciendo que los míos hormigueen.

Maldita sea. ¿Por qué es tan bueno besando?

Se aparta y me toca la mejilla. Sus ojos se clavan en los míos.

—No te he visto desde ayer.

Tardo un momento en contestar porque mi mente parece estar tambaleándose.

—Lo sé.

Se suponía que íbamos a cenar juntos, pero él estaba ocupado. Yo también me acordé de que tenía cosas que preparar para el trabajo, y me ocupé de ello apenas llegué esta mañana.

Asher me acaricia la mejilla.

—Te eché de menos.

Casi le devuelvo las palabras, pero algo hace clic dentro de mi cabeza. Recuerdo para qué vine aquí.

Me aclaro la garganta.

—Asher, no estoy aquí solo para ver cómo estás.

Se inclina hacia delante y acerca su boca a mi oído.

—Traviesa.

Muy a mi pesar, me sonrojo.

Empieza a lamerme la oreja. Le pongo la mano en el pecho y lo alejo.

—Tampoco estoy aquí para eso —le aclaro—. Asher, tenemos que hablar.

—¿Sobre qué? —Me agarra la mano y me acaricia la palma.

Me distrae, así que retiro la mano.

Sobre nosotros.

—¿Nosotros?

—Exactamente —afirmo—. ¿Qué pasa con nosotros? ¿Qué somos?

Asher arruga la frente.

—Pensé que ya habíamos hablado de esto.

—Lo intentamos, pero no obtuve una respuesta clara. Así que voy a preguntarte de nuevo. —Vuelvo a tomar aire con fuerza— ¿Esto... va a alguna parte?

No es lo que debía preguntar, pero mi guion parece haberse evaporado de mi cabeza.

Asher sujeta mi mano, me acerca hacia él y vuelve a rozar mi mejilla.

—¿No hemos estado ya en muchos sitios?

Frunzo el ceño. No me está tomando en serio en absoluto.

Se para detrás de mí y se apoya en mis hombros.

—Hablando de ir a algún sitio, estaba pensando que deberíamos hacer otro viaje. Otra vez los dos solos, pero esta vez sin preocuparnos de nada relacionado con el trabajo. ¿Qué te parece?

—Eso... suena bien —admito.

—¿De verdad?

Espera un segundo. ¿Por qué estoy respondiendo a su inquietud cuando él no ha respondido a la mía?

Me doy la vuelta para mirarlo.

—Asher...

—¿Qué tal si vamos a Finlandia? Podemos quedarnos en un iglú de cristal y ver la aurora boreal. O podemos ir a Japón. Tienen bonitos trenes y aguas termales...

—Asher. —Lo tomo de sus brazos—. Antes de ir a cualquier parte contigo, dime. ¿Vas en serio conmigo?

Ya está. Lo dije.

Pero Asher solo sonríe.

—Te deseo en serio ahora mismo.

¿Qué?

—Asher, yo...

Sella mis labios con los suyos antes de que pueda decir más. Firme. Apasionadamente.

Intento resistirme, pero no tengo fuerzas, y cuando su lengua roza la mía, hasta mi voluntad empieza a derretirse. Los pensamientos dentro de mi cabeza dan vueltas. Mis rodillas tiemblan.

De alguna manera, mis manos terminan en las caderas de Asher. Me acaricia la nuca y luego la espalda. Sus dedos recorren la cremallera de mi vestido.

Cuando empieza a bajarla, algo dentro de mí se quiebra.

No. Esto no es lo que se supone que debemos estar haciendo. Esto no es lo que estamos haciendo.

Intento apartarme, pero él me rodea con su brazo. Su mano me aprieta las nalgas.

—Asher —reclamo, mientras consigo frenar el beso.

En su lugar, él planta su boca en mi cuello.

—Hablo en serio, Violet —dice—. Te deseo ahora mismo.

—Pero yo no —insisto— Quiero hablar.

Me besa la oreja.

—Podemos hablar más tarde.

—No. Hablaremos ahora. Responderás a mi pregunta ahora mismo.

Me besa el hombro.

—Pensé que ya lo hice.

—No, no lo hiciste.

—Entonces esta es mi respuesta. —Presiona sus labios en la parte superior de mi pecho—. Después de todo, las acciones hablan más que las palabras, ¿verdad?

—Ahora no. —Lo alejo—. Ahora necesito escuchar tu respuesta. En voz alta. Y clara.

Sus labios regresan a mi cuello. Su mano recorre mi costado.

—¿No es lo suficientemente claro para ti?

Mi paciencia llega al límite. Está bien. Ya está bien. No más diversión y juegos. No más de esta tontería.

Si él dice que esta es su respuesta, entonces supongo que el mensaje es claro. Él no va en serio conmigo en absoluto. Solo quiere sexo. No le importa cómo me siento o lo que tengo que decir.

En ese caso, no tiene sentido continuar con esto por más tiempo.

—¡Asher, déjame ir!

Intento apartarlo de nuevo, pero no se mueve. Golpeo mis puños en su pecho.

—¡Asher, para! Yo...

Justo entonces, la puerta se abre. Asher se detiene. Yo también me paralizo al ver quién está de pie en la entrada.

Ryker Hawthorne y su hermano mayor, Ethan, que ahora tiene una mirada de sorpresa en su rostro.

—¿Qué demonios está pasando aquí?

CAPÍTULO VEINTIUNO

Asher

Aparto las manos de Violet y encaro a mis hermanos. ¿Qué diablos? ¿Qué carajo hacen en mi oficina?

—Srta. Cleary. —Ethan se dirige a Violet—. ¿Asher le hizo algo?

—No —responde ella, y luego sale corriendo de la habitación.

Siento el impulso de ir tras ella, pero no lo hago. Algo me dice que no me escuchará de todas formas. Además, no puedo huir de mis hermanos.

Ryker suspira.

—Por cómo reaccionó, de seguro la historia es diferente.

Lo ignoro y me paro detrás de mi escritorio.

—¿Qué hacen ustedes dos aquí?

—Solo queríamos saber cómo te fue en la recaudación de fondos —me aclara Ethan—. Lo creas o no, no vinimos aquí solo para patearte el trasero, pero parece que algo bueno hicimos.

Resoplo.

Ethan apoya sus manos sobre mi escritorio.

—¿Qué estaban haciendo tú y Violet?

—La recaudación de fondos estuvo bien —le informo—. Doné la cifra exacta que me pediste y conversé con algunas personas con las que hacemos negocios. Ahora, ¿puedes salir de mi oficina?

Ethan sacude la cabeza.

—Todavía no maduras, ¿verdad, Asher?

Lo fulmino con la mirada.

—Dije que salgas de mi oficina.

—No me intimidas —advierte—. Y no tienes derecho a echarme. Ambos lo sabemos. Pero por si acaso lo has olvidado, dile por qué, Ryker.

—Porque él es tu jefe —arguye Ryker.

Me encojo de hombros.

—¿Y qué? ¿Él puede tener sexo en el trabajo y yo no?

Ethan toma aire.

—¿O el problema es que Violet es mi subordinada? —cuestiono—. Oh, pero espera. ¿No era Stella tu asistente cuando comenzaste a co...?

—No te atrevas a meter a Stella en esto —me corta—. Nada de lo que dices representa un problema. La cuestión es que Violet no parecía estar muy dispuesta. Daba la impresión de que la estabas forzando.

—No lo hacía —le aclaro.

Sentí su resistencia. Sabía que quería que parara. Y yo estaba a punto de hacerlo. Solo que no lo hice de inmediato porque había una voz en mi cabeza que me decía que, si lo hacía, ella se me escaparía de las manos, que es exactamente lo que pasó.

Joder.

Sacudo la cabeza.

—No sabes nada sobre nosotros.

—Entonces cuéntame. —Ethan cruza los brazos sobre el pecho—. ¿Violet Cleary y tú tienen una relación?

Qué extraño. ¿No es eso lo mismo que me preguntaba Violet?

—Nos acostamos juntos, si eso es lo que preguntas —contesto—. Y no es que sea de tu incumbencia.

Ethan suspira.

—Y sí, tuvimos una cita en el muelle de la marina mercante.

—¿Una cita? —inquiere Ryker—. ¿Y esa no fue la única vez?

—¿Así que vas en serio con ella? —Ethan me interroga.

De nuevo, la misma pregunta. Estoy harto.

Me pongo de pie y me encojo de hombros.

—¿Por qué todo el mundo tiene que ser tan formal? ¿Y por qué todos meten sus putas narices en mis asuntos?

Señalo la puerta de mi oficina.

—Salgan.

Ni Ethan ni Ryker se mueven.

—¡He dicho que se vayan!

—Bien —dice finalmente Ethan—. Vamos, Ryker. Ya está mayorcito como para arreglar sus propios enredos.

—Sí, lo soy —le aseguro—. Gracias.

Salen por la puerta. Me vuelvo a hundir en mi silla y suelto un suspiro de alivio.

—Y gracias por salir.

Cojo el vaso de agua que hay en mi mesa y le doy un largo sorbo.

Ahora, por fin, puedo tener algo de paz y tranquilidad en mi oficina. O eso es lo que creo hasta que me acuerdo de Violet, y la forma cómo se marchó.

¿Por qué estaba tan enfadada? Ya le expliqué que tengo suficiente con ella, algo que no le he dicho a ninguna mujer antes. Le aseguré que no voy a tener sexo con nadie más. De nuevo, no es algo que suela decir. E incluso le manifesté hace un rato que la echaba de menos. ¿No me escuchó? ¿No es suficiente? ¿Por qué no me cree? ¿Qué más quiere de mí? ¿Quiere que le proponga matrimonio? ¿Es eso?

Sacudo la cabeza. Las mujeres. ¿Por qué nunca pueden estar satisfechas? ¿Por qué siempre tienen algo de que quejarse? ¿Por qué no pueden ser racionales?

Dejo el vaso sobre el escritorio y respiro profundamente.

Oh, bueno. Supongo que tendré que hablar con ella más tarde.

~

Me meto las manos en los bolsillos y doy golpes al piso con el pie mientras espero a que Violet abra la puerta de su apartamento.

Ya toqué el timbre tres veces. Sé que está dentro porque veo la luz que sale por debajo de la puerta y escucho la televisión. Pero, por alguna razón, no viene.

¿Estará en el baño? ¿Tendrá los auriculares puestos? ¿O está fingiendo que no me oye?

Vamos, Violet.

Vuelvo a llamar al timbre. Cuando sigue sin contestar, empiezo a golpear la puerta.

—¿Violet?

Nada todavía.

Una nueva idea se forma en mi mente. ¿Y si no viene a abrir porque no puede? ¿Y si está herida? ¿Y si necesita ayuda?

Se me aprieta el pecho. Golpeo la puerta con los puños.

—Violet, ¿estás ahí? Abre la puerta.

No hay respuesta.

—¡Violet!

Finalmente, oigo que se acercan unos pasos. La puerta se abre y Violet aparece con una camisa y un pantalón de pijama. Me pongo la mano sobre el pecho mientras suelto un suspiro de alivio.

—Gracias a Dios. Por un momento me preocupó que te hubiera pasado algo malo.

—¿Te refieres a lo que yo sentí cuando no pude encontrarte en la fiesta de Lloyd Finley? —me encara—. ¿O en el museo? Bien.

Está enfadada. Muy enfadada.

Respiro profundamente.

—¿Podemos hablar?

Sus cejas se arquean.

—¿Ahora quieres hablar? Pues no.

Violet intenta cerrar la puerta en mi cara. Utilizo mi hombro y pie para mantenerla abierta.

—¿De verdad? —Violet me lanza una mirada de resentimiento mientras suelta los hombros—. Realmente no sabes aceptar un no por respuesta, ¿cierto?

—No me iré hasta que hablemos —le advierto—. ¿O prefieres tener esta conversación en el trabajo?

Pone las manos en las caderas.

—Y qué pensaron tus hermanos de eso, ¿eh? Apuesto a que te regañaron.

— Ellos no me interesan. Me importas tú. Por eso estoy aquí.

—Ah, ¿sí? ¿Te preocupas por mí? — Señala con los dedos su pecho y luego agita las manos—. No te preocupes. Yo puedo manejar a tus hermanos.

—Ya dije que no es por ellos que estoy aquí.

—¿Entonces, por qué viniste, Asher? —Sus manos vuelven a sus caderas—. ¿Porque no fuiste capaz de encontrar diversión antes? ¿Por eso no te cansas de coger conmigo?

Frunzo el ceño.

—Eso no es lo que dije.

—¿Entonces, ¿qué es exactamente aquello de lo que no te cansas? —Cruza los brazos bajo sus pechos— Vamos. Cuéntame.

—Tú —le confieso— Toda tú.

Sus cejas se levantan.

—¿Toda yo? ¿De verdad?

Me pellizco el puente de la nariz mientras intento controlar mi enojo. ¿Por qué Violet está siendo tan difícil?

Inhalo y luego exhalo.

—Violet...

—¿Por qué no lo admites, Asher? ¿Que todo lo que quieres de mí es sexo?

Pierdo la paciencia. Sacudo la cabeza.

—¿Sabes qué? Si no quieres creerme, no puedo hacer nada. Si prefieres burlarte de mí, bien. Pero no voy a aguantar nada más.

Doy un paso atrás.

Violet resopla.

—Oh, ¿ahora te vas?

Me encuentro con su mirada.

Asumí que eso es lo que deseabas.

—Creí que querías hablar.

—Lo intenté, pero está claro que no estás de humor. Todo lo que quieres hacer es pelear.

—¿En serio? —Violet da un paso adelante—. Así que yo soy la mala aquí, ¿verdad? ¿Yo soy la loca?

Me encojo de hombros.

—Ya me clavaste la rodilla en los testículos.

Ella sacude la cabeza.

—Increíble.

Por una vez, estamos de acuerdo. Toda esta conversación, si es que puede llamarse así, es ridícula.

Me alejo.

—Así es, Asher Hawthorne —me grita Violet—. Vete. Eso es lo que sabes hacer, ¿verdad? Dejas a tu cita en una fiesta y no te importa cómo vuelve ella a casa.

Me detengo en seco y volteo los ojos. Supongo que nunca me lo perdonará.

—Y luego dejas a las mujeres con las que te acuestas sobre la cama, justo después de ponerte los pantalones. Y nunca miras atrás. Las tiras a la basura y te olvidas de que existieron.

Me doy la vuelta.

—Pero yo no te hice eso, ¿o sí?

Violet no responde.

—Sabes que no lo hice, pero no significa nada para ti.

—No sé lo que significa —asevera ella. —Dime lo que quiere decir, Asher. Eso es todo lo que pido.

—No. Eso no es todo lo que estás pidiendo. Quieres que te dé un anillo.

—Nunca quise eso.

—Quieres que diga que estoy enamorado de ti y que no puedo vivir sin ti. ¿No es así?

Violet frunce los labios y calla. No tiene que hablar. Sé que tengo razón. También sé que no puedo pronunciar esas palabras. Todavía no.

Sacudo la cabeza.

—Aunque lo diga, no me vas a creer de todos modos, ¿verdad?

Violet se encuentra con mi mirada. Ahora no hay ningún rastro de ira en sus ojos. Solo dolor.

Se me forma un nudo en la garganta. ¿Qué? ¿Va a llorar otra vez? Pero tengo la sensación de que ahora no va a dejar que la consuele.

—Eso es lo que pasa con la confianza, Asher —añade con la voz quebrada—. Hay que ganársela. Y no, no te la ganaste.

¿Así que todo esto se reduce a eso? ¿Esa es su decisión? ¿Ya no quiere tener nada que ver conmigo? Entonces supongo que no tengo más remedio que respetarla.

Asiento con la cabeza.

—Bueno. Solo recuerda que no fui yo quien desechó lo que teníamos.

Me doy la vuelta, pero en lugar de ir a mi apartamento, paso junto a Violet hacia el ascensor. No voy a quedarme aquí esta noche, y quizá no por un tiempo. Puede llorar todo lo que quiera. Puede romper todas las cosas de su casa, pero no quiero escuchar nada. No quiero saberlo.

Si no quiere tener nada conmigo, esta vez, por una vez, la dejaré en paz.

CAPÍTULO VEINTIDOS

Violet

Cierro la puerta tras de mí y me apoyo en ella.

Por un momento, me quedo ahí. No tengo fuerzas para moverme. Mi mente, que ha estado llena de todo tipo de ideas caóticas, de repente se siente vacía. Mi cuerpo está entumecido. Siento que mi corazón ya no está en mi pecho, como si se hubiera roto en un millón de pedazos y esos fragmentos empezaran a evaporarse uno a uno.

Es extraño. Casi me siento como después de un orgasmo: como si estuviera fuera de mi cuerpo, hueca, deshecha. ¿Quién iba a decir que el dolor podía tener el mismo efecto?

Me duele. No sé exactamente qué parte de mí siente dolor. Ni siquiera sé si es mi cuerpo el que me angustia. No sé por qué. Solo sé que me duele.

La fuerza abandona mis piernas y me deslizo hacia el suelo. Mis piernas se abren ante mí. Mis brazos quedan inertes a mis lados. Una lágrima resbala por mi mejilla.

¿Por qué duele tanto?

No me dolió tanto hace cinco años. También lloré, sí. Igual que hoy, me sentí mal del estómago. Cuando volví a mi apartamento, me quedé un rato tumbada en la cama con el vestido puesto. Pero no me sentía tan herida. Ahora, apenas puedo respirar. Esta vez, siento que me han quitado algo más. Algo real e importante.

Pero, por supuesto, que hoy me afecta más. Después de todo, hace cinco años, apenas conocía a Asher. Lloré sobre todo porque me sentí como una basura, porque me sentí estúpida. Me culpé por mi sufrimiento. Pero ahora, lloro porque Asher y yo teníamos algo y ya no existe. Él dijo que lo deseché, y una parte de mí lo cree. Pero no es totalmente mi culpa. Quería creer en Asher, pero ¿cómo podría hacerlo si él no me daba una razón para confiar? Yo quería estar con él, pero él no parecía sentir lo mismo. Incluso daba la impresión de que negaba ese sentimiento.

Dijo que yo pedía demasiado, pero yo sentía que no me daba lo suficiente para aferrarme. ¿Era demasiado pedir que dijera que no creía en el amor pero que lo iba a intentar de todas formas? No esperaba que dijera que me amaba. Después de todo, todavía no nos conocemos tan bien. Quería que me dijera lo que sentía. Quería que me dejara entrar. No era que quisiera una etiqueta para lo que sea que estuviera pasando entre nosotros, más bien quería saber si estábamos juntos en esto, sin importar lo que fuera.

Solo quería tener la certeza que Asher no iba a desaparecer como la última vez, o al menos que intentaría no hacerlo. ¿Es mucho pedir?

Es gracioso, ¿no? Cuando no le dices a un hombre lo que quieres, él piensa que eres una cobarde, que eres una calientapollas, que estás jugando con él. Si le dices lo que quieres, es demasiado y huye como un niño asustado.

En cualquier caso, no importa. Asher se fue. Lo perdí. Esta vez, lo arruiné de verdad. Antes, no podía decir eso porque realmente no lo tenía. No era verdaderamente mío. Pero ahora puedo decir que lo fue, aunque sea por un corto tiempo. Lo tuve. Teníamos algo. Y ahora, se fue. Y me duele muchísimo.

Me agarro a la parte delantera de la camisa mientras caen más lágrimas, en silencio, como gotas de lluvia que se abren paso por la ventanilla de un coche.

¿Por qué? ¿Por qué Asher y yo tuvimos que volver a encontrarnos para terminar así? ¿Por qué teníamos que volver a estar juntos si no somos el uno para el otro, si él de todos modos no puede estar conmigo?

Asher ha jugado con un sin número de mujeres. Tal vez yo misma rompí algunos corazones sin saberlo. Pero el destino y la suerte son los verdaderos protagonistas. Y los más crueles.

Me abrazo con las rodillas al pecho mientras suelto fuertes sollozos, el dolor es demasiado para quedarme callada.

Por supuesto, yo también tengo parte de la culpa. Además, estoy molesta conmigo misma. Le di una oportunidad a Asher, aunque aseguré que no lo haría. Esperaba más de él a pesar de que afirmé que solo tendríamos sexo. Sabía que era un libertino. Tenía la sensación de que era incapaz de comprometerse. Aun así, tenía esperanzas.

¿Cómo reza el dicho? Si me engañas una vez, te avergüenzas. Si me engañas dos veces, me avergüenzo.

La vergüenza. Eso es algo con lo que tendré que vivir. Porque tengo que seguir. Tengo que continuar hacia adelante.

Me duele. Tengo cicatrices. Pero no puedo parar.

Tengo que respirar. Y levantarme. Debo comer, dormir. Tengo que ir a trabajar mañana y pasado y el día siguiente, aunque no tenga ganas, aunque no quiera.

Porque tengo que vivir.

En este momento, me estoy muriendo, pero sobreviviré. No sé cómo, pero de alguna manera, después de que estas lágrimas dejen de caer, encontraré la manera de caminar hacia adelante.

Pero primero, tengo que respirar.

~

Respira, Violet.

Me lo repito a mí misma mientras salgo del ascensor y camino hacia mi oficina, con paso firme y la cabeza en alto.

Tengo que fingir que este es un día cualquiera en el trabajo. Al fin y al cabo, para todos los demás lo es. Nadie sabe lo que pasó entre Asher y yo. Ninguno de ellos puede ver mi corazón roto, aunque siento que está colgando fuera de mi pecho. Nadie tiene que saberlo.

Me sequé las lágrimas. Me maquillé, incluyendo una generosa cantidad de corrector. Luzco un bonito vestido. Tengo mi armadura completa. No puedo dejar que nadie vea a través de mí.

Al pasar por una fila de cubículos, siento algunas miradas, y por un momento me preocupa que se hayan enterado de que Asher y yo nos peleamos. Pero entonces recuerdo que ayer hui de la oficina de Asher poco después de que aparecieran Ethan y Ryker. Probablemente por eso están mirando. Eso es seguramente lo que están especulando.

Pueden conjeturar todo lo que quieran. No me importa.

Me las arreglo para llegar a mi oficina sin problemas. Sí, estoy bien. Me siento detrás de mi escritorio y empiezo a trabajar. Deseo que todo vaya bien. Pero entonces, sucede lo peor.

Asher aparece. Pasa por delante de mi oficina y gira la cabeza para que nuestras miradas se crucen solo un momento, demasiado breve para transmitir cualquier significado. Luego se va. Me quedo helada.

Una vez, cuando estaba en una sala de urgencias de Zúrich por un esguince de tobillo y esperaba a que bajara la hinchazón, escuché a las enfermeras hablar. Comentaban sobre una de sus compañeras que se había negado a ir a trabajar, porque su novio rompió con ella. Me pareció una tontería. ¿Por qué dejar de ir a trabajar solo por un corazón roto? ¿Por qué no hacer lo contrario, laborar para olvidarse de los problemas? Eso es lo que hago yo normalmente.

Pero ahora, entiendo por qué alguien no querría venir a la oficina después de una ruptura. Y es aún más difícil cuando la persona con la que has roto es tu jefe.

Cierro los ojos y respiro profundamente.

Respira, Violet. Solo respira.

~

No puedo respirar.

Pensé que las cosas se irían arreglando poco a poco, pero ya pasaron tres días y el dolor sigue siendo igual de agudo. Cada vez que veo a Asher, siento como si me abrieran el pecho y me rompieran el corazón en pedazos una y otra vez.

Acabo de estar con Asher. Hace poco terminó una reunión que duró más de una hora, y todo el tiempo estuve sentada a su lado fingiendo estar bien, tratando de que nuestras miradas no se encontraran. Pero acabé mirándolo de todos modos, y encima no pude evitar pensar en lo bien que se ve, y acabé sintiéndome miserable sabiendo que ya no es mío.

Así que aquí estoy escondida en un cubículo vacío, intentando respirar.

Si no lo hago, sé que empezaré a llorar, y no puedo hacerlo ahora.

Solo respiro.

—Ahí está, señorita Cleary —la voz de Asher interrumpe mi respiración.

Joder.

—Me preguntaba dónde se fue después de la reunión. Tenía que darle esto.

Me entrega una unidad flash USB. Intento fijar mi vista en el objeto, en lugar de en él.

—Aquí está el informe que discutimos durante la reunión. Estaré encantado de que añada los puntos que sugirió.

Asiento con la cabeza.

—Claro.

—Gracias.

Se va.

Vaya. ¿Eso fue todo? No fue tanto como «¿Qué haces escondida aquí?» o un «¿Estás bien?» ¿Realmente ya no le importo en absoluto?

Ha sido frío conmigo antes, pero esto es diferente. Esto es indiferencia. Me hace pensar que nunca le importé para nada.

Corro hacia el baño porque ya no puedo respirar y sé que estoy a punto de llorar, pero me tropiezo con Stella en el camino.

—Lo siento. —Me disculpo sinceramente—. No le hice daño al bebé, ¿verdad?

Se toca la barriga y sacude la cabeza.

—No, no. El pequeño está bien.

—Qué bueno. Discúlpame. De verdad, lo lamento. Pero tengo que irme.

Empiezo a correr.

—¿Violet? —me llama Stella.

Me detengo.

—¿Estás bien?

Las lágrimas están a punto de brotar de mis ojos. ¿Por qué tenía que hacerme esa pregunta? ¿Por qué se preocupa? Ahora me siento... mal.

—¿Violet? —Stella se para delante de mí.

No digo nada. No puedo hablar. Si abro la boca, podría empezar a sollozar.

Debería dejarme en paz antes de que explote y vuelva todo un desastre.

Pero no lo hace. En lugar de eso, me toma de la mano y me lleva por el pasillo. Estoy confundida.

—¿A dónde vamos? —Le consulto.

—A tomar un helado —contesta—. Parece que necesitas unas cuantas cucharadas.

~

No me di cuenta de que sí lo necesitaba, hasta que me terminé cuatro bolas, lo que es un récord para mí.

Mientras coloco la cuchara que lamí en la copa vacía, me siento mejor. También tengo la impresión de que hace un poco más de frío, pero se siente bien. Es como la sensación que tienes cuando llevas kilómetros corriendo, deseas rendirte y de pronto, tienes esa brisa fría en el rostro. O como aquella bola de nieve que alguien te lanza a la cara cuando no quieres jugar porque estás enfadada.

Me siento bien.

—Gracias —le digo a Stella.

—¿Por el helado? No me des las gracias. En estos días, nunca como suficiente helado, a pesar de que ya está haciendo frío. Me alegro de haber encontrado a alguien con quien tomar un montón.

¿Un montón? Ahora que lo pienso, ella tomó incluso más que yo: cinco bolas, creo. ¿O fueron seis?

—El helado estaba delicioso —le comento—. Pero estoy más agradecida por la compañía.

—De nada —responde Stella—. De hecho, esta compañía estaría encantada de poder ayudar más.

La miro con sorpresa. ¿Qué dijo?

—Quiero decir que, si hay algo en tu mente que quieras compartir conmigo, me sentiré feliz de escucharte —arguye Stella—. Si quieres, incluso podemos pedir más helado, o tal vez puedes tomarte un café mientras hablas, si eso te ayuda.

Sacudo la cabeza.

—No, gracias. Quiero decir, sobre el helado adicional y el café.

—¿Y qué del hecho de que esté dispuesta a escuchar? —inquiere Stella.

Miro el reloj.

—Me encantaría, pero debo volver a la oficina. No le dije a nadie que salí, así que...

—No pasa nada. Si Asher te pregunta adónde fuiste, puedes decir que estuviste conmigo. No podrá protestar entonces. Si lo hace, le daré una patada en el trasero.

Mis cejas se fruncen.

—¿Puedes hacer eso?

Se encoge de hombros.

—Bueno, quizá no debería, pero a Ethan no le importaría que lo haga.

Mis ojos se abren de par en par.

—Así que realmente tienes una relación con Ethan Hawthorne.

Stella me mira confundida.

—¿No lo sabías?

Sacudo la cabeza.

—Lo sospechaba, pero no tenía la seguridad.

Se ríe.

Supongo que eso significa que todo el mundo lo sabe.

Me muestra su mano.

—En realidad, Ethan y yo estamos comprometidos.

—¡Vaya! —exclamo al ver el anillo de diamantes—. ¿Así que se cas...?

—¿Casaran? Sí, pero después de que nazca el bebé. No creo que pueda aguantar una boda en este momento.

Supongo que sería estresante tratar de llevar adelante una ceremonia y un embarazo al mismo tiempo.

—Felicidades —le digo.

Ella sonríe.

—Gracias. —Luego toma aire—. Así que, te prometo que no te meterás en problemas si no regresas a la oficina. Además, puede que sea prácticamente la cuñada de Asher, pero también puedo seguir siendo tu amiga.

Mis ojos se abren de par en par.

—¿Cómo supiste?

—Simplemente tuve un presentimiento —explica Stella.

Creo que es más que eso.

—Si estoy en lo correcto, quizá pueda ayudarte más de lo que crees. Después de todo, sé lo difíciles que pueden ser los hermanos Hawthorne.

—¿También Ethan? —Le cuestiono con curiosidad.

—Especialmente Ethan.

Continúa relatándome cómo se conocieron ella y Ethan, tras lo cual me siento obligada a contarle lo que pasó entre Asher y yo. No creía que fuera capaz de hablar de ello, pero con Stella es sorprendentemente fácil soltarse. Además, me siento bien al desahogarme.

—Ese Asher —refunfuña Stella cuando termino de hablar—. Ahora sí que quiero darle una patada en el trasero.

Mis cejas se arquean. ¿Está de mi lado?

—¿Entonces crees que hice lo correcto? —le pregunto—. ¿Enfrentándome a él y diciéndole que no quería tener nada más que ver con él?

—Hiciste lo correcto. —Me da una palmadita en la mano—. ¿Pero, sabes qué? Si hay algo que aprendí es que hacer lo correcto no necesariamente te hace feliz. De hecho, rara vez lo hace.

Su afirmación me toma por sorpresa.

—¿Entonces no debí haberlo hecho?

—No creo que importe ya lo que hiciste o no. Ya está hecho. Lo que importa ahora es lo que quieres hacer.

Suspiro.

—¿Qué crees que debería hacer?

—Hmm. —Stella se acaricia la barbilla—. ¿Tal vez hablar con Asher y darle otra oportunidad?

—¿Qué?

—Ya te lo dije antes. Asher puede ser un idiota. Puede que no tenga ni idea de cómo se sienten los demás. Pero no es una mala persona. Creo que todo este tiempo, ha estado buscando a alguien con quien poder realmente tener algo, una persona que pueda entenderlo y estar ahí para él, una mujer que pueda amarlo y enseñarle a amar.

—¿Estás diciendo que le debo enseñar a amarme?

—Lo quieres, ¿no?

Esa pregunta me toma aún más por sorpresa. ¿Qué?

—Puedo verlo en tus ojos —afirma Stella—. Lo escucho en tu voz. ¿Lo hizo?

—Pero no tienes que admitirlo ante mí. Está bien. Eres tú quien tiene que saberlo.

Pero no sé si lo sé.

—Aunque tengas razón, no quiero forzar a nadie a que me quiera.

—Nunca dije forzar —aclara Stella—. Dije enseñar. Asher siente algo por ti. Estoy segura de ello. Solo tienes que darle tiempo para que se convierta en algo más. Debes enseñarle a hacerlo.

Sacudo la cabeza.

—¿Por qué tengo que hacer eso?

—Porque quizá no sepa amar —apunta Stella—. Y tal vez porque aquellos que sí lo hacen, no saben renunciar al amor.

No digo nada, pero empiezo a entender lo que dice Stella. ¿Y si tiene razón? ¿Y si le pedí demasiado a Asher como dijo? ¿Y si fui demasiado impaciente? ¿Y si no le di realmente una oportunidad?

~

Sigo dándole vueltas a esas preguntas mientras cruzo el vestíbulo del Mistral.

¿Qué hago? ¿Olvido la pelea que tuvimos Asher y yo y todas las cosas hirientes que me dijo? ¿Por qué siempre tengo que ser yo la que haga algo, la que ceda, la que dé un salto de fe? ¿Por qué él no puede? Por otra parte, ¿podré soportar no hacer nada? ¿Puedo dejar las cosas como están?

En cualquiera de los casos, pierdo. Y odio perder. ¿No hay otra manera?

Estoy casi en el ascensor cuando escucho que alguien me llama por mi nombre.

—¡Violet!

Al pensar que podría ser Asher, mi corazón salta. Pero luego se comprime cuando giro la cabeza y me doy cuenta de que no es. Es solo Liam.

Espera. ¿Liam? ¿Vino desde Suiza?

—¡Violet! —Me rodea con sus brazos—. ¿Cómo estás?

—Bien —respondo automáticamente antes de lanzarle una mirada de desconcierto—. Liam, ¿qué estás haciendo aquí?

CAPÍTULO VEINTITRÉS

Asher

¿Qué estoy haciendo aquí?

Ayer encontré a Violet escondida en una cabina al borde de las lágrimas. Después de eso, desapareció. Hoy no vino a trabajar. Según Dylan, no se siente bien pero no es nada grave. ¿Será eso cierto? Algo me dice que es mentira.

Si lo es, ¿no debería ir a verla y preguntarle qué le pasa? ¿Y si está pensando en dejar todo por mi culpa? Y si no es un embuste, ¿no debería ir a ver cómo se siente y llevarle algo para que se mejore? Sigue siendo una de mis empleadas más valiosas.

¿Por qué sigo aquí en la oficina?

No es porque ya no me afecte. Desde el momento en que la vi en su oficina el día después de que nos peleamos, me di cuenta de que todavía me interesa. Y estos últimos días en los que Violet y yo no pudimos hablar (conversar, no solo discutir cosas del trabajo), este tiempo en el que ni siquiera la vi sonreír, me di cuenta de cuánto me interesa.

La echo de menos. Extraño su sonrisa y la risa que siempre parece intentar reprimir. Me hacen falta hasta sus miradas y mohines, y la forma en que vuelca los ojos y levanta la nariz confrontándome. Añoro su cabello y su olor, la cálida suavidad de sus labios, el calor de su piel. Echo en falta cada rincón de su hermoso cuerpo, sus panqueques y su sentido de competitividad, su terquedad, su encanto, su confianza, y esa vulnerabilidad que solo me ha develado a mí.

La extraño. Echo de menos todo de ella.

Pero, ¿tengo derecho a hacerlo? ¿Puedo reclamar por echarla de menos después de haberla herido tanto? ¿Acaso puedo seguir preocupándome por ella cuando aún no estoy seguro de poder darle lo que quiere? ¿Tengo derecho a querer que vuelva?

Lo pienso durante unos segundos. Luego golpeo las manos sobre el escritorio y me levanto de la silla.

A la mierda. Voy a ir a verla.

~

Casi tan pronto como toco el timbre, oigo que alguien se precipita hacia la entrada. Mi corazón se acelera. Mis dedos se tensan alrededor del ramo de flores que tengo en la mano.

Entonces se abre la puerta y veo a un hombre en el umbral. Alto, con rizos rubios y piel pálida, lleva puesta la sudadera con la bandera canadiense que Violet y yo compramos en la tienda de regalos de la CN Tower. Frunzo el ceño.

Me dedica una enorme sonrisa.

—Hola.

¿Quién demonios es este tipo? ¿Por qué parece tener acento francés? ¿O es alemán? Y lo más importante, ¿qué hace en el apartamento de Violet?

Mira el ramo que tengo en la mano.

—Tú debes ser Asher.

¿Sabe quién soy?

—Sí. —Le ofrezco mi mano—. Asher Hawthorne.

—Liam O'Connell.

¿O'Connell? ¿Así que es irlandés? Eso sigue sin explicar quién es y qué hace en el departamento de Violet.

—¿Son para Violet? —pregunta sobre el ramo.

Asiento con la cabeza.

—Sí. Escuché que no se encuentra bien. Me gustaría verla y darle esto en persona.

El hombre no se mueve. Sacude la cabeza.

—Lo siento, pero no es posible.

Me pregunto si es posible darle un puñetazo en su lugar. Pero no. No voy a dejar que la rabia se apodere de mí esta vez.

En su lugar, cuadro los hombros y saco pecho.

—Quizá no me hayas oído. Soy Asher Hawthorne. Soy su...

—Sé exactamente quién eres.

Y la hostilidad que se ha apoderado repentinamente de su expresión me dice cuánto más sabe.

¿Quién es él para que Violet le haya confiado tanto? ¿Su hermano? No creo que ella tenga un hermano. Además, no se parecen en nada.

Es injusto. Él sabe quién soy y yo no sé nada de él.

Dejo escapar un suspiro.

—Así que Violet no quiere verme. ¿Es eso?

—No está aquí —aclara Liam.

Así que estaba mintiendo cuando dijo que no se sentía bien.

—¿Dónde está? —Lo interrogo.

Liam se encoge de hombros.

—Fue a comprar comida. Partió hace unos minutos. No sé en qué momento volverá.

En otras palabras, quiere que me vaya. ¿Debo hacerlo?

Miro el ramo de flores que tengo en la mano. Si Violet no está aquí, no hay razón para que me quede. ¿Pero debo dejar el ramo con este perdedor? No quiero hacerlo.

Me voy. Ni siquiera me molesto en decirle al tipo que le avise a Violet que estuve aquí. Tengo la sensación de que no lo hará.

—¿No vas a dejar las flores? —me pregunta.

Las levanto.

—Se las daré la próxima vez.

Me dirijo al ascensor pensando que nuestra conversación ha terminado, pero el hombre vuelve a hablar.

—¿No sería mejor que te alejaras de ella? —me cuestiona—. ¿No le hiciste ya suficiente daño?

Me detengo en seco. Mis manos se cierran en puños. Si no tuviera sentido lo que dijo, ya le habría dado un puñetazo, pero por mucho que odie admitirlo, puede que tenga razón. Quizá sea mejor para mí alejarme de Violet.

Miro el ramo que tengo en la mano. Luego me doy la vuelta y se lo lanzo. Casi cae sobre su cara de sorpresa, pero acaba en sus brazos.

Ahora es suyo. Igual que Violet.

Ella y yo hemos terminado.

Mientras entro en el ascensor, intento convencerme de que hice lo correcto, de que fue lo mejor.

Pero entonces, ¿por qué se siente como la mierda?

~

—Estás hecho una porquería —señala Ethan mientras se desliza sobre el taburete a mi lado— ¿Cuántos *martinis* has tomado?

—Oh, no tomó ningún *martini* —responde Glenn por mí—. Estuvo bebiendo ginebra sola. Y lleva aquí desde las tres.

—¿Las tres de la tarde? —Percibo la sorpresa en la voz de Ethan.

—Alguien estuvo haciendo fechorías —murmura Ryker.

—Cállate, Ryker —le demando, mientras levanto la cabeza del mostrador.

Miro a Glenn y levanto un dedo.

—Otro vaso de ginebra, por favor.

—No —se adelanta Ethan —No más tragos.

Lo fulmino con la mirada.

—No puedes decirme qué hacer aquí. No estamos en la oficina. No eres mi jefe.

Da un sorbo a su whisky sin decir palabra. ¿Y ahora qué? ¿Me está ignorando?

Me vuelvo hacia Ryker.

—Ryker, dile a Ethan que él no me manda aquí.

—Tampoco creo que debas tomar más alcohol —agrega.

Arrugo las cejas.

—¿Pedí tu opinión?

—Estás borracho —me reclama Ethan—. En cuanto termine mi trago, te llevaré a casa.

—No estoy ebrio —aseguro.

Sé que llevo horas aquí y que llevo ya cuatro vasos de ginebra, y quizá más. Pueda que me sienta un poco mareado. Y puedo oler el alcohol en mi aliento. Pero no estoy bebido.

—Estás borracho —me provoca Ryker.

Lo miro.

—De nuevo, no estaba pidiendo tu opinión.

Se encoge de hombros.

—Eso no lo hace menos cierto.

—No me voy a casa —le comunico a Ethan—. No voy a volver a mi apartamento.

—¿Por qué no? —inquiere.

—Porque Violet está allí.

—Creí que vivía allí —apunta Ryker.

Lo ignoro.

—Y su nuevo novio.

Ethan suelta su vaso.

—Ya veo. Así que te emborrachaste porque Violet te dejó y se buscó un nuevo novio.

—No estoy ebrio.

—¿Pero, te terminó? —Me interroga Ryker—. Bueno, ¿acaso no es esta la primera vez?

Le lanzo una mirada fulminante.

—Cállate, Ryker.

—No veo cómo su nuevo novio es tu problema —agrega Ethan—. Después de todo, ella ya te abandonó.

Lucho contra el impulso de taparme los oídos. ¿Pueden dejar de decir «abandonado», por favor?

—Tal vez esté enamorado de ella —observa Ryker—. Espera. ¿No es eso una novedad también?

Lo miro de nuevo. ¿Quiere que le dé un puñetazo? Porque si es así, estaré encantado de hacerlo. Todavía me pica el puño desde esta tarde.

—Así que por fin te enamoraste de alguien, pero dejaste que se te escapara de las manos —dice Ethan—. No te preocupes. Les pasa a los mejores hombres, especialmente a los que nunca se enamoran.

—¿Hablas por experiencia propia? —lo provoco.

No responde. En su lugar, me mira.

—¿Sabes lo que tienes que hacer? Tienes que recuperarla. Eso es lo que tú y Ryker me aconsejaron cuando perdí a Stella. Me dijeron que fuera por ella y la trajera de vuelta. Así que haz lo mismo. Reconquístala.

Resoplo y dejo caer mi barbilla sobre el mostrador.

—No es tan fácil.

—¿Porque tiene una nueva pareja?

—Porque quiere que sea su novio y no estoy seguro de estar preparado para eso —confieso—. Ni siquiera sé cómo se hace.

—¿Le dijiste eso?

Hago una pausa.

—No.

—Supongo que tampoco le confesaste que estás enamorado de ella —añade Ryker.

—Porque no lo estoy —le replico.

—Oh, sí lo estás —afirma Ryker.

Esta vez, no protesto. Solo me cuestiono. ¿Lo estoy?

—Solo ve y dile lo que sientes —me insta Ethan—. Todo lo que te pasa. Si ella se mantiene sin querer tener nada que ver contigo, entonces déjala ir. Pero no te rindas antes de presentar batalla.

Me río.

—Es curioso. Stella me dijo lo mismo.

—¿Hablaste con ella? —pregunta Ethan.

—Cuando fui a tu casa después de saber que Violet y yo éramos vecinos —le aclaro.

—¡Ah! —Ethan asiente—. Bueno, de todos modos, ambos tenemos razón. No deberías estar aquí bebiendo, no hasta que hayas perdido de verdad.

—¿No lo hice ya?

—¿Te rendiste? —Me cuestiona Ryker.

—Le regalé flores a su nuevo novio —respondo.

—¿Qué? —exclaman los dos al mismo tiempo.

—Le entregué a su nuevo galán las flores que iba a regalarle. Eso es como tirar la toalla, ¿no?

Ryker se ríe.

—¿Que hiciste qué?

—Así que hiciste algo estúpido —apunta Ethan—. ¿Y qué? Eso no significa que hayas renunciado a Violet, ¿O sí?

—No lo creo —contesto.

Ethan me toma del hombro y me endereza. Me mira a los ojos.

—¿Quieres recuperar a Violet, Asher Hawthorne?

—Sí —afirmo sin pensar.

—Entonces ve y reconquístala —me alienta Ethan.

—De acuerdo.

—Aunque, mejor no ahora —sugiere Ryker—. No te tomará en serio si estás borracho. Además, podrías vomitar sobre ella y delante de su nuevo novio, lo que no te ayudará a recuperarla en absoluto.

—Está bien. —Concuerdo con él por una vez, aunque de repente siento la urgencia de ir a verla.

Entierro la cara entre mis brazos sobre la mesa.

Quizá no debí haber bebido tanto.

~

Realmente no debí emborracharme, pienso mientras salgo a tropezones del ascensor.

Ethan me trajo a casa (bueno, su chófer) y el portero de abajo me ayudó a cruzar el vestíbulo, pero ahora estoy solo y me doy cuenta de que apenas puedo poner un pie delante del otro.

Me apoyo en la pared y avanzo tambaleándome. Ya puedo divisar la puerta de mi apartamento, aunque esté un poco borrosa.

Solo unos pocos pasos más...

Me caigo. En un momento estoy apoyado en la pared y al siguiente estoy en el suelo. Sin embargo, no siento ningún dolor. Solo la tosca alfombra contra mi mejilla.

Y débil. Me siento débil. Como si no fuera capaz de levantarme.

Joder.

Cierro los ojos, estoy a punto de rendirme. Pero entonces escucho una voz.

—¿Asher?

Abro los ojos y veo a Violet arrodillada a mi lado. Solo verla a ella me da fuerzas para levantar la cara del suelo y enderezar medio cuerpo para sentarme contra la pared. Pero eso es lo mejor que puedo hacer.

—¿Asher? —Violet pone su mano en mi hombro—. ¿Estás bien?

La miro a los ojos. Aunque estoy ebrio, puedo verlos claramente.

—Hermosos —murmuro.

Sus cejas se arrugan.

—¿Qué?

—Eres preciosa —le digo.

—Y tú estás borracho —replica ella.

—Eso no... hace que sea menos cierto.

Mueve la cabeza.

Entrecierro los ojos.

—¿Te sonrojaste?

—No —afirma—. Eres tú quien tiene la cara roja.

—¿Te gusta?

—Cierra la boca y deja que te ayude a llegar a casa.

Me sujeta del brazo.

—Espera. —La alejo—. Antes de callarme, tengo algo que decir.

Sé que Ryker me advirtió que debía esperar a estar sobrio antes de hablar con Violet, y probablemente tenga razón. Pero ella está aquí ahora. No voy a desperdiciar esta oportunidad.

Violet me mira.

—¿Estás seguro de que no prefieres esperar hasta estar sobrio?

—No —replico—. Quiero decir que sí. Estoy seguro.

Se sienta sobre sus talones.

—De acuerdo entonces. Te escucho. Pero si empiezas a decir tonterías...

—Farrah West... —empiezo.

Violet cruza los brazos sobre el pecho.

—Asher, soy Violet Cleary. Sé que estás bebido y que no se te dan bien los nombres, pero ¿me estás diciendo en serio que no puedes recordar cómo se llama la última mujer con la que te acostaste?

—No, no. Farrah fue la primera. Y la que me destruyó. Todo estaba bien al principio. Pero cuando la dejé, me acusó de violación. Yo tenía dieciséis años. Ella diecinueve.

Violet se sofoca.

—¿Qué?

—Se retiraron los cargos. Ni siquiera están en mi expediente. Y todos los artículos periodísticos referentes a lo que sucedió entonces fueron borrados. Pero recuerdo lo que pasó. Y aprendí la lección: nunca dejes que una mujer se encariñe contigo.

—Así que por eso te acuestas con tantas.

Asiento con la cabeza.

—Yo tengo sexo con ellas una noche y me voy por la mañana, como dijiste. Pero contigo no. Tuvimos relaciones una docena de veces y todavía te quiero a mi lado.

—¿Porque el sexo es muy bueno?

—Porque no se trata solo del sexo. Cada vez que estoy contigo, todo se siente... bien. Y sé que no soy bueno para ti. Digo todas las cosas equivocadas. Pero quiero ser bueno, aunque no puedo ser perfecto. No ahora mismo. Nunca. Porque no lo soy. Y por eso, no puedo prometer que nunca te haré daño o que nunca nos pelearemos. Pero quiero...

Me agarro el estómago mientras siento que se revuelve.

—Joder.

—¿Quieres coger? ¿Ahora? —Violet voltea sus ojos.

—Pues sí —le digo con una media sonrisa— Pero también quiero quedarme con...

Dejo de hablar mientras la agitación en mi barriga se hace más intensa. Lo siguiente que sé es que estoy vomitando sobre la alfombra.

Mierda.

CAPÍTULO VEINTICUATRO

Violet

—Joder —La maldición sale de mis labios al ver el charco en el suelo.

Bueno, esto es un desastre. Por otra parte, supongo que era de esperar ya que Asher «es» un desastre. Una catástrofe alcoholizada. Y ahora, un borracho desmayado.

Genial. Simplemente genial.

Me planteo dejarlo dormir su borrachera en el frío pasillo junto a su gran mancha de vómito. Pero ¿cómo podría hacerlo después de que me dijo todas esas cosas, algunas de las cuales eran exactamente las palabras que estaba esperando escuchar?

Lo agarro del brazo, lo coloco sobre mi hombro, y trato de ponerlo en pie para poderlo llevar al interior de mi apartamento.

—Vamos.

Asher no se despierta, pero de alguna manera me las arreglo para arrastrarlo a través de la puerta, hasta la sala. Intento sentarlo en el sofá, pero no lo consigo, así que lo dejo en la alfombra.

Le quito la camisa empapada de vómito y le limpio la cara con una toalla húmeda. Luego cojo el edredón de la habitación de invitados y lo tapo con él para que no pase frío.

Ya está. Así está mejor.

Sigue teniendo la cara roja y apesta a alcohol, pero al menos no huele a vómito. Y ahora duerme profundamente. En la seguridad y comodidad de mi sala.

Me siento en el sofá y sacudo la cabeza. Es increíble.

No puedo creer que haya bebido tanto como para acabar así. ¿Qué edad piensa que tiene? ¿Veintiuno? Pero eso no es lo único a lo que no puedo dar crédito.

Todavía no consigo digerir lo que contó sobre la primera mujer con la que se acostó. Qué perra. Y aún no puedo creer que me haya entregado su corazón. Sí, está borracho, pero puedo decir que deseaba escuchar cada palabra que dijo.

Quiere tener una relación conmigo.

Me agacho para quitarle algunos mechones de pelo de la frente. Luego lo miro a la cara y sonrío.

Asher quiere estar conmigo. Por fin lo dijo, y ahora que lo ha hecho, sé que yo quiero lo mismo. Quiero darle otra oportunidad. Quiero un nuevo chance para los dos.

Tal vez sigamos juntos. Tal vez nos separemos. ¿Quién sabe? Lo que importa es que ambos tomemos la decisión de intentarlo.

Eso es exactamente lo que voy a proponerle a Asher mañana. Pero primero, tendré que asegurarme de que recuerde lo que me dijo.

Respiro profundamente.

Espero que lo haga.

~

—Me acuerdo —afirma Asher mientras se sienta en el sofá a mi lado momentos después de despertarse—. Recuerdo que intenté caminar por el pasillo y luego me caí. Y entonces apareciste tú y hablamos. Pero no sé cómo terminé aquí.

—Porque te desmayaste —le explico—. Vomitaste y perdiste el conocimiento.

—¿Vomité? —Los ojos de Asher se abren de par en par—. ¿En el pasillo?

—Sí.

Baja la mirada.

—Así que es por eso que no tengo puesta mi camisa.

Asiento con la cabeza.

—Por eso te la quité.

Sus cejas se fruncen.

—Espera. ¿Me desmayé en el corredor y me trajiste hasta aquí? ¿Tú sola?

—Sí —admito con orgullo.

—¿Tu nuevo novio no te ayudó?

—¿Novio?

¿De qué está hablando?

—El hombre que estaba aquí en tu apartamento —señala Asher.

Mis cejas se arquean.

—¡Oh! ¿Te refieres a Liam?

—Sí, Liam.

Me río. ¿Cree que Liam es mi novio?

Me mira desconcertado.

—¿Qué es tan gracioso?

—Que acabes cometiendo el mismo error que yo.

—No tengo ni idea de lo que estás hablando.

—Liam no es mi nuevo galán.

—¿No lo es? —Los ojos de Asher se abren desmesuradamente. Luego se estrechan —Espera, ¿es el ama de llaves de la casa?

—No. —Sacudo la cabeza—. Es un viejo amigo mío de Zúrich. Es médico.

—Oh.

—Está aquí en Chicago para ver a un paciente y pasó a saludarme.

Asher asiente.

—Ya veo.

Se toca la barbilla mientras me mira.

—¿Entonces tú y Liam no tienen una relación romántica?

—No —respondo.

—Pero parece que te protege.

—¿En serio? —Mis cejas se fruncen— ¿Qué dijo?

—Que me mantuviera alejado de ti.

—Bueno, eso es porque le hablé de ti. No es que quisiera hacerlo. Él... de alguna manera me lo sacó.

—¿Así que son muy unidos?

Me encojo de hombros.

—Supongo que sí. Es como un hermano para mí.

—¿Solo un hermano?

Cruzo los brazos sobre el pecho.

—Mira cómo te pones tú celoso, para variar.

—Necesito saberlo, Violet —insiste en tono serio.

¡Oh! Ahora sí que habla en serio. Supongo que yo también tengo que ponerme seria.

Me aclaro la garganta.

—Liam es como un hermano para mí. Nada más.

—¿Seguro?

—Seguro.

Noto el alivio en la cara de Asher. Supongo que realmente estaba celoso.

—Ahora, ¿recuerdas lo que me dijiste anoche? —inquiero.

—Algo —responde.

—¿Cómo qué?

Hace una pausa y se rasca la nuca.

—¿Sabes qué? Creo que voy a empezar de nuevo.

—Bueno, pero puedes saltarte la parte de Farrah.

Sus ojos se entrecierran.

—¿Te hablé de Farrah?

—Sí.

—De acuerdo. —Asher aspira profundamente—. Estuve pensando y me di cuenta de que no quiero dejarte ir. Todavía no estoy seguro de cómo hacerlo, pero quiero intentar resolverlo. Y sé que esperas mucho de mí, así que...

—No lo hago —replico.

Parece confundido, así que continúo.

—Esperaba mucho de ti. Ahora lo sé. Así que ya no lo voy a hacer. No voy a apresurarte y no voy a forzarte a sentir cosas. Solo estaré aquí. —Le tomo la mano—. Mientras tú estés aquí.

—Esa es mi intención. —Me sujeta la mano con firmeza mientras me mira a los ojos–. Porque estoy enamorado de ti, Violet Cleary.

Sus palabras me dejan sin aliento. Mi corazón se detiene.

¿Lo está? Pero pensé que Stella había dicho que no sabía amar.

Me toca suavemente la mejilla.

—No me crees, ¿verdad?

Coloco mi mano sobre la suya.

—En realidad, sí te creo.

Y es verdad. A pesar de todos mis temores, le creo con todo mi corazón, que ahora mismo late tan fuerte que podría salirse de mi pecho.

Y yo siento lo mismo.

—Yo también te amo —le confieso a Asher—. Creo que te quiero desde hace mucho tiempo.

Él sonríe mientras me acaricia la mejilla.

—Entonces, me alegro de que nos hayamos vuelto a encontrar.

Yo también. El destino nos puede jugar malas pasadas, pero cuando une a las personas, seguro es porque debían estar juntas.

Asher cierra los ojos y acerca su cara a la mía. Quise inclinarme hacia adelante para encontrarme con él a mitad de camino, pero recuerdo algo. Coloco mi dedo sobre sus labios.

Abre los ojos. Veo la confusión escrita en ellos.

—¿Pasa algo? —consulta.

—En realidad, sí —le indico.

Como sigue enredado, se lo explico en voz alta.

—Antes de nada, tienes que lavarte los dientes. —Le doy una olfateada—. Y tal vez tomar una ducha.

~

Froto la espalda de Asher mientras el agua cae sobre nosotros. Mientras lo hago, me fijo en el tatuaje que tiene justo encima de la cintura. Reconozco la figura.

—¿Tienes tatuado el símbolo de un subconjunto que no pertenece? —le pregunto.

Asher sonríe por encima del hombro.

—Sabía que lo reconocerías.

—Pero ¿qué significa?

Se encoge de hombros.

—Quizá porque no quiero pertenecerle a nadie. Pero eso fue antes de conocerte.

Se gira para mirarme. Sonrío.

—En ese caso, tal vez necesites un nuevo tatuaje.

—Puede ser —acepta.

Luego se queda mirándome fijamente.

Me pongo las manos en las caderas.

—¿Qué?

—¿Puedo besarte ahora? —consulta con los ojos puestos en mis labios.

Vuelvo a colgar la esponja en la percha.

—Claro.

Asher me dedica una amplia sonrisa. Luego me toma de los brazos y me acerca aún más a él, lo suficiente como para que nuestras caras casi se toquen. Por un momento, me mira a los ojos como si intentara memorizarlos. Luego se inclina hacia delante y me besa.

Ya me ha besado muchas veces, pero esta es diferente. Esta vez, cuando nuestros labios se aprietan el uno contra el otro, siento que todo en nuestros cuerpos está conectado. Incluso nuestros corazones. Este beso parece el comienzo de algo nuevo.

Porque lo es.

Él profundiza el beso y yo respondo correspondiéndole con toda la pasión que puedo tener. Mis manos recorren los músculos de su pecho. Las suyas acarician mi espalda y se aferran a mis nalgas.

—Te gusta mi trasero, ¿verdad? —observo en voz alta.

—Me encanta cada parte de ti —contesta, pero me aprieta el culo.

Me río.

—Por ejemplo, me fascina tu cabello.

Pasa sus dedos por él.

—Tus pechos.

Besa cada uno y ellos se hinchan por el calor.

—Tu trasero.

Lo aprieta de nuevo y me río.

—Tus piernas.

Pasa sus manos por ellas.

—Y esto.

Me planta un beso en el triángulo entre mis piernas. Contengo la respiración.

Asher me empuja hacia atrás en la bañera y me hace sentar en el borde. Luego se arrodilla entre mis piernas, las levanta sobre sus hombros y empieza a presionar su lengua contra mí. La respiración que estaba contenida me abandona en un jadeo.

—¡Oh, Dios!

Lame la entrada de mi parte más secreta y empiezo a temblar. Su lengua roza mi sensible clítoris y yo gimo mientras lo tomo del pelo.

Juega con ese nódulo de carne una y otra vez, y cada pasada de su lengua provoca ondas de placer bajo mi piel. Echo la cabeza hacia atrás, contra la pared. Mis quejidos rebotan en las paredes del baño.

Por alguna razón, mi cuerpo está más excitado que de costumbre. Quizá sea por la atrevida declaración de Asher. O tal vez porque lo extrañé. Cualquiera que sea la causa, siento que me tambaleo al borde del abismo.

—¡Asher!

Grito su nombre mientras sucumbo. Mis talones se clavan en su espalda. Mis dedos se crispan. Mis manos tiran de su cabello mientras me invaden oleadas de placer, una tras otra.

Cuando empiezan a desvanecerse, suelto el pelo de Asher, pero él se queda donde está. Su lengua entra en mí y, como acabo de tener un orgasmo, me estremezco. Ya estoy mojada, pero su lengua me moja aún más. Más caliente.

Estoy lista.

Aparto la cabeza de Asher y me deslizo dentro de la bañera. Me arrodillo y me inclino sobre el borde. Entonces encuentro la mirada de Asher por encima de mi hombro.

—Ya puedes cogerme.

Sonríe.

—Con mucho gusto.

Me atrapa por las caderas y empieza a deslizar su miembro dentro de mí desde atrás. Se frota contra mí y enciende un fuego en lo más profundo de mi cuerpo.

—Mmm. Sí...

Me llena centímetro a centímetro. Luego se detiene. Me sujeto al borde de la bañera y me preparo para el placer que viene.

Me toma por asalto desde el primer empellón. Con cada uno de ellos, Asher sacude todo mi cuerpo, llenando de calor cada uno de sus rincones. Mis caderas cobran vida y se mueven hacia él.

Intento seguir su ritmo, pero cuando acelera, no lo consigo. La cabeza me da vueltas. Mi cuerpo se estremece.

Empujo mis caderas con fuerza contra las de Asher mientras el placer me abruma de nuevo. Mi boca se abre de par en par mientras todo el aire huye de mis pulmones. Mis dedos se clavan en la porcelana.

Todavía estoy temblando cuando Asher se separa de mí y me da la vuelta. Me besa con fuerza mientras su mano se mueve frenéticamente entre nuestros cuerpos. Entonces, siento su pene trémulo contra mi vientre y algo cálido entre mis pechos.

Asher deja de besarme para apoyarse en mi hombro. Siento su tibia y acelerada respiración contra mi piel. Lo rodeo con los brazos y espero a que recupere el aliento. Cuando lo hace, me besa de nuevo. Entonces, me mira a los ojos.

—¿En qué estás pensando? —le pregunto mientras acaricio su mejilla.

—En que tengo suerte de haberte hallado después de perderte ya una vez.

Sonrío.

—Más vale que no lo vuelvas a hacer.

—No. Más vale que no —asiente.

Me agarra la mano y la besa. Mi corazón da un salto dentro de mi pecho.

—Además, estaba considerando que tengamos otra ronda —propone—. En la cama.

Veo el deseo aparecer nuevamente en sus ojos.

—Podemos —contesto—. En la cama. Después del desayuno.

—¿Desayuno?

—Seguro que necesitas tener algo en el estómago —apunto—. Además, estaba pensando que podríamos hacer panqueques juntos.

De hecho, se me ocurren muchas cosas que me gustaría que hiciéramos juntos. Pero empecemos de a poco. Panqueques.

—O podríamos ver quién los hace mejor —propone Asher.

Vuelco los ojos hacia él.

—¡Oh! ¿Eso es un reto?

—Solo si aceptas.

Y no se me ocurre ninguna razón para no hacerlo. La vida es simplemente más interesante con desafíos, especialmente cuando tienes un amor a tu lado para enfrentarlos.

Rodeo el cuello de Asher con mis brazos y sonrío.

—Acepto.

EPILOGO

Asher

Tres meses después...

—¡Gané! —Levanto triunfante mi vaso vacío tras terminar mi ponche de huevo.

A mi lado, Ethan sigue tomando del suyo, pero se detiene faltándole un cuarto.

—Me rindo —exclama—. Nunca debí haber aceptado un reto para tomar contigo.

—Oh, vamos. ¿Dónde está tu espíritu navideño? —Le doy una palmadita en el hombro—. Además, ya no podrás beber mucho cuando llegue el bebé.

—Es cierto —asiente.

Stella lo rodea con su brazo.

—Me parece que ya debería parar de beber tanto, desde ahora.

Frunzo el ceño.

—Deja que el chico viva un poco, Stella. Después de todo, casi es Navidad.

—¡Sí! —La emoción brilla en sus ojos color ámbar—. Ocho días más. Y tres más antes de ir a Zúrich. El mejor regalo de Navidad.

Ethan acaricia su mejilla.

—Bueno, te lo mereces.

—¡Aww! —Stella le da un beso.

Me doy la vuelta para brindarles algo de intimidad y acabo encontrando a Ryker saliendo a escondidas del bar con una rubia.

Mis cejas se fruncen. Me pregunto quién será. En cuanto a lo que planean hacer, creo que ya lo sé.

Parece que Ryker va a recibir su regalo navideño antes de tiempo.

Hablando de regalos de anticipados, quizá sea hora de que le dé a Violet el suyo.

¿Dónde está ella?

Finalmente, encuentro a Violet fuera del bar, de pie justo detrás del enorme árbol de Navidad del vestíbulo del hotel. Sigue hablando por teléfono, así que me tomo un momento para admirarla con su vestido de terciopelo dorado. Ni siquiera ahora, puedo creer que sea mía.

Cuando Violet me ve, sus ojos se abren de par en par. Momentos después, cuelga y mete el teléfono en el bolso. Me acerco a ella.

—No me estarás traicionando, ¿verdad? —Me burlo de ella.

—No —afirma—. Estaba hablando con mi madre.

—¿En serio?

Asiente con la cabeza.

—Quiere que vaya a su casa para las fiestas. También me pidió que te lleve.

—¿Por qué no? No has ido desde hace ya tiempo, ¿cierto?

Se encoge de hombros.

—Bueno, ya sabes que no tengo muchos buenos recuerdos de mi casa.

—Lo sé. —Le agarro la mano—. Pero tu mamá ya está mejor, ¿no? Quizá sea hora de crear nuevos recuerdos.

Violet no dice nada.

Le acaricio la mano.

—Además, quisiera conocerla.

Las cejas de Violet se arquean.

—¿De verdad?

Asiento con la cabeza.

—Quiero agradecerle que haya traído a este mundo a una persona tan increíble.

Violet se sonroja mientras sacude la cabeza.

—No tienes que hacer eso.

—Y quiero prometerle que haré todo lo posible para ser un buen marido para su hija.

Los ojos de Violet se abren de par en par.

—¿De qué estás hablando?

Saco la caja de satén del bolsillo y empiezo a arrodillarme. Violet me detiene.

—¿Qué estás haciendo?

—Te propongo matrimonio —le indico—. O al menos, eso es lo que iba a hacer.

Su semblante se pone duro.

—Pero solo llevamos tres meses juntos.

—Lo sé. Pero también dijiste que me amabas desde hace mucho tiempo y que yo no debería perderte de nuevo.

—Pero...

Pongo mi dedo en sus labios.

—No puedo creer que estés discutiendo conmigo sobre esto.

—Es que... —Traga con fuerza—. No sé si estamos preparados.

—Sé que lo estamos —le digo, mientras le rozo la mejilla—. ¿Sabes por qué lo sé? Porque no hay nada que nosotros dos no podamos superar. Somos fantásticos.

Violet se mantiene en silencio.

La miro con desconcierto.

—¿Qué? ¿No lo crees?

—Sí lo creo. Sé que somos increíbles. Es solo que...

Callo a Violet con un beso. Si algo aprendí estos últimos meses, es que la mejor manera de que deje de discutir conmigo es besándola. A fondo.

Después de separarme, la miro a los ojos.

—Cásate conmigo, Violet.

Ella me devuelve la mirada.

—Realmente no sabes aceptar un no por respuesta, ¿cierto?

—No.

Se ríe.

—Entonces supongo que mi respuesta es sí.

Mis labios se curvan en una sonrisa.

—Bien.

La beso de nuevo. Esta vez, mientras lo hago, deslizo el anillo de diamantes en su dedo. Ella lo mira y empieza a acezar.

—Esto es...

—¿Real? Sí. ¿Caro? Sí.

—Iba a decir que es lindísimo —aclara Violet.

—Igual que tú. —Tomo su mano y la beso—. Te amo.

Sus ojos brillan como las luces del árbol.

—Yo también te amo.

Nunca pensé que encontraría el amor, pero ahora que lo hice, no dejaré que se me escape de nuevo.

~Fin~

Si te ENCANTÓ «Y fueron felizmente enemigos» ¡No te pierdas «Rompiendo el Código Fraterno»!

Es un libro divertido y sexy, repleto de un calor que derrite las páginas. Muchas bromas, drama y algunos momentos dulces como el azúcar que garantizan dejarte con un muy satisfactorio «y fueron felices para siempre».

[¡Haz clic aquí y obtén «Rompiendo el Código Fraterno» ¡Ahora!](#)

UN VISTAZO A
«ROMPIENDO EL CÓDIGO FRATERNO»

Soy un seguidor de las reglas, siempre lo fui.

Nada dice «fuera de límites» como la hermana menor de tu mejor amigo.

Pero en el momento en que mis labios tocaron los de Claire,

Tiré todo el maldito código por la ventana.

Escápate con esta lectura romántica emotiva, intensa, y llena de risas.

Haz clic aquí y obtén «Rompiendo el Código Fraterno» Ahora.

PRÓLOGO

Ryker

¿Puede haber mejor cosa que ser un niño y desenvolver tu regalo en la mañana de Navidad? Sí, ser un hombre adulto y ver tu presente de Pascua entrar en la habitación.

Lleva un vestido de tela escocesa color rojo, sin mangas, con una falda plisada que le llega justo por debajo de las rodillas y un lazo negro con una hebilla dorada brillante alrededor de la cintura. Su pelo rubio está trenzado en una corona, pero algunos mechones se han escapado (¿o se dejaron fuera a propósito?) y ahora penden sobre sus mejillas como si fueran las guirnaldas del árbol. Sus labios carnosos son de un escarlata intenso, como su vestido y los rubíes que lleva en las orejas. Levanta una mano para frotar una de las gemas mientras dice algo con las cejas fruncidas. Entonces sus ojos color esmeralda se abren de par en par. Brillan, más que las luces de la habitación, mientras se ríe. Sonrío.

Claire Parker. Siempre pensé que sería linda, incluso cuando era una niña regordeta de nueve años o una adolescente que se estresaba por sus granos en la cara, sus aparatos de ortodoncia, y por el acondicionador que debía usar. Pero, maldita sea, nunca imaginé que se convertiría en esta supermodelo a la que apenas reconozco, esta mujer que puede iluminar toda una ciudad, que rezuma gracia y confianza con cada uno de sus movimientos, y de la que no puedo apartar la mirada.

¿Cuándo fue que Claire creció hasta convertirse en la mujer más atractiva que vi jamás?

De nuevo, se ríe. Me pregunto qué estará diciéndole el hombre que está a su lado que le hace tanta gracia. Me pregunto qué...

Mis labios se curvan en una mueca cuando me doy cuenta de quién es. Es Asher, por supuesto. Sí, mi hermano mayor. Ethan siempre está con la persona más importante del salón, tratando de impresionar (ahora mismo está tocando villancicos en el piano para el presidente de la junta directiva y su esposa). Asher, en cambio, se las arregla para acompañar a la mujer más guapa de la fiesta.

Por lo general, lo dejo solo. Por mucho que odie admitirlo (y nunca lo he hecho en voz alta), de los tres hermanos Hawthorne, Asher es el experto en mujeres. Sabe exactamente qué decirles, cómo llamar su atención, hacerlas reír, provocar que pierdan la conciencia y terminen en la cama con él. Las mujeres se le echan encima y él las domina. Además, disfruta de ello. Y aunque a veces se mete en problemas, normalmente solo se entretiene y sigue adelante.

Bueno, no voy a dejar que se divierta con Claire. No voy a permitir que intente nada con ella.

Me acerco al árbol de cinco metros. Asher me ve y sonríe.

—Mira quién ha decidido unirse a nosotros. Mi hermanito pequeño, el que recién acaba de empezar a trabajar en la empresa de la familia.

¿Recién? Hace tres meses que me incorporé al Departamento de Fusiones y Adquisiciones de Hawthorne Holdings como analista junior. Al principio pensaba entrar en Marketing, pero mi padre me convenció de que me iría mejor en Fusiones y Adquisiciones. Mis hermanos estuvieron de acuerdo.

Asher se dirige a Claire.

—Te acuerdas de Ryker, ¿no?

¿Me recuerdas? Soy el mejor amigo de su hermano. Y sin embargo, ella no dice nada. ¿Me está ignorando? Si es así, me gustaría saber por qué, pero primero, tengo que deshacerme de Asher.

Haz clic aquí para suscribirte y recibir una notificación cuando tengamos listo «Rompiendo el Código Fraterno» en español.

OBTENER MÁS DE ASHLEE PRICE

De los millones de títulos que existen en Amazon, celebro que hayas descubierto este.

Pero si quieres saber cuándo saco un libro nuevo, en lugar de dejarlo al azar, suscríbete a mi boletín.

Te enviaré un correo electrónico cuando se publique mi última obra.

https://www.ashleepriceromanceauthor.com/signup/